論創ノベルス

真夏のデルタ

Ronso Novels 003

根本起男

論創社

1

警察署を出るなり、酷暑が殴りつけてきた。

「もう一回、捜してみるよ」遺失届を出しにわざわざ白金署まで付き合ってくれた健介に鋼平はきっぱりと言った。「一人でだいじょうぶだから」

「いいって、付き合うよ。マジにどっかで見つかるかもしれないし」

土曜の夕方五時過ぎ、バス通りをそぞろ歩く人たちは誰もが週末を満喫しているように見える。世界で一番不幸なのはこの自分だ。

現金四百万円。

健介には言ってないが、正確にはプラス一万円。原谷鋼平は梅雨明けしたばかりのこの日、新聞紙に包んだそれをなくしていた。どこで消えたのか見当もつかない。清正公前交差点に建つあのマンションでアコばあちゃんから預かって、十年以上使い古した手提げカバンに放りこんだことまでは覚えている。

藤生晶子はなんでも鋼平に頼む。息子でもないのに、なんだかんだ理由をつけては部屋にあげて長話を聞かせ、手作りスイーツを食べさせようとする。管理会社の人間として住人とコミュニケーションを取るのは仕事の一環だし、鋼平もいやではなかった。アコばあちゃんは、三田リアリティー・マネジメント《MRM》が管理する白金ステーツに暮らしてもう二十年になる。この界隈では標準的な質素な億ションだが、八年前にご主人をなくして以来、独り暮らしだ。子どもたちは神奈川と千葉に暮らしているが、めったに顔を見せない。だから二年前に担当になった鋼平は格好の話し相手だった。

　いまではちょっとした買い物から旅行代金の支払いまで、アコばあちゃんは「頼むわね」と金庫の現金を渡してくるようになった。たとえ少額でもカネなんて預かってはならないのだが、八十歳近いいまも愛くるしい目でせがまれたら断れない。売り屋の健介なんてそのへんは割り切っているから、いくら冷たく思われようときっぱりはねつけるだろうが、鋼平はそのへんは不得手だった。だけどさすがに今回は躊躇した。

　それでなくても長い一日が冬の夜はさらに長くなる。だったら北欧でオーロラを楽しんでいる気分にでも浸れば、かえってそんな夜が恋しく思えるんじゃないかしら。それで浴室をリフォームしてサウナを併設することになった。特注で天井に４Ｋの液晶プロジェクターを埋めこみ、北欧やアラスカで観測されたオーロラが映しだせるようにしたい。そんな提案も受け、鋼平はあちこち奔走して業者と話をまとめた。それで週明けに手付金として半額の四百万円を振りこまされることになったのだ。

　一万円は手数料だ。孫にお小遣いを渡すようにときどきこうやって差しだしてくる。杓子定規に断っては気の毒だから、受け取ったぶんは千葉に暮らすアコばあちゃんの長女に送っていた。いいんですよ、そんなの。長女にはそう言われたが、そんなつまらないことで足をすくわれたらたいへんだ。直属の上司の蛭田は、部下のあらを見つけて社内で大声を出すことで地位が保てると本気で考えている。やつの前でこそこそするのは避けないと。だからこそ、なんとしても見つけださねばならない。

　カネを。

　四十歳の男二人は野犬のようにあちこち目をやりながら、坂を下り、桜田通りに出る。

「四百万ってこのくらいだよな」健介が指を広げて札束の厚みと大きさをしめす。

「ああ、たいした大きさじゃない」アコばあちゃんからカネを預かったのは午前九時。それがなくなっているのに気づいたのは午後四時前。「むきだしの札束じゃないのがせめてもの救いだ」

　日吉坂下の白金ステーツを訪ねるのは、今日はもう四回目になる。歩きながら、この日の足どりをいま一度振り返る。アコばあちゃんの部屋でカネを預かってから、白金台駅近くのマンションの管理組合総会に向かった。そのときは足下にカバンを置いてあった。それから桑原坂を下ってべつのマンションに向かった。こっちも管理組合の総会で健介とはこの日、そこで遭遇した。

やつは系列のマンション販売会社である三田《M》リアリティー《R》プランニング《P》の販売員だ。鋼平が二年前に親会社の三田不動産から出向してくる一年ほど前から、ＭＲＰに契約スタッフとして雇われていた。

鋼平と健介は中学の同級生だ。

二人とも湘南の端っこにある田舎町の出身だった。勉強のできた鋼平とちがい、健介は昔から口八丁手八丁の男だった。高卒で社会人になった後、あれこれと仕事を替え、一番性に合ったのがマンションの売り屋だという。以来、独学で不動産知識――「だましのテクニック」とあけすけもなく鋼平には言いきった――を身に付け、五年ほど前からは独立してあっちこっちのマンション販売を請け負うようになった。

健介とわかれた後、鋼平は午後二時開催のもう一つのマンションの総会に向かった。そっちも調べてみたが、新聞紙にくるまれた札束なんて見つからなかった。それを入れていた革製のカバンは、ロック付きの蓋で閉じるタイプだったが、肝心のロック部分の金属が壊れ、カギが閉じられなくなっていた。つまり蓋はいつでもめくれる状態で、言うなればトートバッグと変わらなかったのである。

夕暮れのなか、鋼平はスマホに目をやる。警察から連絡は入っていない。着信していたのは、蛭田の番号だった。やつは休日でも報告書類にはうるさい。趣味の一つもなく、会社にしがみつくしか能のないつまらん男だった。

「クビかもしれないな……」目黒通りの日吉坂をとぼとぼと下りながら鋼平はつぶやく。

「いくら手数料もらったって引き受ける仕事じゃなかったんだ」健介には一万円のことは話していない。だがそのへんのところはお見通しだった。ズバッと言ってきた。「だけど誰かが拾って届けてくれるって。そうなればそれでいいじゃないか。もしそうでないなら弁償しないといけないけど、会社だってすこしはなにか考えてくれるよ」

健介は分厚い手のひらで元同級生の肩をがっちりとつかむ。中学時代はおなじ野球部だった。やせてすらりとした鋼平がピッチャーで、ずんぐり体形の健介はキャッチャー。家庭環境はべつとして、二人はいいコンビだった。「本社に返り咲く。それがおまえの究極の目標なんだろ。こんなところで挫折してどうするよ」

鋼平はうなだれていた首をあげ、健介のほうを見る。「うん、それがあるんだったな」

都ホテルを越え、車のディーラーの前を通り過ぎたとき、健介が足をとめた。目黒通りが桜田通りに斜めに合流する清正公前交差点の手前に切った路地に差しかかったところだった。二つの大きな通りに挟まれ、船首のようになった場所は交差点から二十メートルほど入ったところに路地が切られ、三角地帯《デルタ》となっている。マンションを建てるには狭過ぎる都会の死に地だ。かといってアスファルトで固めただけで放置していてはもったいない。そこで三角地帯をめいっぱい有効活用しようと、長らくコインパーキングとして使われてきた。それが最近になってマンションのモデルルーム――よりによって健介の勤めるMRPが売りだす物件だ――に変更されることになり、いまは駐車場設備の撤去作業が行われている。だがこのあたりにはほかにコインパーキングはない。がらんとした空き地には、いまも車が六台、知らん顔してとめてあった。法的には私有地――持ち主はもちろん三田不動産――への不法侵入だが、数日後にはモデルルーム建設が始まる。とやかく言うものはいない。

「見ろよ、あれ」声を潜めて健介が鋼平の腕をそっとつかむ。

鋼平たちのいる目黒通り側の歩道に近い側にとめたグレーのトヨタ・マークⅡだった。路地のほうへ頭を向けているからほぼ正面から対峙する格好となった。

「かなりの旧車だな。昔、親父が乗っていたやつだ。グランデ、いやツインターボか。六十三年式じゃないか。わりとパワーあるんだぜ」

「そうじゃねえって」健介は突きでた腹を揺さぶってゆっくりと歩みを再開した。「やっぱりだ。なかなか見てみろよ。あいつ」

運転席に若い男がいた。

白のワイシャツに臙脂色のネクタイ姿。整った黒髪。姿格好だけはふつうのサラリーマンだが、上体をよじって助手席のほうを向いたとき、鋼平は眉をひそめた。なるほど健介のレーダーが反応したわけだ。十メートルは離れていたが、はっきりと見えた。蓋を九十度に開いた形で助手席に置かれたアルミのアタッシェケースに、札束がずらりと並んでいたのだ。

「あのサイズだと三千万は入るな」超スローモーションでマークⅡのわきを通過しながら、健介はさらに声を潜める。「見慣れないやつだが、同業者かな」

たまらず鋼平の口から自嘲気味な言葉が吐きだされる。「頭金にしろ、残金にしろ、あれだけの現金、渡すやつはいないよ。まともな業者相手なら」いつしか鋼平は足をとめ、車内をのぞきこんでいた。

「おい、鋼平」ひじをつかまれ、鋼平は歩きだす。

「現金持ってる連中ってのは、金持ちの老人以外、銀行に預けられない立場のやつらだろ。暴力団とか」鋼平は吐き捨てる。内心、運転席の男がうらやましくてならなかった。

「暴力団なんて、いまはカネ持ってないって」先を急ぎながら健介が想像をめぐらせる。「あぶく銭稼いだ若造の投資家もどきとか、半グレ連中とか。そんなやつらだよ」

「どっかに落としてくれりゃいいのにな」本心が口から飛びだした。一瞬、気持ちがスッとしたが、すぐに恥ずかしくなる。今日一日の出来事が寄ってたかって鋼平を責めたてる。

「まったくだ」さいわいにも健介は相づちを打ってくれた。「どう考えてもまともなカネじゃないんだしな。なあ、鋼平、覚えてるか。たしか中三の夏だよ。駅裏のコンビニにとまっていた配送車の扉が開いていて、ジュースを何本か失敬しただろう。あのとき、うまくいったじゃん」

「あったな、そんなこと。あんなところで開けっ放しなんて、無防備だろうが」

「あのときとおなじじゃないか。あそこからちょこっと失敬して工面しちまうのもいいな」コンビニ駐車場の悪ガキさながらに健介はそそのかしてきた。

2

健介に誘われるがままに鋼平は白金高輪駅近くの居酒屋に入った。でもやっぱり落ち着かない。健介ばかりがガブガブ飲んで、いい感じでできあがったところで店を出た。田町行きの終バスにやつを乗せ、ほんとなら鋼平も駅にまっすぐ向かわねばならないのだが、どうしても気になって熱帯夜の街をうろつくうちに、いつしかアコばあちゃんのマンションの向かいにある、あの三角地帯にもどってきていた。

零時半だった。終電は過ぎている。帰るならタクシーだ。武蔵小山の自宅マンションへは、ここから二十分ほど。でもこのまま帰る気はしなかった。青海《あおみ》は帰宅しているだろうが、おれがどこかに泊まってきたとしても、もはや気にもとめない。だったら一晩中、この界隈を徘徊して朝を迎えたってかまうものか。

桜田通りも目黒通りも車が減り、家路を急ぐ歩行者もほとんどいない。駐車場だった三角地帯を水銀灯が白々と照らしだす。車が一台だけとまっていた。

マークⅡだ。

鋼平はごくりと唾を飲みこんだ。助手席の足下に銀色のものが見えた。運転手はいない。

それがわかったのは、水銀灯の明かりのせいではない。車内にぼうっと明かりが灯っていたからだ。ルームランプだ。つけっ放しだった。あたりに人通りがないのをたしかめ、ふらふらと近づいてみる。酔ってるのかな、おれ。頭の奥で声がしたが、ブレーキはきかない。あっという間に運転席が目の前に現れる。

それは助手席の足下に鎮座していた。

あのサラリーマン風の若い男は、室内灯をオンにしたままドアを閉めたわけではなかった。ドアのすき間が筋状に盛りあがっている。

半ドアだったのだ。

もう一度、あたりを見回した。前後の二つの大通りには断続的に車が通過するが、歩行者はいない。三角地帯のもう一辺、右手にのびる路地は完璧に無人。路地に面する八百屋のシャッターは下りている。二階の窓も暗かった。この店は、鋼平とは因縁浅からぬ無愛想なオヤジと、逆にひたすらおしゃべりなおばちゃんが切り盛りしていて、二階に二人で暮らしている。向かいの白金ステーツを担当して二年になるから、界隈の店や住人たちのことなら、たいてい頭に入っている。朝は卸のトラックがやって来るからやたらと早い。そのぶん夜は七時過ぎには寝てしまうのだ。

息苦しい夜気のなか、思考回路は冷たく冴えわたっていた。瞬時に状況を描く。アタッシェケースを残したままというのは、ごく短時間、車を離れたということだろうか。頭をよぎったのはあの札束だ。きっとすぐにもどってくるはずだ。いや、待て。鋼平が健介と居酒屋にいる間にカネの受け渡しを終え、空っぽのケースが放置されているだけかもしれない。いまごろ飲み屋で引っかけているんじゃないか。大きな取引を終えた余韻に浸りながら――。

取引……?

あの札束の代わりに受け取ったものがあるんじゃないか。そいつがあのケースのなかに。いったいそれは……鋼平は衝動を抑えきれなかった。

そうだ。

カバンからジップロックを取りだした。常備しておいてよかった。マンションの管理業務はありとあらゆる事柄におよぶ。このご時勢だから感染対策絡みのことが多い。だからいつ何時、着用がもとめられるかと思ってゴム手袋を用意していたのだ。

その場にしゃがみこむと、体が闇に包まれた。カバンをわきにどけ、すばやく手袋を両手にはめるべく試みる。左手はうまくいったものの、右手はゴムが途中でよれてしまい、最初からやり直さねばならなくなった。

背後の目黒通りをゆっくりとタクシーが通り過ぎる。ヘッドライトがまるでサーチライトのようにマークⅡの後部座席から運転席、ボンネットへと照らしだしていく。その間、鋼平は首を縮こまらせ、息を詰めていた。いったい、おれはなにを……。頭の片隅でそう思いながらも、左手は頑固なゴム製品を相方に一刻も早くかぶせるべく、必死になって動いている。額からあふれた大量の汗が首筋に生ぬるく流れていく。

たしかめるだけだ。あのなかになにがあるのか。ただ、それを確認するだけだ。あの若い野郎がもどってくる前に……。パチンと音がして右手首まで完璧にゴム手袋がかぶされた。もう一度、あたりをうかがう。もはや車も近づいてこない。大通りも路地も死に絶えていた。鋼平は首をすくめたまま両手を持ちあげ、そのままドアの把手をつかんだ。

すっとドアが開く。

半開きのすき間から野良猫のようになかに滑りこむ。安っぽい消臭剤のにおいが淀んでいる。ルームランプに手をのばし、明かりを消す。体を低くしたまま、助手席へと這い進む。汗がぽたぽたと運転席のシートに落ちる。急げ。証拠は残したくない。

伸ばした指先にひんやりとして硬質なものが触れる。なかにあるのは絶対にまともなものじゃない。それがもしカネなら……ちょっとの間、失敬するだけだ。アコばあちゃんの口座に振り込んだら必ず返す。

反対の手も伸ばし、ケースの側面を両手でしっかりとつかむ。上体をさらに車内に潜りこませ、両脚を運転席に引きこむ。そっと顔をあげ、フロントガラスの向こうを見やる。だいじょうぶだ。向かいの路地に人気はない。八百屋のシャッターはもちろん閉まったまま。あの猜疑心の塊のようなオヤジが、二階の窓からタバコを吹かしながら見下ろしているなんてこともない。左右と後方を見回しても怪しい人影はない。この場でもっとも怪しいのは自分だった。腕に力を入れると、ずしりと重みが感じられた。まちがいない。なにかが詰まっている。白い粉を詰めたビニール袋だとヤバいけど、まさかそうじゃないだろう。余計な想像がめぐりだす前に鋼平はさらにケースを持ちあげた。

ガチャリと音がする。

窓から漏れ入る水銀灯の明かりがそれを照らす。ちくしょう。なんてこった。

アルミのアタッシェケースは鎖につながれていた。

奪われてはならないなにかがここに収められているのは、これで確定した。問題はこのケースをこの場で開けねばならないことだった。鋼平は体をよじって運転席の背もたれにぴたりと体を預けた。ふうと息をつく。さて、プランBだ。そんなもの考えていなかったけど。ただ、いまここでプランZに飛びつく気にはなれなかった。なにもせぬまま撤退。見つかって通報されるのが怖ければそうすべきだろうが、虎穴に入らずんば虎子を得ずだ。頭の片隅に残った理性は、君子危うきに近寄らずではないかと問いかけてくるが、その声はシャットアウトすることにした。

重たいケースを慎重に持ちあげ、鎖を伸ばせるところまで伸ばして助手席に横たえる。鎖の両端は手錠になっており、ケースの把手とシート下の鋼鉄フレームをがっちり噛んでいた。だがケースの蓋は開けることができる。鋼平は左右のスライド錠に指を這わせた。

びくともしない。そもそもこれに気づくべきだった。三桁のダイヤル錠だった。プランZが瞬時に頭をよぎる。だが部長の蛭田の顔も浮かぶ。管理先の住人から大金を預かったあげく、どこかになくしてしまった。ぼそぼそと事情を報告するうちに、やつの顔はみるみるこわばり、目も頬も額も真っ赤に染まっていく。原因を作ったのは鋼平のほうだ。処分は甘受しないと。マジにクビかもしれない。なにしろ就業規則違反だ。

やるしかない。

そう決意したとき、エンジン音がした。ひと筋の明かりが駐車場をよぎり、マークⅡの車内を一閃する。全身が硬直する。路地にバイクが入ってきたのだ。

停まる。

なんでだよ。

怖々とフロントガラスに顔をあげる。ぞっとした。水銀灯の白々とした光が、警備保障会社のロゴを記した荷台の物入れに反射している。

運転手の男はこっちに気づいていない。電話中のようだった。鋼平は反射的に右手を運転席の半開きのドアにのばし、音がするのもかまわず力いっぱい閉めた。そしてその場でカエルのように身を低くしてバイクがふたたび走りだすのを待つ。汗はもうハンパじゃない。シートはびしょ濡れだ。

やつのことなら行動パターンがわかる。午前一時四分。いつもとだいたいおなじだ。このあたりのマンションを何軒か巡回しているのだ。警察官じゃないから、駐車場にとめた車に不審な人影が見えたとしても、担当物件でない以上、たしかめになんか来ない。だいいち車に人が乗っていて、なにが悪いというのだ。堂々としていればいいじゃないか。だが鋼平は息もつけない。いまにも警備員がバイクを下りて、つかつかと近寄ってきそうだったからだ。

異様に長い三分間が流れ、ふたたび高まったエンジン音とともにバイクは発進する。やれやれ。やつが次にもどって来るまで一時間以上ある。だがその間にべつの誰かが通りかかるだろうし、なにより車の持ち主がもどって来るかもしれない。本物の警察だってパトロールに来るはずだ。

鋼平は腹をくくり、体を低くしたまま水銀灯の明かりを頼りにダイヤル錠を回しだす。こういうのって意外と早く決着がつくものだ。そう思ったものの、いつまでたっても番号は合わない。頭の奥がかっと熱くなり、胃まで痛くなってくる。こんなばかなことやめて、とっとと家に帰ったらどうなんだ。あとのことはあした考えればいいだろう。それに警察から連絡があるかもしれないのだし――。

なかったらどうする？

ダメだ。とにかく余計なことは考えずに指を動かしつづけないと。時折、頭をあげ、あたりのようすもうかがう。世界でもっともあやしい人物になり果てた自信があった。車の持ち主ならずとも、いまの鋼平と目が合ったら、誰だって通報したく――。

開いた。

左右のスライド錠がカチリと音を立てて解放された。ビンゴになった数字の組み合わせなんてたしかめもしなかった。一気にアタッシェケースを引き開け、なかからこぼれ落ちてきたものに歓喜した。

札束だ。

ピン札ではないが、おそらく百万ずつだろう。きちんと束ねて二か所を輪ゴムでとめてあった。四百万どころでない。健介の推察どおり三千万、いや、それ以上ある。

興奮を押しやり、助手席のシートに散らばった札束を拾い集め、体を低くしたまま本能的にズボンのベルトと腹の間に四束、突っこむ。それからほかの束をケースにもどしてきちんと並べ直す。

いったいいくらあるんだろう。

目がくらんだ。どう考えてもまともじゃない。まともなカネであるわけがない。なんの根拠もないのに、頭のなかにするすると浮かんでくる。だったらもうすこし失敬したって悪くはない。かといってこの鎖につながれたケースは持ち去れない。だったら自分のカバンに詰めるしかない。そのときになって気づいた。カバンは外に置きっぱなしだった。鋼平は体を起こし、ゴム手袋をした右手でそっとドアハンドルをつかんだ。

ロックされていた。

閉めたときに知らぬ間にロックボタンに触れてしまったらしい。指先で弾くようにしてそれを外し、ハンドルを引く。

開かない。

何度繰り返してもおなじだった。助手席も後部座席もそうだった。

鋼平は赤の他人の車に閉じこめられてしまった。

3

　三田不動産に就職して以来、原谷鋼平はずっと丸の内の本社勤めだった。大学では建築を学んだが、べつにとくにやりたいことがあって就職した会社ではない。ただ、勤めるうちに街づくりに興味がわいてきた。他人と触れ合うことを極端に嫌ういまの社会に疑問を持ち、住まいやそれが建つ街そのものにリアルで自然なコミュニケーションが生まれるような設計を施したかった。都市計画部に配属されたのは、三十歳のときだった。湾岸エリアの再開発プロジェクトに入れてもらい、国交省と東京都、商社、ゼネコンに翻弄されながら街作りのノウハウを身に付けていった。

　三十八歳で計画の詳細を各方面と詰めるサブリーダーとなり、仕事の忙しさはピークに達した。取引先の広告代理店で知り合った青海と結婚して八年、子どもはいなかったが、武蔵小山にある自社物件の売れ残り住戸をちょうど手に入れたときで、夫婦二人の暮らしはまんざらでもなかった。それを基盤にもうひと踏ん張りして、鋼平は湾岸再開発の夢を実現したかった。だからこそ仕事に没頭していたのだが、まもなく大きな壁にぶつかった。それは取引先とのあつれきや、他社との競争というより、純粋な社内事情によるものだった。

まさか自分がそんな話に巻きこまれるとは思ってもみなかった。湾岸エリアの再開発プロジェクトのなかで、五輪関連施設の設計変更案が急浮上したのだ。三田不動産は選手村の一区画を受け持っていたのだが、ある日、部長の芳村から一部デザイン変更がしめされた。具体的に動きだしていたときだったので、メンバーはぎょっとした。デザイン変更なんていう生易しいものでなく、完全な仕様替えだった。五輪終了後、すぐにマンション化され、二棟に二千世帯が入居する計画だったが、どちらの棟にも十階の高さまで吹き抜けの巨大ホールのようなものが設けられることになったのだ。それをいまから設計事務所に発注しなおさなければならない。だがどう見てもそれはマンション向けではなかった。なぜこの時期に、この変更を。サブリーダーとして鋼平は芳村部長に訊ねた。

「きまったことだから、しょうがない」

その一点張りだった。

「戸数がかなり減りますよ。なんですか、このホールみたいなものは。集会所にしては大き過ぎませんかね。ホテルとかならわかりますけど」

「そういうことなんだろう」まるで他人事のように部長は言った。

「えっ……」その場にいたメンバー全員が凍りついた。

集合住宅でなくホテル化されるというのだ。

「さっき役員会で了承された。つまり計画はいったん白紙にもどすということだ」

三年を費やして検討が進められた計画が突如、ちゃぶ台返しを食らったのだ。サラリーマン社会ではよくあることともいえそうだったが、話を聞くうちに鋼平は疑問を覚えた。

「運営はヴァイヴ・ジャイルズが行う。マカオのホテルグループだ」

「マカオ……まさか、じゃあ、このホールみたいなものは……？」

「カジノだ。驚く話じゃあるまい」部長は自らの沽券を守るかのように平然と口にした。

「でも特区はまだ承認されていないじゃないですか」同僚も疑念を呈した。

「それはうちらの心配する話じゃないだろう。やれと言われたことを粛々と進めるまでだ」

話はそこまでだった。ヒラメで小心者の上司にそれ以上聞いたところで、なにも出てこない。

しかしその日のうちに鋼平は、これが社内抗争の一環であることを知らされた。ちがうプロジェクトを担当する先輩が説明してくれた。

「専務の歌川さんが動いている。カジノ特区を推進している官房長官にとりいって儲けようってわけだ。それで一気に社長を追い落とすつもりだ。それに本部長がのっちまった」

「だけど特区が認められるかどうかわからないじゃないですか。反対の声も強いし」

「認められる方向だ。水面下で進行している。カネだよ。ばらまいてるんだ。中国の連中のやりそうなことだ。うちだって相当出すみたいだし」

そこから先は先輩の想像に過ぎなかったが、しばらくして鋼平は選手村建設をめぐって都から流れてくるカネの流れに妙な点があることに気づいた。いわゆる「周辺対策費」が巨額にのぼっていたのだ。億単位だ。しかもそれらは様々な形で予算書に潜りこんでいた。鋼平は経理部の同期に調べてもらった。

「対策費のぶんだけ、きれいに抜かれている。出金してるんだ。ブラックマネーだよ」それが官邸に流れているのは想像に難くなかった。

「そうまでして協力して、結果的に特区が認められなかったらうちは大損じゃないか」

「しかたないさ。上が決めたことなんだから」同期はあきらめていた。「社長だって渋々、ゴーサインを出さざるをえなかった。政治案件だな」

鋼平はあきらめきれなかった。さらに調べると、問題のカネが都内のコンサルタント事務所に送金されていることがわかった。そこの役員に名を連ねる女性の苗字を見て首をかしげた。専務とおなじ「歌川」だったのだ。もしやと鋼平は専務の自宅に足を運んだ。表札には女性役員とおなじ名前が専務の名とともに並んでいた。

コンサルは実体のないダミーだ。資金を個人的に流用しているのだ。そこから先、カネがどう流れているのかはうかがい知れない。政官界とのパイプはたしかにあったほうがいい。それは鋼平にもわかっている。だが一線は越えてはならない。たとえ重役連中だってそうだ。とりわけカジノなんて両刃の剣だ。一歩まちがえば、こっちが痛い目に遭って大損害を被る。その話を鋼平は直接してみた。

成城の一等地を訪ねて。

「わかった」社長は穏やか口調で言った。「調べてみるよ。教えてくれてありがとう」

その後、プロジェクトは仕様変更のまま動きだした。なに一つ変わらなかった。唯一、鋼平に異動の内示が出ただけだった。

「マジかよ」

自分をなじりながらもう一度、四角い車内を這い回ってみた。四つのドアはどれもロックされている。開錠ボタンを押してもすぐに元にもどってしまう。ワイヤーでドア側面の錠につながっているのだろうが、それが故障しているらしい。しかし助手席も後部座席もそうだというのはおかしい。運転席の集中ドアロックの異常かもしれない。パワーウィンドウだから窓も開かない。ガチャガチャとドアハンドルを引っ張り、しまいにはドアに体当たりを繰り返したがびくともしない。

どうしてこんなことが起きるのだ。旧車だからキーをイグニッションに差したままドアロックしてしまうことはあるだろう。だが逆に人間がなかにいるのに、ロックが外れないなんて聞いたことがない。キーの閉じこめでなく、人の閉じこめだ。ありえない、こんなこと。二十分ほどして汗だくになったところで、運転席にもたれかかった。

午前二時三分。

落ち着け。状況を分析しないと。動きまわったせいで暑くてならない。ワイシャツを脱ぎ、ランニングシャツ一枚になった。それでもゴム手袋は外せない。周囲を見回す。もっとも恐れているのは運転手——あの若造——がもどって来ることだったが、いまのところあたりに人気はない。ベルトに挟んだ四百万を見下ろす。カネを手に入れ、目的は達したんだ。あとはここから出さえすればいい。早くしないと。

車内をたしかめた。後部座席の足下にはつぶしたダンボールが散乱している。ミネラルウォーターやら健康食品やらの箱だ。持ち主の仕事とかかわっているのだろうか。後部右側ドアのアシストグリップには、空のワイヤーハンガーが一本ぶら下がっていた。

助手席にかがみ、スマホの明かりで足元を照らしてみる。発炎筒とともにそれは見つかった。六十三年式のマークⅡだから装備品というわけではあるまい。持ち主がオプションでセットしたのだ。先端の尖った小型ハンマーだった。水没時などになかから窓を割るためのものだ。試したことはなかったが、これを使うほかない。そっと手を伸ばし、握りしめる。だがガラスだから音がする。

脳に氷を突っこまれたかのように、頭から火照りが失せた。かわりに本物の恐怖が降りてきて、たまらずハンマーを放りだす。

おれはいま、なにをしている。

出来心なんて言い訳はできない。他人の車に侵入し、盗みを働こうとしているんだぞ。そのうえガラスを破るだと？　持ち主の身になってみろ。カネを奪われ、車まで壊されたら、怒り狂うのは目に見えている。すぐに通報するだろうし、マジにその筋の輩なら組織の力を借りておれのことを捜しに来る。鋼平はベルトに挟んだ札束をつかみ、助手席に放り投げた。ゴム手袋をしているのが幸いだ。とにかく何事もなかったようにして外に出ないと。

周囲に注意しながら後部座席に移動し、リアシートの背もたれの裏に指先を這わせてみる。ワゴンタイプの場合、シートは可動式でトランクとつながっている。セダンだっておなじはず……ではなかった。レバーもボタンもない。かっとなってシートをつかみ、力まかせに引っ張ってみたが、びくともしない。

黄金色の輝きが一閃した。

反射的にリアシートに身を潜める。スーパーカブ特有の乾いたエンジン音が目と鼻の先を通り抜ける。交番警官だろう。路地に入ってきたのだ。カブは停止しなかった。見つかってはいない。

鋼平は運転席にもどり、まずは札束四百万円ぶんをアタッシェケースに入れ直した。ケースを元あった足下の暗がりにそっと置き直し、そのまま助手席の座面に頬を擦りつけるようにして倒れこむ。深呼吸だ。まずは気持ちから立て直さないと。

ドアロックの構造を思い浮かべる。ドア側にあるラッチがボディ側のストライカーを噛む仕組みのはずだ。そのラッチの動きをつかさどる機構がワイヤーにつながれ、ロックボタンの動きと連動している。ざっとそんな感じだろう。そのワイヤーが外れたか、絡んだか、それとも切れたのか。

気を取りなおして体を起こし、運転席のドアの側面のすき間に指を這わせてみる。さすがに指は入らないが、定規のような薄っぺらなものなら差しこめそうだ。ズボンの尻ポケットから財布を取りだし、クレジットカードを抜きだす。しかしすき間には入るものの、錠があるあたりで、もうすこし細かい動きができなければ役にたたない。押したり、ひねったりするなら鉤のついた棒状のものが理想的だ。鋼平はカバンにキーホルダーを入れてあったことを思いだした。キーリングを外して針金のように伸ばせば、差しこめるかもしれない。だがそれ以上考えるのはよした。それが手に入るぐらいなら、おれはダッシュで桜田通りを走りだしている。窓の外を見下ろした。よれよれの革カバンは、まるで主人を待つ子犬のようにドアの下できちんと立っている。

水銀灯の明かりのなか、ダッシュボードやコンソールボックス、それにリアシートのあちこちをたしかめた。マイナスドライバーが一本見つかったが、太過ぎてすき間に入らない。

妙案が浮かんだ。ワイヤーハンガーだ。シートを倒して振り返り、それをむんずとつかむ。がんばって押しこめば入りそうな太さだった。鋼平はハンガーの片端を両手でつぶして尖らせた。それを錠前があるあたりのドアのすき間に垂直に立て、ぐいと押してみた。ドライバーより細いとみえて、すこしずつ奥へと進入していく。

いいぞ……がんばれ……。

先端部分がなにかに触れた。ドアのラッチだろうか。想像をめぐらせ、手にしたハンガーを左右にぐりぐりとひねってみた。

三十分以上が過ぎ、ようやく鋼平はあきらめた。そもそも錠前の構造自体、よくわかっていないのだ。闇雲にハンガーを突っこんだところで開くわけがないだろう。ばかめ。

かといってスマホを使ってマークⅡのドアの構造を調べる気にもならなかった。遠回りのようでそれが一番手っ取り早いのだが、なにかもっと単純な方法はあるまいか。外からきちんとキーを鍵穴に差しこんで回してみて、ドアハンドルを握れば、ラッチが解放されるはずだ。つまり内側から開けようとするところに無理がある……と思ったとき、天啓が下った。

インロックの逆だ。

キーを車内に残したままロックしてドアを閉めたとき、通報を受けてやって来た修理工場の作業員はなにをする？　なにか特殊な工具でも持ってくるかと思いきや、使うのは先端が鉤状になった定規のような金属板一つだ。それを窓ガラスの上部を固定するゴム部分のすき間に差し入れ、するすると窓の内側に這わせ、鉤の部分をロックボタンに噛ませて引っ張ったり、鉤でボタンを押したりして開けるのだ。だったらだ。あらかじめ内側のロックボタンを開錠方向に押したまま、誰かに外のドアハンドルを引いてもらえばいい。しかし外には誰もいない。そこで作業員の金属板がわりに、いま手にするワイヤーハンガーを分解してのばし、先端をフックのように丸めたうえで、窓とゴム部分のすき間に入れて外側のドアハンドルまで這い下ろす。フックが引っかかったところで内側からハンガーを引っ張る――そういう寸法だ。

鋼平はゴム手袋が破れるのもかまわず、絡み合うワイヤーを外してまずは一本の針金状にし、それから片方の先端を丸めてフックをこしらえた。それを窓とゴム部分のすき間にすっと通し、器用に下に這わせていく。そこまでは思い描いたとおりだった。だがドアハンドルにフックが思うように引っかからない。ワイヤーが微妙に短いのだ。あらためて周囲に人影がないことを確認したうえで、鋼平は蒸れた革靴を脱いで運転席に中腰で立ち、まるでマリオネット遣いのようにワイヤーを操作し、できるだけ外にワイヤーを送りだしては、フックをドアハンドルに噛ませようとつとめた。もはや両手の指先がつかんでいる部分は数センチしかなく、全神経を集中してワイヤーを操らねばならなかった。

フックが引っかかった。それまでとはちがう手ごたえも指先に感じられた。

よし。

鋼平は右手でワイヤーをキープしたまま、左手をのばしてロックボタンを開錠方向へぐいと押した。だが指を放すとふたたびロックはもどってしまう。となると、左手はそのままだ。ワイヤーは右手の指先だけで引っ張らねばならない。いまや二センチほどしかないグリップ部分を親指と人差し指で挟んだ状態で。でもやるしかない。息を詰め、鋼平はたった一人でフィナーレに臨んだ。観客のいないショーの……ちがう。

いた。

観客がいたのだ。

路地じゃない。目黒通りの向こう側、街灯の銀色の明かりのなか、マンションの二階の窓辺に人影が見えたのだ。女が一人。白金ステーツだ。

アコばあちゃん……。

動転したのは一瞬だった。だがワイヤーが自重で外にすとんと落ちるには十分だった。

「なんだよ！　クソ！　ボケ！　タコ！」

外に聞こえるのもかまわず、中腰のまま大声をあげた。だがすぐにわれに返り、その場にしゃがむ。向かいの建物の二階はまだカーテンが開いている。ばあちゃんが片手でそれをおさえ、こちらに目を凝らしているように見えた。でも見えるわけがない。年寄りだ。それにこっちは暗がりだ。たとえ見えたとしても、まさかおれだとは気がつくまい。

それでも鋼平は、視界から逃れるべく、影のなかに身を縮めた。目黒通りにも桜田通りにも時折、思いだしたかのように車が通り過ぎる。三時を回っていた。あと一時間もすれば明るくなってくる。ばあちゃんは目を覚ましたところなのだろう。雨が降っていないかたしかめようと外を見たのだ。鋼平は頭をあげ、もう一度、白金ステーツのほうを見やる。

カーテンは閉じていた。

なんとかしないと。視線は自然と助手席へと注がれる。脱出用の小型ハンマーを放りだしたままだった。それを使えば確実に外へ出られる。そのまま逃げおおせることができるだろうか。でもたったいま、アコばあちゃんに目撃された気がする。昼間、窓が割れた車の前にパトカーがとまっていたら、あの人のことだ、ひょこひょこ近寄ってくるにちがいない。

「夜中、妙な男がこの車にいたのが見えたよ。あやしかったね、ありゃ。そうそう――」

写真でも撮られていたらおしまいだ。

鋼平はハンマーをつかみ、元あった助手席の足下、発炎筒わきのソケットにもどす。こいつのことを考えるのはよそう。最後の最後の手段だ。そうだ。鋼平は尻ポケットからスマホを取りだす。着信はない。健介に電話したい衝動が起きる。いまごろ町屋のワンルームで爆睡しているだろうが、事情を説明したら始発を待つこともせず、タクシーで駆けつけてくれるはずだ。だがやつがうそぶいた通りのことを実行したのがバレてしまう。いくら中学の同級生でもそこまでは受け入れてくれまい。家族じゃないんだし。

かといって妻も微妙だ。どんな反応をするか想像したくなかった。メールも着信もしていない。最近はたがいに仕事が忙しくてすれちがうことが多く、いっしょに家で食事をとる機会もない。だから帰宅メールもいつしかたがいに送らなくなってしまっていた。だけど出張に行ったわけでもないのだ。さすがに帰らないことはない。あいつだって心配ぐらいしているだろう。もうこの時間だ。今夜はもう帰らないとわかっていると思うが、連絡ぐらいしとかないと。右手だけゴム手袋を外してメールを打つ。

《遅くなってごめん。残業が山ほどあって帰れなくなってしまった。会社に泊まるから》

送信ボタンを押し、鋼平は自分をなじった。例のサラリーマン風の若い男がもどって来るのを待ち、ドアが開いた瞬間に脱兎のごとく飛びだして、ダッシュで逃げるしかないのか。

「最悪だぜ……クソ……最低だ……」声を押し殺し、倒したままのシートに横になる。なんでおればっかり。鋼平はひざを抱えた。

4

「これはきみにとって悪い話じゃない。先方がきみの人望、人柄の良さにほれこんだらしい」

「向こうに知り合いなんていませんけど」芳村部長に呼びだされた鋼平は、がらんとした会議室で疑問をぶつけた。

「おまえが知らなくても向こうは知っているんだよ」部長はいらついていた。「こっちだって困ってるんだ。後任を誰にするか早く考えないといけない。断れるものなら断りたいよ」

「断ればいいじゃないですか」激怒したい感情を押し殺し、鋼平は冷静につとめた。「わたしはいまの仕事で十分能力を発揮し、会社に貢献できると思います。Mのことなんて、これっぽっちも知らないし、まったくの畑ちがいです。お役に立てるか自信がありません」

「もう決まってしまったんだ。断れないよ」決めるのは部長だ。断るのも部長だ。逃げているのはまちがいない。「人事だから。しかたない。このとおりだ」最後は頭を下げてきた。

社長室で秘書をしている同期がいた。社内でばったり会ったとき、鋼平は向こうから訊ねられた。

「おまえ、なんかやらかしたのか」

「してないって。わけわかんないよ。おれはカジノなんて危ういですよって言ったまでだ」

「誰に言ったんだ」

「誰って……」

「おまえが騒いでるって話を聞いたぞ。それが今回の異動にかかわってるんだろ」

「騒いでなんかいないさ」

「でも動いたろ、いろいろ」

思いきって聞いてみた。「そういう話になってるのか」

「具体的には知らない」ぼそぼそとつぶやいた。「いまの社長は専務を危険視している。だから裏金をプールして政界工作に回していることぐらい、とっくの昔に気づいていた。だが、その話をおまえが社長に耳打ちしたんじゃないかって、そう考える人間がいてもおかしくない。はっきり言っておまえの能力を認める人間はいる。行動力があることも知られている。だけどそのぶん、それを快く思わない人間もいるんじゃないか……てゆうか、快く思わない人間がいるんじゃないかって想像を巡らせて先手を打とうとするやつがいるってことかもな。そういう網に引っかからないよう、みんな、注意しているんだ。とくにおれなんて、その最たるものだよ。バカにされるだろうけど、おまえには」

「上に忖度する人間がいたってことか。芳村さんなんだろ。でも誰を忖度したんだ。社長か」

「そんな上じゃないだろ」

ピンときた。「そうか本部長か。専務の懐刀だしな。それを芳村さんが忖度したのか」

「せいぜいその程度のレベルだろ。芳村さんが小心者で媚び男だってことは、みんな知ってるからな。おまえをこのままプロジェクトに残しておくと、自分の出世に影響すると思った」

「それで厄介払いか」鋼平は手でクビを切るまねをしてみせた。

「せいぜいそんなところだろ。これはあくまで想像だが、おまえの異動は会社的にはたいした話じゃない。そのへんの連中の忖度人事だ。そんなの、うようよある。だから何年かじっとしていれば、そのうちいいことあるって」

そこに立ちはだかったのが蛭田だった。

今年四十九歳になる蛭田不二夫が三田リアリティー・マネジメントの管理サポート部長に抜てきされたのは、四年前のことだった。元々は、ＭＲＭの中核業務であるマンション管理を担当する管理サポート部の出身だというが、それも二十代前半のみで、あとは様々な部署を転々としてきたらしい。だがそれ以上のこととなると、同僚たちも多くを知らなかった。そのくらいの年代の管理職となると、家族のことや趣味嗜好、カネの使い道など、多少の素顔らしきものが見えてきそうなものである。だが蛭田に関しては、人間らしい一面が垣間見えなかった。一つには酒を一滴も飲まず、そのせいもあって部下とたいして交流しないのが大きな原因だった。しかし酒なんて飲まなくても多くの管理職が部下とコミュニケーションを取っている。要は、部下と交流するだけの度量がないだけでなく、部員全員を自分の足を引っ張るバカばかりと考えており、つねに上しか見ていないからなのだ。

蛭田にとっての上とは、ＭＲＭの役員はもちろんだが、さらに上、つまり親会社である三田不動産の幹部たちのことだった。子会社のプロパー採用社員が親会社に抱きがちな偏見が強く、そのせいで親会社に対する卑屈感が日々の言動からほとばしっていた。

異動から一週間ほどした日の夜だった。

まもなく退社しようかというとき、鋼平が隣席の同僚に、湾岸エリア再開発についてぽつりぽつりと話していると、部長から自席に呼びつけられた。

「湾岸エリアはおまえの担当じゃないよな。そんな話をされても、みんな、困るだろうよ」

「ええ、でもただの昔話ですから」

「自慢話だろ」

蛭田は真顔だった。頬を紅潮させ、言葉は裏返っていた。この男の声がこうなるのは、親会社に電話するときと、部下を怒鳴りつけるときだった。

「いえ、すみません。自分がどんな担当だったか聞かれたものですから」

「いいんだよ、そんな話はしてもらわなくて。おまえは来たばかりなんだし、覚えることがほかにたくさんある。どうしてそっちに精を出してくれないのかな」

「すみません、もちろんそれは――」

一気に火がついた。それが最初の洗礼だった。

「原谷……おまえ、おれのことバカにしてんだろ」目がすわり、すごんできた。「おまえはもう向こうの人間じゃないんだ。片道だってことを忘れるなよ。あとのことは、こっちがぜんぶ決められるんだ。でもパワハラなんかじゃないぞ。覚えておけ。事実だからしょうがない。イヤなら、自分でなんとかしないと」まるで退職を迫るような言いっぷりだった。

鋼平は腹が立ってしばらく眠れなかった。元の職場を追いだされ、流れ着いた先でもこの仕打ちか。最初からこんなに敵意をもたれては先が思いやられる。鋼平はすこしでも部長との接点を減らし、気持ちを保とうとした。

それに考えようによっては、自分にとって大きな蓄積となる可能性もある。鋼平はこれまでずっと大規模プロジェクトばかり携わってきた。しかも建物を完成させるまでが仕事だった。住民やそこで働く人たちが、どんな暮らしを送り、どんなふうに仕事をしていくか。想像するしかなかった。ところが管理会社はちがう。マンションもモールも建物が完成してから業務が始まる。住民や従業員たちがどんな不便を感じ、フラストレーションをためているか、それを目の当たりにできるのがこの職場だった。鋼平は五つのマンションを受け持っていた。築年数が古いものから、新築のタワーマンションまで、戸数もバラバラだし、ファミリーから単身者はもちろん、高齢夫婦やシングルマザーの家庭もある。そうした住民一人ひとりと正面から向き合って、クレームもふくめ要望に耳を傾け、解決策を探っていく。それは大規模プロジェクトの遂行同様、社会にもとめられている仕事のはずだ。

そう考えるようつとめ、二年が過ぎた。だけどさすがに煮詰まってきた。なにしろ先が見えない。アコばあちゃんみたいに鋼平のことを息子のように思ってくれている人はまれだが、担当マンションの住人たちから信頼されているのは、肌で感じている。すくなくとも、蛭田なんかの百倍も誰かの役に立っている実感はある。でもどうだろう。もう限界かもしれない。自分に対してだけでなく、蛭田の横暴がエスカレートしているのだ。部員たちは呆れ果て、もうほとんど口も聞かない。だが本人は部下が自分の言うことを聞くと勘ちがいして毎日「部長通信」なるメールを送ってくる。「住人管理の基本的心得」にはじまり「トラブル対処の基本は現場主義、現地に必ず足を運ぼう」「チームスで情報共有の徹底を」「業務報告書の書き方」と、まるで小学校の担任のようなことをつらつらとつづってくる。そもそも「住人管理」なんて、お客さまに対する信じがたい上から目線には反吐が出る。

「お客さんの前で管理人を怒鳴るのだけはやめてほしいんだよな」

健介も蛭田のことは知っている。売り屋として客に内覧してもらっているとき、何度もハラハラする場面に遭遇しているのだ。

「立場の弱い人間を見つけちゃ、つらくあたるんだよ」鋼平はうんざりした。「いじめだよ。よくあれで訴えられないもんだ」

「たまに現場に来たからって、威張り散らすのはやめろって。マウンティングだぜ」

「こっちは職場で毎日、あいつと顔合わせなきゃいけないんだ。頭がおかしくなりそうだ」

愚痴る鋼平に健介の顔つきがすこしだけこわばった。「でもおまえはいいじゃないか。ちょっとがまんすりゃ、月給入るんだから。こっちは完全歩合制だよ。やつのせいで一食分、メシが食えなくなるようなものさ。マジに金銭的損害が発生してる」

中学の同級生との間には、いまや歴然とした格差が存在する。それを思えば、自己憐憫に浸りながら日々を過ごす軟弱サラリーマンと、目の前の客をだましてでもハンコをつかせ、一円でも多くカネをむしり取ろうとしている男とでは、人生そのものへのハングリーさが根本的にちがった。

セダンの車内は、蒸し暑さとケミカルな芳香剤の臭いが充満し、吐き気を催しそうだった。就業規則に反して住人と金銭のやり取りを行った部下に蛭田がどんな態度を取るか。冗談を真に受けて一線を越えてしまった高給取りのことを、日々、生き馬の目を抜くような仕事をしている同級生はどう感じるか。運転席に倒れこんだまま、鋼平は体全体がみるみる縮んでいくような錯覚にとらわれた。

午前三時十二分になっていた。

5

力なく鋼平はスマホをつける。

妻からの返信はない。もう寝ているのだろう。あたりを見回した。人通りはもちろん、車ももうほとんど通らない。持ち主がこの時間にもどって来るとは思えなかった。ただ、もし帰って来るなら、外が暗いうちがよかった。車内で身を縮こまらせ、ドアが開いたときに飛びだすのだ。でもそのタイミングを見はかるべく、この場でじっと周囲に目を光らせているだけでは気が遠くなりそうだ。

そうだ。

窓だ。

割る必要はない。上部のゴムパッキンの間に指を差し入れ、力いっぱい押し下げてみてはどうだろう。鋼平はシートから身を起こし、ゴム手袋をはめた左右の指を広げて窓ガラスの隙間に突っこもうとした。だが三、四度力を入れただけであきらめた。ワイヤーハンガーは無理くり入れることができたが、指なんてとてもでないが入らない。爪のあたりがわずかにめりこみ、じんじんとくる痛みが指先に広がるだけだった。

イヤな痛みだ。

ひと月ほど前、自宅で熱したポットを素手でつかんでしまい、水膨れのできる火傷を負った。ビリビリと電気が走るような痛みが右手の指先から肘にかけて這いのぼってきて、鋼平は一人でうめいた。それは皮膚が再生したあとも時としてぶり返し、まるで神経の慢性病のようになっていた。ふいにあの日のことが思いだされ、胃のあたりに不快感が広がる。

迂闊にもポットをつかんだのにはわけがある。その直前、台所の可燃ゴミ袋のなかに妙なものを見つけてしまったからだ。

一枚のレシートだった。

岩手の物産館。

東銀座だ。

盛岡の老舗和菓子屋が作る串団子。鋼平が買ったわけでないが、それがどんなものかすぐにわかった。前夜、家で食べたばかりだったからだ。テーブルに並んで。

夫にはいつものシャルドネを注ぎながら、自分はペットボトルの緑茶を選んだ青海と。盛岡出張から帰って来たばかりのはずの妻と。

鋼平は子どものころから、ボーイッシュなショートカットの女性に心ひかれてきた。二十九歳のとき、渋谷の広告代理店・三光アドを訪ねたさいもそうだった。ドアのすぐ向こうに真剣なまなざしでパソコンに向かう女性がいた。

それが二歳下の咲田青海だった。

てきぱきと仕事をこなしながら、自分の時間をきちんと作って趣味のボルダリングも楽しんでいた。そのバランス感覚に鋼平はひかれ、一年ほどの交際をへて結婚した。たがいに仕事は忙しかったが、二人の時間は確保し、キャンプや旅行に出かけた。この二年ほどは、鋼平の仕事の状況や世情もあってなかなか連れだっては出かけられないが、ただ家にいっしょにいるだけというさりげない暮らしでも、静かに熟成の始まったワインのように日に日に安堵が積みあがっていくのが感じられた。もしそうでなかったら鋼平は仕事のストレスに押しつぶされ、気がへんになっていたことだろう。

だがそれも自分だけの勝手な思いこみだった。

あのレシートを見つけた瞬間、その事実が胸を突きあげてきた。自分が知らぬ間に進行している事象はなんなのか。奔放過ぎる想像力が留め金の壊れた小型機械さながらに暴走を開始し、沸騰した湯のように頭のなかにあふれ返った。台所でレシートをにらみつけていると、インターホンが鳴った。宅配便だった。また通販でなにか買ったんだ。青海はまるでストレス解消のように買い物をする。通販依存症を疑ってしまうが、べつに鋼平に隠しているわけではない。堂々と買いつづけている。でもこれはちがう。

どうしてうそなんかつかないといけないんだ。

あの日のことを思いださせる指の痛みに腹が立った。まるであいつのせいでやけどを負ったかのようだった。おれがいま、こんな目に遭っているなんて知りもしまい。武蔵小山のマンションで二人で暮らしてきたのはまちがいない。だがいつしかそこにはもう一つ、あいつの秘密がむくむくと沸きあがり、充満していた。それに気づかなかったなんて。

鋼平は窓に頭を打ちつけた。おぞましい猜疑心が体中に満ちていく。吐き気がした。だからこそ疑いは晴らさないと。こんな思いを抱えたままもうひと月か。不審に思っても真実を知るのが怖くて、なに一つただせずにいた。いつもより着飾って出かける日もあった。帰宅したとき、たばこの臭いがするときもあった。それでも家ではふだんと変わらず、いつだってたがいにその日起きたことをすみずみまで話して聞かせ、ソファに並んでテレビを見て、いつ行けるとも知れぬ海外旅行の話で盛りあがった。だから探るべき真相はオブラートというより、ダンボール箱にしまわれ、なかなか開梱にいたらなかった。

だがこうしていま、暗い車内に閉じこめられてみると、あのレシートの一件が胸のなかで膨張してくる。だめだ。やっぱり疑念ははっきりと晴らさないと。鋼平の視線はふたたび助手席の足下に注がれる。とにかくここを出ないと。

かまうものか――。

がばっと体を起こし、そっちに手を伸ばす。

つぎの瞬間、動けなくなる。

光だ。

ライトが車内を一閃したのだ。

耳にエンジン音が滑りこみ、タイヤがアスファルトの小石をゆっくりと踏みつけるのがわかる。黄金色の光が赤い輝きに移り変わる。マークⅡの運転席のすぐ隣の駐車スペースにバックで進入を試みているのだ。

慎重に体を起こす。白のワゴン車。工事車両だった。アタッシェケースを広げていたのはサラリーマン風のスーツの男だ。だが取引相手も似たような格好をしているとはかぎらない。むしろ作業員風のいでたちでカモフラージュしているかもしれない。

ざっと音がしてスライドドアが開く。倒したシートに体をもどし、鋼平は暗がりで身を固める。真横だ。

ボディわきに記された社名がはっきりと読める。「浦木建設工業」。グレーの作業着姿の男たちが次々降りてくる。そのうちの誰かがこっちのカギ穴にキーを突っこんでドアを引き開けるのではないかとひやひやした。でもそれを懇願してもいた。最初にこの車にいた男とは、まるでちがう服装の面々だ。それがこっちの車に乗り移ってくるのなら、もうまちがいない。まともな連中じゃない。だったら侵入者が車から飛びだしてきたとしても、すくなくとも警察には届けまい。自力解決に走るはずだ。ということは、こっちにも逃げおおせる可能性がある。なんの確証もないのに鋼平はそれに賭けた。ロックが解除され、やつらの誰かがドアハンドルをつかんだ瞬間、そこが勝負だ。鋼平は息を殺し、じっと待つ。

「サワディ、照明たのむよ」

「リョウカイ」

「ゼンはコーン並べて」

「ワカリマシタ」

落胆が広がった。黄色いヘルメットをかぶった現場監督とおぼしき日本人の男が一人。あとは中東系の顔だちの体格のいい男たちが四人。ワゴン車のバックドアを開け、発電機や工具の荷下ろしをしている。本物の作業員たちのようだ。機械のたぐいを台車にのせて目黒通りへと繰り出していく。作業中をしめす簡易電光掲示板が灯る。地下ケーブルの工事だった。マンホールを開けてなかで作業するのだろう。路面を切ったり割ったりするわけではないから、この時間でも認められるのか。それにしたってタイミングが悪過ぎる。現場監督はワゴン車のなかで室内灯の明かりのもと、台帳のようなものにせっせとなにか書きこんでいる。マークⅡの運転席の真横、間にあるのは向こうの助手席だけだった。距離にして三メートルもない。いまここで鋼平が体を起こしたら、まちがいなくあの男の視野に映る。おや、と思ってこっちに目をやるだろう。

そこでにっこり微笑んでから「ドア、開けてください！」って叫んでみるか。当然、向こうは鋼平が車の持ち主だと思うだろう。どういうわけか車内に閉じこめられてしまい、助けをもとめている。気のいい現場監督はワゴンを降りてきて、マークⅡの運転席のわきに立ち、ドアハンドルをぐいとつかむ……。

開く保証はない。

そもそも現場監督だって首をかしげるだろう。車の持ち主ならキーを持っている。それを回してパワーウィンドウを開けて外に出ればいいいじゃないか。それができないくらいシステムが壊れてしまっているのか？　それともあんた、キーを持っていないのでは？　ん？　カバンが落ちてるぞ。へんなワイヤーも。

監督はカバンをかき回し、キーがないことに気づく。

キーがないのに、あんた、どうやって車内に入れたんだい？

不信感を抱かせるには十分なシチュエーションだ。はやる気持ちを抑え、鋼平はシートの暗がりに潜みつづけた。

そのときだった。

男が見下ろしていた。

目と目が合い、鋼平は息ができなくなった。作業員の一人だ。浅黒く彫りの深い顔立ち、ぎょろりとした目に禿げ頭。見覚えがあった。白金ステーツに出入りしているとき、道路工事で見かけた男だ。ほかの連中よりひと回り小柄だが、突き出した腹を抱えながら日本語を操っているのを耳にした。インドのコメディアンかと思わせるひょうきんで愛想のいいタイプに見えた。

男は鋼平に向かって小さく頭をさげ、微笑んだ。胸につけたプラスチック製のネームプレートが水銀灯に照らされている。

アールニ。

日本に暮らしてどれくらいになるのか。前はもっとほかの仕事、高給が稼げる仕事に就いていたのかもしれない。銀座あたりのインド料理屋じゃ、日本語がしゃべれるってだけでバイト代が跳ねあがる。それがこのご時世、ご多分に漏れずリストラされ、工事現場を転々とする羽目になったか。

鋼平はこの男に賭けることにし、半身を起こして運転席の窓ガラスに口づけせんばかりに顔を近づけた。

「はい、はい、ごめんなさいね」反射的にアールニは左右の手のひらを目の前に広げ、鋼平の言葉を制した。「起こしちゃいましたね。静かにやりますから。もう一度、おやすみなさい」こんどは合わせた両手を右の頬の下につけ、小さく首をかしげる。

「ちがう……そうじゃない……」

思わず鋼平が口にすると、アールニは顔をしかめた。「ほんと、ごめんなさいね。おつかれさま。ゆっくり休んでね」

「ドアが……開かない……だから……そっちから……開けて……くれ……」

外のドアハンドルのほうを指でしめしながら、はっきりと聞こえるように言った。だがアールニはおなじことを繰り返した。「おやすみなさい」それで気づいた。知っている日本語を羅列しているだけなのだ。多少話すことはできても、こっちの言ってることは理解できないらしい。

突き出た腹を揺らしながらアールニは目黒通りの現場に向かった。もう監督も運転席から消えていた。鋼平はもう一度、助手席のハンマーを見やる。やつらに気づかれずに窓を割ることはできるだろうか。静音型とはいえ発電機だ。ガラスが割れる音ぐらい紛れるかもしれない。それにその手の音なら、工事現場で響いても奇妙には思われまい。ピンチをチャンスにだ。鋼平は黒豹のように暗がりで滑らかに上体を動かし、ふたたびハンマーを手に取った。

やるしかない。

念のためリアシートに移り、ワゴン車を背にした格好で左側の窓の前に正座する。まずは一部を割って外のドアハンドルに手を伸ばす。それがダメなら全部割って窓から這いだすしかない。弁償……？　一瞬、頭をよぎったが、いまは考えたくなかった。とにかく一刻も早く外の空気が吸いたかった。

工事現場のほうを振り返り、作業員たちの姿をたしかめる。よし。ためらいは禁物だ。

鋼平はまさに〝脱出用〟のハンマーを振りかぶった。

6

全身が凍りついた。

パブロフの犬だ。

電話が鳴ったのだ。こんな時間にかけてくるなんて一人しかいない。担当マンションのどれか一つでトラブルが起きたとしても、夜間は警備会社が対処する。それらの連絡は午前九時に管理サポート部の端末に入ってくる。だからそうした事象の連絡ではない。

蛭田だ。

思いだした。総会の報告書を今日、いや、きのうのうちに提出しなければならなかったのだ。アコばあちゃんのカネの一件ですっかり忘れてしまっていた。しかも一度、部長から電話がかかってきていながら、かけ直しもしていなかった。まさかいままで、会社でおれが帰ってくるのを待っていて、ついにしびれを切らして電話してきたっていうんじゃないだろうな。ちくしょう。いまの事態をこんなにあっけなく蛭田に知らせることになるとは。

頭は真っ白だ。

だがうそはつけないし、なにより電話に出ないわけにはいかない。鋼平は泣きそうになりながら尻ポケットからスマホを取りだす。

ちがう。

ディスプレイは真っ黒のまま。それでいて電話は鳴りつづけている。

一瞬、パニックに陥ったが、大きく息を吸ったとき、着信音が足下であがっていることに気づいた。おなじ音だから勘違いしたのだ。鋼平はフロントシートとリアシートの間に広がる折りたたんだダンボールの海に手を突っこんだ。音が大きくなる。エンジンの動力を後輪に伝えるプロペラシャフトの出っ張りの向こうがかすかに輝いていた。そこでスマホが裏返しになったまま、震えながら叫びをあげている。

BMMM
略称だろうか。ディスプレイに表示されている。発信者名だ。アタッシェケースを広げていたあの若い男の関係者なのだろう。だが応答するわけにいかない。車内に広がる白々とした輝きのなか、鋼平は音量ボタンで着信音をミュートした。バイブレーションだけがいつまでもつづく。相手はなかなかあきらめない。こんな時間だっていうのに。

恐ろしい想像が走る。

置き忘れたスマホを回収しにもどって来たのだろうか。あの若い男が車の近くまで来て、車内に不審者がいることに気づいた。それでべつのスマホから電話をかけてきた――。

ディスプレイ面を下に向けて光が広がらないよう注意しながら、あたりを見回してみた。目黒通り側に作業員たちがいるほか、人影は見えない。時折、車が通過するだけだった。しかしどこかに潜んでいるのかもしれない。このあたりのマンションの部屋からアコばあちゃんのようにのぞき見している可能性だってある。そう思うと鋼平はまた息が吸えなくなってきた。

応答するまで切らないぞと言わんばかりに、電話は振動をつづけている。いったいそこでなにをしている。ぜんぶ見えているんだぞ。

救いを求めてはどうだろう?

いや、取り引きだ。

どうせろくなカネじゃない。それを見られてしまった。奪われる恐れだってある。なにより通報される可能性が高い。だからこそおれが何者か見極めようっていうのだろう。そばにいるのなら、チャンスはある。うまいこと、やつをここまでおびき寄せ、直接対話に持ちこむのだ。そして渋々ながらやつはドアを開ける。いや、きっと腹にいちもつを隠してのご対面となろう。だがこっちとしちゃ、さほど対面に時間は割けない。一瞬、まさにほんの一瞬だ。薄暗いから野郎はこっちの顔だってまともには確認できまい。こっちだって拝顔して手を合わせるなんてつもりは毛頭ない。都会に降臨した黒豹として新たな闇にまぎれるのみだ。足下のカバンを拾いあげて。

執拗にバイブレーションはつづき、ディスプレイは輝きつづける。ふたたび裏返してみる。

BMMM

思いきってタッチしてみようか迷う。こっちが出たらどうなるだろう。重苦しい沈黙のなかの電子的対面――。いざとなると言葉が喉に引っかかって出てこないのではないか。引っかかるどころか、頭にも浮かばないかもしれない。この場で「もしもし」じゃ、向こうだって興ざめだろう。ナメられるにきまってる。気を引き締めろ。前職で自分が渡り合ってきた相手を思いだした。偉そうな官僚はもちろん、それ以上に横柄な国会議員、狡猾の極みである広告代理店、業突く張りの地権者、住民から委託を受けた人権派の弁護士たち、それに……

ヤクザ。

一人では面会せず、必ず会話は録音するように――。警察からその手の指導を受ける相手たちと、鋼平は何度か渡り合う局面に立たされてきた。向こうだってあきらかに暴力団とわかるような対応はしない。むしろ並みのサラリーマンなんかより腰が低く、丁寧だ。だが運転手や付き人など、先方の代表者を遠巻きにしている連中が醸しだす雰囲気に向こう側の香りが漂っていた。言うなればこちらの常識が通じない第三世界のバザールにいるような雰囲気だ。

そんな場面でも、鋼平は堂々とこちらの計画と要望を説明し、決してひるむことなく相手の目を見て回答を待った。もちろん最後は警察が守ってくれると信じていたが、それ以上に開発事業者としての気迫で、たとえ彼らのような人々でも納得させられるとの自信があった。そしてじっさいうまいこと切り抜けてきた。

《さっきパトカーが来たよ――》

そう切りだすのはどうだろう。そう思ったとき、バイブレーションがとまった。電話は切れてしまった。

きっとまたかかってくる。そう思い、鋼平はリアシートに深々と身を沈め、スマホを握りしめた。そしてふたたびあたりに目をやる。電話でなく、直接やって来る恐れもある。いつでも対応できるようにしないと。そのとき自分が靴を脱いだままでいることを思いだした。なんてこった。このまま逃げようと思っていたのか。あわてて運転席に手を伸ばし、革靴をつかむ。ひと息つき、じっと待つ。勝負だ。

四時を回っていた。

すでに空は白みはじめている。闇が退きだし、視界が徐々に広がっていく。このなかのどこかにやつがいる。そんな気がしてならなかった。

ハンマーはずっとわきに置いたままだった。電話のことなんか無視して、手っ取り早く個人プレイに乗りだすべきか。鋼平は逡巡した。目黒通りの連中はまだせっせと仕事をつづけている。多少の異音は工事に伴うものだと、周辺住民たちをまだ勘違いさせてくれそうだった。もう一度、ディスプレイに目をやる。真っ黒い淵のように静まったままだった。ただ時間だけがそこに流れていた。

よし。

堂々巡りの果てにようやく腹をきめたとき、バイクの音がした。また警備員か。

ちがった。

新聞配達だった。

桜田通りから出現し、船首のような清正公前の交差点をぐるりと左折して目黒通りへゆっくり入ってくる。そしてマークⅡをとめた空き地のある路地へとバイクを滑りこませ、停車する。この路地は一方通行だから、桜田通りから入って来るにはこうして回りこまねばならない。半キャップのヘルメットをおざなりにかぶったうらぶられた感じの男と一瞬、目が合った気がして反射的に首を引っこめる。

新聞配達の男は前かごから朝刊を一部抜き取り、よろよろと足を引きずりながら八百屋のほうへ近づいた。マークⅡの目と鼻の先だった。鋼平はリアシートにうずくまり、男がいなくなるのを待った。

なんてこった。

アールニたちが発電機を載せた台車を押してこっちにもどって来る。工事が終わったのだ。ぶつぶつと外国語でなにか言い合うのが聞こえてくる。鋼平はリアシートに横たわった。アールニには気づかれている。寝たふりをしないと。おやすみなさいって言われたんだから。

作業員たちにのぞかれている気がした。ドア一枚隔てたところから理解できない言葉が降ってくる。この場でむくっと起き上がり、もう一度、ドアを開けてくれと頼むべきか。でもやっぱり下に転がったカバンのことがある。なにかようすがへんだと思われてしまう。

逡巡するうちにスライドドアが閉まる音がして、やがてエンジンがかかった。そのときには鋼平も四つん這いになって後部座席の窓に頬をこすりつけ、喉の奥から声にならぬうめきをあげていた。それがアールニにも監督にも伝わることはなかった。車は来たときよりも乱暴に土煙をあげて、駐車場から消えた。

歩道をジョギングする女性がいた。柴犬を伴い、ゆったりと朝の空気を楽しみながら散歩するおじいさんもいた。マンション前にとめたSUVの後部ドアを開け、ゴルフバッグを突っこんでいる若造もいる。いったいいつの間に出現したんだ。

四時半。

急速に夜は明けていく。

最後のチャンスだ。

鋼平はふたたびハンマーを握りしめた。ガラガラと音がしてシャッターが開いたのはそのときだった。

八百屋のオヤジがこっちを見ている。まるで軍事境界線を敵が越えてこないか目を凝らしているかのようだった。それに気圧され、鋼平はシートに身を潜めた。

半年ほど前のことだ。

白金ステーツの管理室に顔を出すと、あのオヤジが管理人と話しこんでいた。話をするというより、一方的にまくしたてている雰囲気だった。ふだんは店の奥でむすっとしているだけのくせして、この日は別人のように吠えまくっていた。

「まちがいないんだよ、ここの連中の誰かだ。信じられねえな、あんなことするなんて」

「こちらの住人の方のどなたかとおっしゃられましてもねえ……なにかその……証拠のようなものは……」

「見たんだよ。赤い服を着た女だ。帽子とサングラスの。そいつがゴミ箱に近づいてきて捨てたんだ」

「しかしそれがこちらの住人の方だとは……」

「いやいや、見覚えがある。だからこっちのカメラの映像見せてくれりゃ、わかるんだよ」

「いやいや、それはできかねます。管理組合の承認が必要ですから」

管理人がきっぱり言うと、オヤジはブルドッグのような顔を真っ赤にしてすごんできた。「なにをぬかしやがる。マナーがなってないだけでなく、証拠隠滅までしようってのか」あまりの剣幕にオヤジの脳の血管でも切れたらまずいと思い、ようやく鋼平は割って入った。

事情を聴くと、たしかにひどい話だった。八百屋の店先に置いた自販機わきの空き缶入れにクソまみれのティッシュが突っこんであったというのだ。

「帽子とサングラスのその女性がティッシュを捨てるところを見たんですか」

「こっちはゴミ箱ごと捨てなきゃいけなかったんだぞ。だって臭くてしょうがねえだろうが。うちは食べもの売ってる店だぜ。そこであんな臭い――まちがいなく犬のクソだよ――漂わせておけるわけねえじゃねえか」

鋼平はもう一度訊ねた。「ティッシュを捨てるのを見たんですか？　その女性が」

「だと思う。まちがいねえ」

「だと思う……って、はっきり見たのでしょうか。ほかのもの、たとえばペットボトルを捨てたってこともありますよね」鋼平は眉をひそめ、訊ね返してみた。「それ以前にほかの誰かが捨てた可能性もある」

「なんだよ、おまえ、おれを疑うのか。こっちは被害者だぞ。ここの防犯カメラ、調べてみろよ。その時間帯に赤い服の女が犬を連れて出かけるのが映っているだろうよ。もうそれで決まりだろ。いったいどうしてくれるんだ」

どうにかこうにか八百屋の主人に引き取ってもらい、鋼平はこっそり防犯カメラの映像を確認した。だがオヤジの言う時間帯、帽子とサングラスの赤い服の女性が犬を連れて出入りした場面は記録されていなかった。

その後、何度もオヤジは管理室にやって来た。管理人は辟易し、外の見回りにもめったに出なくなった。通りの向こうからオヤジがにらみつけてくるからだ。その後、八百屋の自販機の空き缶入れには注意書きが貼られた。

「白金ステーツの住人は使用禁止　ウンコ捨てるな！」

シャッターの向こうから早朝の路地に踏みだしてきたブルドッグは、こっちをじっと見据えながら体操をはじめた。ラジオ体操らしいが、体は硬いし、動きも鈍くめちゃくちゃだった。

日曜も営業するのか。

そう思ったのは、青果卸業者の古びたトラックが店の前に停車したときだった。

五時ちょうどだった。

これから日がな一日、あのオヤジと対峙しなければならないのか。

どうすりゃいいんだ――。

鋼平は絶望した。

体が自然と反応した。頭痛が走ったわけでも胃が重くなったわけでもない。しかし考えてみれば当然だ。これまでよく反射が起きなかったものだ。膀胱はぱんぱんに膨れあがっていたのだから。

やばい……。

つばを飲みくだし、車内を探る。明るくなったぶん、いろいろなものが見えるようになっていた。助手席の足下にペットボトルが放ってあった。

空だ。

ほかに頼るものはない。運転席に移動し、手を伸ばして助手席のそれをひっつかむ。オヤジに気をつけながら腰を浮かせ、そそくさとズボンを脱ぎだしたとき、一台の乗用車が路地に入ってきた。屋根に赤い回転灯を小さな帽子のようにのせている。覆面パトだった。私服の刑事だろうか。トラックがじゃまになって通り抜けられない。卸業者の運転手が手をあげて会釈する。パトは荷下ろしがすむまでその場でじっと待つ。助手席の開襟シャツの男がなにげなくマークⅡのほうに顔を向けた。

7

湘南の海辺の町だった。

鋼平たちが入学する前から荒れた中学として界隈で悪名がとどろき、そのせいで入学したときには、腕力だけはある半分チンピラみたいな教師ばかりが送りこまれるようになっていた。そんな連中でさえ尻ごみする本物のヤクザさながらの刑事が神保幸吉だった。ヤニ臭いその口を十四歳の少年の顔に近づけ、ドスをきかせる。

「おまえのことはぜんぶ見てるんだぞ。いいか、逃げられやしないんだ。オヤジもおふくろさんも守っちゃくれない。外を歩くときはせいぜい気をつけるんだな。立ちションでもしてみろ、すぐにしょっぴいてやるぞ」

その言葉のとおり、鬼のような顔の神保は相棒を引き連れ、ずっと鋼平のそばから離れなかった。本当に尿意を堪えながら家路を急いだこともある。いまの時代ならまちがいなく人権侵害で訴えられるはずだが、そのころはまだそんな乱暴な捜査がまかり通っていた。たとえ少年に対してでも。

一九九五年二月のことだった。

事の発端は、バレンタインデーの夜、学校に入った一本の電話だった。二年生の中川美千代が帰宅しないと親からかかってきたのだ。翌朝になっても美千代は帰らず、事件に巻きこまれた可能性もあるとされた。鋼平と健介の同級生で、吹奏楽部の次期部長とされる勉強のできる女子だったが、すくなくとも鋼平の目には、ちっともかわいくなかったし、話したいタイプじゃなかった。もうこのころには鋼平のなかには好みの女の子のタイプが固まっていた。その範疇から外れると、もはやおなじ生物ではないかのように感じた。幼子の無邪気さは残酷さと背中合わせだが、思春期ともなると、それがひりひりする悪意に彩られる。なにをするにもおかしく、たのしくてならないのだが、やってること一つひとつが誰かを確実に傷つけていることに気づきもしない。

野球部の部活を終え、着替えて下駄箱に向かったときだった。そこに中川美千代が立っていた。

午後六時前のことだ。いかにもプレゼントを入れているという小ぎれいな紙袋を両手で持っている。

「ひゅーひゅー！」誰かが声をあげた。

鋼平は知らぬふりをして仲間とぼそぼそと話しながら一刻も早くのその場を切り抜けようとした。知らない話ではなかった。誰に聞いたか忘れたが、おなじクラスの中川は鋼平にぞっこんだという。鋼平がべつの女子と楽しそうに話しているのを見て心を痛めているのだとか。いちいちそんなことを伝えにくる女子までいた。みんな、そういう話が大好きなのだ。

「原谷くん……」

真横をすり抜けたとき、かすれた声が耳に届いた。

「おい、鋼平、お客さんだぞ」仲間の一人がからかうように言う。「なんだろうな」

隣でほとんど口もきいたことのない女子が真っ赤になっている。鋼平は居たたまれなくなった。でもどうして自分のほうが恥ずかしくならないといけないんだ。

「なに?」ようやく言葉が出た。めちゃくちゃぶっきらぼうな感じで。

「あのぅ……」手にした紙袋がかさりと音を立てる。騒がれたくなかった。鋼平はちらりと仲間を見やってから踵を返し、玄関とは反対方向、廊下のほうへもどった。あとをあいつがついてくる。ちくしょう。誰にも見られない場所、どこでもいいから逃げこみたかった。

体育館の裏まで来ていた。まだバスケットボール部が部活をつづけていたが、扉は閉じられ、明かりはわずかしか届かない。そこで鋼平は振り返った。

「なんだよ。忙しいんだよ、おれ」

美千代は顔を真っ赤にしたままだった。ガタガタと震えている。そのときふと思った。こうして真正面から見るのははじめてだった。それほどブスでもない。いや、わりと美人かもしれなかった。だけどおれとは無関係だ。なのにどうしてここで、こいつに時間を奪われねばならない?

「あのね、原谷くん……これ、作ったの……もらってくれると……うれしいんだけど……」

真冬の凍てつく夕刻、部活で居残る生徒と教員以外、もうみんな帰宅し、テレビでも見ているころだ。鋼平は腹が立ってきた。「忙しいんだよ。知らないよ、なんの話よ」

「ごめんね、原谷くん……あの……バレンタインだから――」

なんでおれがこんな目に遭わないといけないんだ。それに鋼平が忙しいのはたしかだった。行くところがあったからだ。そのことを思うと居ても立ってもいられなくなった。こんなところで時間をむだにしている場合じゃない。

急いでもどったが、仲間たちは先に帰っていた。鋼平はカリカリしながら下校した。

翌日、中川美千代の失踪が伝えられ、警察が学校にやって来た。鋼平をふくむ何人かの生徒が校長室に呼ばれ、神保たちに事情を聴かれた。家庭環境もしっかりしていた美千代に家出の理由はなかった。警察は早い段階から事件性を疑った。

「午後五時五十分過ぎ、中川さんと体育館の裏で会ってるな。それは認めるか、おまえ」昼過ぎには鋼平は「おまえ」呼ばわりされるようになっていた。だが犯人視されるには理由がある。神保はそこを突いてきた。「家に帰ったのは何時だ」

「……六時半ごろかな」

神保はにやりとした。罠にはまった獲物に歓喜する猟師のようだった。「うそをつけ。七時過ぎだとおふくろさんが言ってるぞ」べつの刑事だろうか。先回りして母親から事情聴取していたとは。準備万端整えて、供述の矛盾を突こうって魂胆らしい。

「そうだったかな……よく覚えてないです」

「きのうの夜のことだぞ。そんなに記憶力が悪いのか、おまえ」

「じゃあ、七時ごろだったのかな」

「じゃあとはなんだ！　警察の取り調べだぞ。わかってるのか、おまえ」

「…………」

「玄関で野球部の仲間とわかれて、中川さんと会っていただろう」

「ほんのすこしですよ。すぐに帰りました。一人で」

「ほんのすこしってどれくらいだ」

「五分もかかってない」

「家に着くまでどこにいた」

「ちょっと寄り道しただけです」

「寄り道？　どこだ、それは」

「家のほうですよ。ぶらぶらしていました」

「あいまいだな。どこを歩いたか正確に話せ」

鋼平はあきらめた。半分はこの憎たらしい男が警察官で、公務員であることを信用した。つまり教師や仲間たちにへたに漏らすようなことはないだろう。もはやそう信じるしかなかったのだが。

家に帰る前にいた場所について、鋼平はぼそぼそと話した。神保の片方の眉があがった。「ほう、そんなこと、おれが信じると思うのか。誰かそこで会った人はいるか？　証拠がなきゃ、どうしようもないぞ。おまえは中川さんといっしょにいたんだろう。家に帰るまでずっと。なにをしたんだ、それを正直に言え！」

「もう話しました。それが本当のことです」精いっぱい毅然として鋼平は話した。体は悪寒に襲われたかのようにガタガタと震えていた。

「いいか、原谷、よく聞け。遺体が見つからなくても殺人罪っていうのは成立するんだ。そういうケースでも裁判官は有罪にする。刑務所に送るんだ。おまえはまだ少年だ。だからそれなりの場所だ。しかし居心地のいい場所でないのはまちがいない。オヤジやおふくろさんともおわかれだ。毎日顔を合わせるのは、獣のような連中ばかりだ。きついぞ。身も心もすり減る。だけど外に出してはもらえない。絶対に。ただし、ぜんぶ正直に話せば、おれが話をつけてやる。おれはそういう仕事をしてきたんだ。いいな、原谷、ぜんぶ話すんだ。それまでずっと、おまえのこと、見てるからな」

立ちションできないのがあんなにつらいとは思わなかった。冬だったからしょっちゅうションベンがしたくなる。だからそれまでは、部活で海までランニングした帰り道、まるで野良犬みたいにあっちこっちで放尿してきた。ところがそこにも神保たちはいた。マジにいやがらせをしてきたのだ。それを堪えて学校にもどり、便所に飛びこんだ。たっぷり一分以上、湯気をあげながらいきおいよく解放した。二リットルぐらい出たんじゃないか。生まれてこの方、あれほど出したことはなかった。

それにくらべたらたいした量ではなかった。それでも五百ミリのペットボトルではギリギリだった。立ちションはたしかに軽犯罪法違反だ。だがいまはどこを汚したわけでもなく、空のペットボトルにひと滴も外に垂らすことなく流しこんだ。手が後ろに回るような話じゃない。それにそもそも、なにも盗まず、車に侵入するだけなら犯罪じゃないだろう。車をとめた敷地への不法侵入？　ここは駐車場じゃない。ただの空き地だ。柵で囲われているわけでもないから、誰でも入りこめる。そんな場所を法律がどう守るっていうんだ。

ボトルのキャップをしっかりしめ、ズボンをはき直したときも覆面パトはまだとまっていた。鋼平は倒した運転席のシートに身を預けたまま、私服警官の視界から逃れた。万が一、やつが車を降りて近づいてきたらどうする。堂々と持ち主のふりをするか、観念して「泥酔して記憶がない。ドアが開いていたのでなかに入り、そのまま寝てしまったようだ」とでも告げて、いよいよ外からドアハンドルを握りしめてもらうか。だがそうなると、こっちの素性を明かさないわけにいかない。持ち主にもすぐに連絡がいくだろう。民事上の責任はまぬかれまい。それに相手次第ではそれ以上の罰を食らうことになる。

青果卸のトラックが動きだした。覆面パトもそろそろとそれについていく。

安堵が全身に広がる。膀胱が空になったぶん、気分は恐ろしく改善した。もう一度、周囲を見回し、鋼平はシートに横になったまま伸びをした。大あくびがとまらなくなり、急速に眠気が襲ってくる。せめてエアコンがきいていれば、眠気も紛れるだろうに。いや、逆か。快適なぶん、すとんと眠りに落ちてしまうか。そんなときにあの若造がもどってきたらどうする……。

ダメだ。

なにかしていないと眠ってしまう。鋼平は改めてロックボタンを押しながらドアハンドルを引きあげ、ドアに向かって緩慢な体当たりを再開した。

8

ぎゃっという悲鳴で正気にもどった。眠ってしまっていた。もう完璧に明るくなっている。

午前七時を回っていた。

目をこすり、目覚ましがわりとなった叫び声がしたほうを見やる。

八百屋の路地に二人が倒れていた。

一人はジーンズに白いTシャツ姿で横ざまに倒れている。きゃしゃな感じと髪の長さから女のようだ。もう一人は、ヘルメットをかぶったデブ男で、仰向けの状態からのろのろと上半身を起こしていた。そばに自転車が転倒している。男は黒くて四角いバッグを担いでいた。

鋼平は息をのんだ。

女の頭のあたりにみるみる血だまりが広がる。察しはついた。朝メシを配達中のデブ男の自転車が歩行者に激突したのだ。目黒通りから路地に入り、桜田通りに出ようとしていたらしい。男はよろよろと立ちあがり、まずは自分の体をたしかめ、ハーフパンツからむきだしの左のひざ小僧に擦り傷ができているのを驚いた顔で見つめた。それから肘やあごのあたりなど、痛みが走っているとおぼしき場所に手をあて、顔をしかめる。その間にも女の血だまりが恐ろしいほど拡大しているが、肝心の当人は身動き一つしない。

こんなときにかぎって早起き過ぎる八百屋のオヤジは姿を消していた。きっと便所にでもこもっているのだろう。夫婦そろって年寄りだから、外の音がよく聞こえないにちがいない。桜田通りも目黒通りも車の通行量が増えてきている。だが都会の死角となったこのデルタ地帯の路地で起きた小さな事故のことなど、気づきもしない。

ようやく男は自分がはねた被害者に怖々と近寄った。腰をかがめ、女のようすをたしかめる。意識がないようだ。出血量からすれば十分ありうる。「通報しろ。それがおまえの義務だ」鋼平は声に出して苦りきった。

男は信じがたい行動をとった。その場から踵を返すなり、ぼってりとした体つきからは想像もつかない俊敏さで倒れた自転車を起こしてまたがったのだ。

「おい！　ダメだぞ！　それは！」

声が聞こえたのか、デブ男はちらっとマークⅡのほうを見た。目と目が合う。それをはっきりと鋼平は感じた。どろりとした目の奥に激しい動揺と狡猾な計算の色がちらりとのぞいた。だがそれも束の間、自転車は発進し、たちまち桜田通りを右折して姿を消した。

「マジかよ！　マジかよ！」鋼平は両手で頭を抱えながら運転席から身を乗りだした。「まずいぞ、こりゃ！」

助けに行きたくても身動きがとれない。そうだ。鋼平はスマホをつかみだした。通報ぐらいなら……ダメだ。ギリギリのところで指がとまる。こっちの名前を聞かれてしまう。どこにいるかも。だいいち居場所なんてGPSですぐにバレてしまうだろう。隠れていたって見つかるにきまってる。

そのときになって、八百屋の奥からひょこひょことオヤジが現れた。

「たいへんだ！　人が倒れてるぞ、かあちゃん！」

まるで耳元で叫ばれているみたいだった。じっさいそれくらい近い距離だった。運転席から女の血だまりまで十メートルも離れていない。

「一一〇番だ……いや、一一九番か。かあちゃん、電話してくれ」

もうそのときにはおばちゃんも裸足のまま飛びだしてきていた。

五分もしないうちにサイレンが聞こえ、救急車が到着した。パトカーもやって来る。さっきの覆面だ。まだ当直が終わっていないのだろう。事情を知らぬ者からすれば、通り魔に襲われたとか痴話げんかの成れの果てとかなんでもありだ。そりゃ警察だってやって来る。配達の自転車に轢き逃げされたっていうのは、選択肢としては何番目だろう。神保幸吉ならどう見るかな。

だけどあのときにくらべたら捜査はしやすい。なにしろ目の前に被害者がいるのだから。意識を回復するかどうかはべつとして、体についた傷とか第三者の血液とかなんだって調べられるだろう。


美千代は殺され、どこかに捨てられた——。

神保がそう考えたのにはわけがある。隣町のべつの中学で何年か前、女生徒が失踪し、海の砂防林で生首が見つかったことがあったのだ。一週間後、右腕と下半身が平塚港と小田原の岩場に相次いであがった。膣が刃物で引き裂かれていた。容疑者は同級生だった。神保は神奈川県警本部捜査一課の刑事でそっちの事件の担当者だったのだ。湘南の海や町、それに学校はそれ以来、やつにとって陰惨な場所となっていた。そのときの容疑者は家庭環境のしっかりしたごくふつうの男子だった。被害者とたいして仲が良かったわけでも、悪かったわけでもない。たんにクラスがおなじというだけだった。ただ、聞こえてきた話では、つまるところ誰でも良かったらしい。言葉巧みに連れだすことのできる状況が生まれたとき、そこにいたのが彼女だったというだけだ。バレンタインデーの夕刻、美千代のほうから鋼平を呼びとめた。なにか渡したいものがあるようだった。野球部の仲間たちが証言している。神保のなかで経験に基づく方程式が浮かびあがったのも無理はない。

だが鋼平はこう考えていた。残念ながら美千代はもうこの世にいないのかもしれないが、それは自らの意思によるものだろう。好意を寄せる男子にすげなくされ、生きているのがつらくなったのだ。だから砂防林でもどこでももっとよく捜せば、首吊り死体が見つかるんじゃないか。そうでなきゃ、もうしばらくして平塚とか小田原の海にぽかんと浮かびあがるだろう。どっちにしたって自分は無関係だ。容疑者あつかいされるのはおろか、自殺の引き金を引いたと非難されるいわれもない。

ところがそうはいかなかった。神保が教師たちに吹きこんだのだろうが、学校中が鋼平のことを敵視、というかよそよそしい目で見るようになった。自ら手をくだしたかどうかはべつとして、中川美千代の失踪に鋼平が大いにかかわっていることになってしまったのだ。健介たちは同情してくれたが、どことなく腫れものに触るようなところがあって、しだいに鋼平は孤立し、勉強にも部活にも身が入らなくなっていった。それでいていつまでも神保たちにつきまとわれる。息子は無関係だと両親は警察にクレームを入れたが、梨のつぶてだった。だいいち親だって腹の底では不安に思っていたはずだ。

原因はあの空白の一時間、下校してから帰宅するまでの足どりだ。寄り道したのはまちがいない。しかしどこをどう寄り道したかについては、自分のなかで周到なシミュレーションが必要だった。それは親も神保たちも納得させられるだけのレベルでないといけなかったし、決して真相に近づけてはならない。そうでないと鋼平は、神保が思い描いたような羊の顔をした異常性欲者に堕することになる。

新学年が始まってからも美千代は見つからなかった。家出して新興宗教のグループで暮らしているんじゃないか。そんなことを口にする生徒もいた。だがどっちにしたって鋼平はずっと悪役だった。中学最後の年は、そうして鬱々としたまま始まった。


救急隊員たちは手早く女性をストレッチャーにのせて救急車に収容し、けたたましくサイレンを鳴らして搬送した。鋼平は事故の瞬間は見ていないが、配達の自転車がどれほど乱暴な運転をするかは周知の事実だ。猛スピードで激突したにちがいない。生命の危機に陥っていてもおかしくない。

「おれがほんのちょっとなかに入ってるときだったんだ」

オヤジのだみ声が路地に響きわたる。後難を恐れ、鋼平はそっと後部座席に移動し、そのまま足下のすき間に横向きに隠れ、ダンボールをふとんのようにかぶってカモフラージュした。プロペラシャフトの出っ張りが腰骨にぶつかり、そのうち持病の坐骨神経痛に苛まれそうだった。目撃証言をしたいのはやまやまだったが、自らのことを思えば、どんなに苦しい体勢でもじっと隠れているほかない。案の定、マークⅡを挟んで左右に警察のワゴン車がとまった。窓の向こうに鑑識の制服を着た者たちの姿がちらりと見えた。これから証拠採取作業か。時間がかかりそうだ。

「ひでえ血の量だな。これ、ちゃんと洗ってくれるんだよな」

「これもぜんぶ証拠ですからね」捜査員の誰かが口にした。

「だけど困るよ、いつまでもこんなもの残されちゃ。うちは客商売なんだぜ」

「ひと通り鑑識が終わったら、どうするか考えますから」

「やってくれるのかい。イヤだぜ、おれは、後始末させられるなんて」

騒ぎたてるオヤジをなだめながら捜査員が訊ねる。「見覚えのある人ですか」

「いや、ぱっと見はわからないね。持ち物を調べればいいじゃないか」

「いま調べています」

「誰なんだい」

「まだ捜査中です。ところで物音とか悲鳴とかは耳にしませんでしたか」

「いや、しなかったね」うそだ。ぎゃっという声がした。それで鋼平は目を覚ましたのだ。それに衝突している以上、それなりの音もしたはずだ。「物騒だな、まったく、このへんも」

「人身事故ならよく起きていますから」

「いやあ、これはほら、あれだろ、変質者とかその手のやつ」

辟易したように捜査員が口にする。「その手の危ない人がこのあたりにはいるんですかね」

オヤジはなかば興奮して言う。「いるだろうよ、そりゃ。どこの馬の骨だか知れねえやつらばっかしだ。おっかなくてしょうがねえよ」

「たとえばどんな方ですか。見覚えのある人がいるとか？」

「てやんでえ、そいつを調べんのがあんたら警察の仕事だろうよ。あんまりおれに聞いてばっかりいるなよ」

「じゃあ、一つだけいいですか。防犯カメラってありますかね、お店に」

「え？　カメラ？　うちの店にかい？　ねえよ、そんなもん。カネがかかるだけじゃないか」

「なるほど。ではこっちはどうでしょうね」

こっちって……。足音が近づいてくる。いまは空き地だが、マークⅡがとまるこの場所は元は駐車場だ。防犯カメラも設置されていた。それをたしかめようというのだろう。ドアのすぐ向こうを捜査員とオヤジが通り過ぎていく。鋼平はダンボールをかぶりなおした。

「もう取り外されているんだな」悔しそうに捜査員が言う。

「マンションのモデルルームが建つみたいなんだ。工事の車とかはよくとまってるね。この車はちがうと思うけど」オヤジはマークⅡの真横にもどって来て言った。「こいつは違法駐車だ。

どっかのマンションに遊びにでも来たやつのだろう。駐禁、取ったらどうだい」

「まあまあ。そっちは交通がやるでしょうから。いまはこっちが先決でしょ」

「うん、まあそうだな」もはやいっぱしの刑事にでもなったつもりでオヤジは口にする。頭のなかでは、ミステリーチャンネルで再放送している二時間ドラマでも想像しているのだろう。

「あとはマンションのカメラを調べるしかないですかね」

「このあたりは朝、ジョギングとか散歩してる連中が多いんだよ。そいつらに聞いたらどうかな」

「ですね」

「それに犬の散歩してるやつらもいる。ひでえんだよ、あいつらときたら」オヤジは関係ない話までしはじめた。捜査員が顔をしかめるのが見てとれるようだった。ところがオヤジは愛犬家にまつわる十八番を途中で切りあげた。「ありゃ、これ、なんだろうな。誰か忘れていったかな」

「いや、ちょっと待ってください。触らないでっ！」

捜査員の声音が変わった。運転席のドアの向こうだった。鋼平は金縛りにあったように身動きがとれなくなった。

カバンだ。

「無関係とは言えませんからね。おい、こっち、いいか――」捜査員は誰かを呼びつけた。小走りに近づいてくる足音がする。そしてカシャカシャというカメラのシャッター音。

「犯人の持ち物ってことかい」

「決めつけてるわけじゃないですよ。たくさんの可能性のなかの一つ。それだけのことです」

「とか言ってあんた、これが決め手になればいいって思ってるだろ」

それには捜査員は返事をしなかった。むすっとしたままカギの壊れた革カバンの蓋を慎重に開けるさまが鋼平の頭をよぎる。

「仕事で使うんでしょうねえ」胸の奥にたまったものを一気に吐きだしたみたいな声がした。もちろん仕事で使うものしか入っていない。個人的に預かっていたものが一つあったが、それはもうどこかに消えてしまっている。その結果、いま、おれはこうしてここに閉じこめられ、さらにあんたらの前で身を隠していないといけないんだ。「マンションの総会があったんですね。ノートにメモを取っている。議案書もありますね。そんなのばっかりだ。三田リアリティー・マネジメント。聞いたことないな」

そうか。やっぱりだ。たいして知られた会社じゃないんだ。

「三田不動産の関連会社だよ。聞いたことがある。このあたりのマンションは何軒かそこが管理しているんだ」

「へえ、そうなんですか」捜査員は八百屋のオヤジの話に感心する。「ああ、ハンコが押してありますよ。ほら、ここ」ハンコ……ぞっとした。ノートの表紙だ。使用開始日を記し、そこに自分の印鑑が押してあった。

「原谷……ハラヤ、ハラタニ……どちらかですね。三田リアリティー・マネジメントの原谷さんか。無関係だとしても落とし物なら預かって、連絡してあげないといけないですね。おそらくここに置いた車に乗りこむときに地面に置いて、そのまま発進してしまったのでしょう」捜査員は、いまは鑑識車両が置かれている隣のスペースに手を広げているようだった。

「ちょっと待ってくれ」草むらから飛びだしてきた毒蛇のように、オヤジがさっきまでとはまるでちがう鋭い声をあげた。「よく見せてくれ、それ」

「どうかしましたか。お知り合いですか」

数秒の沈黙ののち、オヤジがつぶやく。「こいつ……知ってるぞ……向かいのマンションの管理人……いや、管理会社の男じゃないか」

「ごぞんじなんですか」

「一度、相談に行ったことがあるんだ」相談じゃない。クレーム、怒鳴りこんできただけじゃないか。うんこの件で。「名刺あるよ」

「なるほど。それはよかった。連絡がつきますね」

「取って来るよ」パタパタと走り去る足音がする。

まずい。

名刺に記載されたのは職場の自席番号だけじゃない。スマホ番号が記されている。まちがいなくそっちにかけるはずだ。ダンボールの下で冷や汗が噴きだしてくる。手元にスマホはない。それはいま、助手席に放りだしてある。そこで鳴りだしたら、どうあっても外に聞こえる。真横にいるんだから。

鋼平の頭はいま運転席の真後ろにあった。そこで左肩を下にして後方に顔を向けている。助手席に手を伸ばすなら、どうあっても体を起こさないわけにいかない。無人の車内で突如謎の動きが起き、人が現れたら、捜査員でなくとものぞきこんでくるだろう。オヤジがもどって来る前になんとかしないと。

ダンボールのすき間からリアウィンドウと後部座席の左右の窓が見える。そこに捜査員の姿はない。音もなく血だまりのほうへもどってくれたのだろうか。慎重に身をよじって体を反転させ、もっとよく外のようすを見た。運転席とドアの間のすき間から車の右前方がわずかに見えた。そこに立っていたのは、覆面パトの助手席にいた開襟シャツの男だった。こっちを向いている。床の出っ張りのせいで脚に広がりだしたじんわりとくる痺れをおして、鋼平は身をすくめた。神保幸吉をほうふつとさせる男にまたしてもつきまとわれるとは。何の因果があるっていうんだ。

パタパタとさっきとおなじ足音が接近してくる。開襟シャツはそっちを振り返った。いましかない。鋼平はインナーマッスルに力をこめ、墓場からよみがえるゾンビのような緩慢な動きで慎重に体を起こしはじめる。

「ほら、こいつだよ。さえない中年野郎だ」

オヤジの悪口を気にしているひまはない。二人はいま、マークⅡのボンネットの向こうで、まるで初めてのキスを試みる恋人どうしのように興奮したまなざしで見つめ合って並んでいる。たがいの視野の半分にこっちのようすが映っているはずだ。でも逡巡は厳禁だ。鋼平は思いきって体を起こしきり、左手を幸運の白蛇のように助手席へ伸ばす。

ディスプレイに指が振れた瞬間、小さな振動が伝わってきた。コンマ何秒かのち、高々と着信音が鳴るはずだ。それを封じるべく、五本の指を広げ、ぎゅっとスマホをつかむ。その刹那、電子音が火のついた赤子のように爆発する。鋼平はぎりぎりのところで胸の前にそれを抱え、リアシートの寝床にもどっていた。体にスマホを押しつけ、着信音を圧するとともに音量ボタンを指先で正確に探り当て、一気にミュートする。音が漏れたのはほんの一瞬だった。

「出ないな」オヤジがつまらなさそうに言う。「留守電になっちまった」

「代わってください」神保もどきはそう言うと、事務的な口調でカバンを預かっていることを吹きこんだ。

9

それから一時間以上、ダンボールをかぶってじっとしていた。といっても右脚が限界だったから、百八十度反転し、こんどは左脚を下にした。だがどうあってもプロペラシャフトの山がじゃまだった。鑑識の車が動きだしたのを確認するなり、鋼平はそろそろと起きあがった。凝り固まった腰回りの筋肉が無理やり伸ばされ、あやうくぎっくり腰を起こしそうだった。

何事もなかったかのように路地はがらんとしていた。八百屋にオヤジたちの姿はない。朝メシでも食っているのだろうか。

もう九時になる。

そろそろ車の持ち主がもどって来てもおかしくない。このままリアシートに潜んでいたら気づかれないのではないか。運転席のドアが開いたら、後ろのドアだってロックは外れているだろう。エンジンがかかり、車が動きだしたタイミングでこっちのドアからするりと抜けだせばいい。慎重にやれば気づかれまい。腹をくくって待つしかないか。

ふたたび狭い寝床にもどる。それにしても息苦しい。外は雲一つないドピーカンの夏空だ。直射日光が当たりだしたからオーブンのスイッチが入ったも同然だ。気温が急上昇しているのが肌で感じられる。ゴム手袋をはめた手はもはや限界だった。ぬるぬると汗まみれになり、長湯したあとみたいに手のひらは白くふやけきっている。手だけじゃない。脳もふやけはじめている。長居は禁物だ。急がないとこの車から逃げだす前に、いい頃合いにゆであがって、この世からおさらばすることになりそうだ。とりあえずゴム手袋は外した。それだけで得も言われぬ解放感だった。でもあとは余計なところは触らないよう注意しないと。

車内にいたあの若い男の了見がわからなかった。あれだけの大金を残したまま、いまだにもどらないなんて気が知れない。それとも持ち歩くよりも安全だと踏んでいるのか。そのときワイシャツの胸ポケットで振動が始まった。さっきカバンの件で電話がかかってきて以来、マナーモードにしてあった。横になったたままスマホをつかみだすなり、ぞっとした。

部長からだった。

「はい」声を押し殺して鋼平は応答した。

「おまえなあ」日曜の朝にもっとも聞きたくない声だった。「きのうの総会報告、届いてないんだけどな」

言われると思った。だがこれはしかたない。「すみません。今日中にはなんとかします」

「今日中って、おまえ、きのう出さなきゃならん話だろ。いったいなにしてたんだよ」

「総会は滞りなく終了しました。特段のトラブルもございません」

「だからあ」これがやつの口癖だ。どうしておれの言うことがきけないんだ。そのマウンティング根性がこのひと言にこめられている。この魔法の言葉一つでどんな相手でも不愉快にさせることができる。まるで超能力者だ。「そういうのは報告書として提出するんだよ。なんでそんな簡単なことができないんだ。仕事をバカにするのもいいかげんにしろよ」仕事をバカにしているわけじゃない。しいて言うなら、あんたのことならバカにしている。大いに。だけどきのうからけさにかけて、こっちは緊急事態なんだ。

緊急事態はべつに起きていた。

「白金ステーツに最近行ったか」

緊張が首筋に走る。アコばあちゃんが電話でも入れたのだろうか。ごくりと唾を飲みくだし、あいまいにこたえる。「白金ステーツ……ああ、ときどき顔出しますけど」

「ときどきっていつだよ。最近は？」

きのう足を運んだと告げるべきか、一瞬迷ったが正直に伝えた。「きのうもちらっと行きましたね、そういえば」だったらちゃんと訊ねたほうがいい。「なにかありましたか」

「きのうか。どうだった？」

「どうだったって……？」

「管理人がなにか言ってなかったか」

「管理人さんですか……いや、とくに……」それは本当だ。といってもきのうは管理人とはすれちがっただけだ。アコばあちゃんの部屋に行くときに。管理人が四百万の話なんて知っているわけがない。まさかおれにカネを預けたなんて、ばあちゃんが言うはずないんだから。

「うそじゃないな?」

「ほんとですよ」

「妙だな。なんで管理人はおまえに言わなかったのかな」

「なんの話ですか」

「きのうから水道の調子がおかしいらしいんだ。日中、管理室に六件、クレームが入っている。部屋はバラバラだ。水がちょろちょろしか出ないっていうんだ。夜になってもべつの部屋からクレームが入った。管理人が帰ったあと、夜勤の警備員のところにな」

「日中のクレームって何時ごろですかね」

「午後だな」

「いやあ、わたしが顔出したのは午前中なんですよ。クレームが入る前じゃないかな。そのあとも管理人さんから連絡ないですよ、すくなくともわたしのところには」

「警備員から通報を受けた警備会社が、さっきどういうわけかおれのところにかけてきやがったんだ。しかしな、おまえが聞いていたかどうかなんて関係ないんだよ。いま、どう対処するかが問題なんだぞ」

「どういうことなんですか」

蛭田はふんと鼻を鳴らしてからその後の状況を説明した。「警備員が調べたら、給水ポンプに破損個所が見つかった。定期点検でふつうはわかるはずなんだが、スルーされたらしい。だけどすぐに直さないとまずいレベルだ。じっさい水が出にくくなっているんだからな。どうするよ?」

「なんとかします」

「そうだな、なんとか現場で対処してくれ。おまえの担当なんだからさあ」

ぶつりと電話は切れた。

現場で対処……?

鋼平はいまできることを考えた。だが今日は日曜だから管理人は非番だ。警備員がいるが、水道業者の対応をまかせるわけにはいかない。こういう場合、管理会社の担当者が立ち会うのが筋だった。

給水ポンプの破損か……。業者が作業するには、断水措置が必要になる。日曜の午前中だ。在宅している住人は多いだろう。周知するだけでもたいへんだ。考えるまでもなく鋼平はいつも委託している水道業者に電話を入れ、緊急メンテを依頼した。そして白金ステーツの管理人室に電話を入れ、出勤している警備員と連絡を取る。水道業者が到着したらすぐにポンプを見てもらい、くわしい状況をこっちにバックしてもらう。それに応じて断水時間を決め、館内放送を行う。部長が想定しているとおり、たしかに現場に自分が行って対処すべきだった。ちくしょう。こんなときにかぎってどうして——。

鋼平は管理人の携帯に電話を入れた。事情を説明すると、管理人は渋々ながら出勤を承諾してくれた。といっても昼までしか時間が取れないらしい。それまでに作業が終わればいいのだが。いつしか鋼平は体を起こし、リアシートに腰かけ、アームレストまで引きだしていた。いらいらが募る。自分が向かうべき現場は目の前にあるのに、近づくことさえできない。

気温はさらに上昇している。

外はとっくの昔に三十度を超えているはずだ。頭がくらくらしてきた。そのとき八百屋の店先にオヤジが出てきた。鋼平は首をすくめ、体を低くする。でも待て。思いきって手でも振り、助けてもらうべきか。これが誰の車かなんて気づいていまい。だったら鋼平の車だと思わせ、酔って寝ていたことにすればいい。外のカバンのことだってつじつまが合う。車に乗りこむときに置き忘れたというわけだ。

だがさっきの事故が気になった。あの捜査員はマークⅡのことを調べただろうか。カバンの持ち主とは別人の車だとすでに知っているかもしれない。それがオヤジの耳に入っていたら——

「酔って寝ていた？　うそついちゃいけないぜ」

やつならきっとそう言うにちがいない。あれこれ詮索してくるだろうし、十中八九、あの事故――オヤジからしてみれば〝事件〟――と関係があると踏んで捜査員に通報するにきまってる。もしそれで取り調べを受けることになれば、車内の大金も警察の知れるところとなる。そうなれば「泥酔して車に転がりこんだ」との申し開きはさすがに通らないだろうし、会社にも照会がいくはずだ。つまり蛭田にバレる。

最悪だ。

鋼平は運転席と後部座席の間のサンショウウオが潜むようなすき間にふたたびもどり、スマホを取りだした。青海からメールの返信はない。非常事態だ。呼びだすしかなかった。ところが自宅の固定電話はもちろん、携帯にも応答しない。日曜の朝っぱらから出かけたっていうのか。

ボルダリングか。

休日は目黒のスポーツクラブでボルダリングを楽しんでいる。結婚前からの趣味で、いっしょに食事に出かける仲間もいるようだった。新婚当時、鋼平も誘われ、一度、クラブに見学に連れていかれたことがある。きわどいショートパンツをはいて壁をのぼっていく自分の妻を見知らぬ男たちといっしょに見守っているのは、決して気分のいいものではなかった。せっかくの休日をそんなことに費やしたくなかった。鋼平もやってみたらと水を向けられたが、やんわりと断り、その日は途中から仕事に出かけた。

夫がどう感じているか青海にだってすこしはわかったはずだ。だがそういうところはあいつも頑固だ。その後も鋼平に気兼ねすることなくクラブに出かけたし、仲間の話をよく食事中に持ちだした。その都度、鋼平はあいまいに相づちを打ち、興味がないことを暗にしめしたが、それでも青海は独り言のように話がひと通り終わるまでつづけた。時々、その話のなかに夫としては聞きたくないようなたぐいのものもあった。クラブでイベント会社のプロデューサーとやらと仲良くなったらしく、そいつが開いた食事会のあと、タクシーで家まで送ってもらったとか、そいつの作った番組が面白かったからあなたも見てみなさいとか、まるで挑発するかのようなことを口にした。

じっさい鋼平はこの男に会ったことがある。三年ぐらい前、青海の会社のクリスマスパーティーに、鋼平もやつもそろって招待されたのだ。

ひと月前、あのレシートを目にしたとき、頭のなかでいろいろなものが重なり合い、一つになった。考えまいとしたが、パーティー会場の隣の席でワイングラスを優雅に掲げて話しかけてきたあの男の姿が、亡霊のように頭に浮かびあがってくる。年齢は鋼平より三つか四つ、上のはずだ。茶に染めた髪を日に焼けた顔のまわりにたらし、ボルダリングなんかよりサーフボードを抱えて浜辺をうろついているほうが似合っているタイプだった。だが見方は人それぞれで、青海にしたら野獣的な雰囲気を感じ取ったのかもしれない。だけどどう見ても遊び人のようだったし、口が達者で多方面の知識を披瀝するところが鼻についた。

「モロッコでは、どこに行かれたのですか」

おれの学生時代の話を青海がしたらしい。プロデューサー氏はまるでそれが礼儀であるかのように、うわべだけの興味をしめしてきた。

「フェズとかマラケシュとかその手の観光地ですよ」トドラ渓谷やザゴラの砂漠、ワルザザートの城塞——ツアー客の連中から離れて一人で巡った場所の話はあえてしなかった。へんに興味を持たれるのがいやだったからだ。

「入られたのはどちらから？　つまりタンジールかそれとも——」

「セウタのほうです」

「なるほど。しかしそうするとタンジールには行かれていないんだ」

プロデューサー氏はいすの背もたれに背中を預け、訳知り顔で聞いてきた。職場ではいつもこんな感じで、部下たちと接しているのだろう。昔の貴族ってこんなふうだったにちがいない。

モロッコの旅は鋼平にとって黄金の時間だった。学生時代に二度も訪ねた場所だ。タンジェなら最初に行ったときに経験ずみだった。アルヘシラスからフェリーで入ったのだが、とにかくひどい目に遭った。子どもたちがわっと寄ってきて、ずっと付きまとわれ、ガイドなんか頼んでもいないのに「マネー、マネー」と要求されたからだ。誰もが経験するタンジェ・ショック、九割方の観光客はそれで尻尾を巻いて文明世界へもどっていく。鋼平も大学一年のときはそうだった。だが卒業旅行でリベンジを期したときは、もっと頭を使った。最初から不愉快になる必要はない。アルヘシラスからスペイン領のセウタにまずは入り、そこからタンジェなんかよりは穏やかなテトゥアンの町にするりと忍びこんだ。そしてそれが魅惑の北アフリカ体験を成功へと導いた。

「行く必要もなかったので」

「そうかなあ。あそこの町こそ、どれだけ時代が進んでも変わらない混沌が残っていると思うんですよ。昔、滞在したことがあるんですが、カサブランカなんかよりよっぽど味わい深かった」

カサブランカはもちろん、タンジェにも味はない。ただのツアー客向けの観光地だ。「あそこのカフェでタジンをつつきながら、飲んだ白ワインは忘れられないな……おっと、失礼——」

よりによってグラスに半分以上残った赤ワインをテーブルにぶちまけやがった。やつの向かいにいた青海が「へいき、へいき」と言ってさっとナプキンで拭きとる。まるで夫婦みたいだった。

バツイチだとかいう話だった。息子が一人いるんだとか。おそらく細君に愛想をつかされたのだろう。わかるような気がした。だからこそ青海のまんざらでもなさそうな態度が不可解、いや、不快だった。

鋼平はもう一度、自宅とスマホに電話をかけた。こんどはどっちにも留守電を残した。あの男といっしょにいるときにおれの声を聞いたら、すぐにかけ直してくるだろうか。どうしてこんなことで気をもまなくちゃいけないんだ。吐き気をもよおす熱気のなか、バカバカしくなってきた。いつまでたってもコールバックはない。

頭はいつしか青春時代をさまよっていた。高校でも、それに中学でも、ずっと鋼平は手の届かぬものへの強い憧れを抱いてきた。十代ならではのはかない夢のようなものだ。ピュアで心底美しいと思える存在、それをひとたび見つけたら、まるで獲物を追う狩人さながらに一日中妄想を膨らませ、なんとしても手に入れようと奮闘した。エネルギーの無駄づかいでしかなかったが、そんな自分に満足していた。

学年が一つちがうだけでも大人に思えた。まして二年ちがうとなると、別世界を生きる天女のような存在だった。中学のころの話だ。クラスの連中にも野球部の仲間にも話したことはなかった。だが校内ですれちがうとき、遠くに見かけたとき、胸は張り裂けんばかりに高鳴った。そして自分だけの宝物として心にたいせつにしまい、慈しみつづけた。だから女子たちから彼女のうわさが漏れ聞こえてくると、いちいちドキドキしたし、内容によっては落ちこんだ。向こうはおれの存在なんて知りもしない。だから消沈すること自体、筋ちがいなのだが、そのころから鋼平は自意識が強かった。あらゆることが思いどおりになると信じて疑わなかった。

中一の年の暮れ、駅前のＣＤショップでうしろから声をかけられた。

「あたしも好きよ」

彼女だった。制服でなく、パーカーにジーンズ姿だった。鋼平はそのときアメリカのロックバンドのＣＤを手にしていた。そのことを彼女は言ったのだが、愛らしい瞳はじっと十三歳の少年の目を見つめていた。すくなくとも鋼平にはそう感じられた。

その夜、彼女が夢に現れた。

生まれてこの方、あれほどすてきな夢はなかった。

翌日からもはや鋼平はなにも見えなくなった。思考はふわふわと真っ白いままで、授業なんてまるで身が入らなかった。わざと三年生の教室の前を通ったとき、彼女のほうが気づいて小さく手を振ってくれた。それが何度かつづき、言葉も交わせるようになった。「コーヘイくん」そう呼ばれると全身が硬直した。だがそれ以上のことはなにもない。時間が足りな過ぎた。あっという間に三月になり、彼女は目の前からいなくなった。

でも自宅はもちろん、進学先も、通学ルートも把握していた。

障碍など存在しなかった。

結婚するなら皆崎亜沙美しかいない。二年生になった鋼平の頭にはそれしかなかった。

10

水道業者と直接、電話で話したところ、部品交換が必要で作業には二時間ほどかかるという。午前十時を回ったところだった。

鋼平は断水を十一時から行うことを業者に告げ、当番の警備員にもそれを伝え、館内放送を依頼した。

しばらくして管理人から電話が入った。まもなく到着するという。鋼平は身を起こし、窓から外を見やった。ちょうど目黒通りの坂道を白金ステーツに向かって管理人がひょこひょこと下りてくるところだった。「どうしても外せない用事があるので、昼には現場を離脱しますから」管理人は念押ししてきた。だがその時間帯はまだ断水中のはずだ。住戸側でトラブルが起きないとは言いきれない。

「おねがいですからもうすこしだけ待機していただけませんか」意を決して鋼平が頼むと、マンションのエントランスに入らんとするところで、管理人の足がとまる。

「いやあ、今日はちょっと勘弁してくださいよ、原谷さん。非番なんですよ」

「休日出勤手当はもちろんつきますから」

鋼平のいるところからはエントランスがよく見える。管理人はスマホを持っていないほうの右手で拳を握りしめ、肩を震わせている。「そういう問題じゃなくて、わたしが不在のときは、そちらがすべて責任を負う。そういう決まりじゃないですか。だから勘弁してください。勤務時間外の話まで面倒見られませんよ」

「ごめんなさいね、ただ、今日はちょっといろいろあって……」

「わたしだって、いろいろありますから。今日はお昼、つまり十二時までは管理室にいます。その時間を過ぎたら帰宅させていただきます。よろしくお願いいたします」いつもは穏やかな雰囲気の男だったが、電話は一方的に切られた。そしてむっとした顔つきで建物のなかに吸いこまれていく。

腹が痛くなってきた。

異常な状況下、仕事上のありえないトラブルに見舞われ、ふだん良好な関係を保っている相手とも険悪となってしまった。そりゃ、体のほうだって反応する。

なんとかしないと。

「もしもし、原谷ですが」窮余の策で鋼平は後輩に電話を入れた。もはや頼める相手はやつしかいなかった。

「どうされました？」西村丈二はまだ二十代で、去年、べつの部署から管理サポート部に異動してきた。仕事には熱心に向き合い、人あたりも良かった。それに今日は勤務ダイヤ上、出番のはずだ。やつはやつで担当物件があり、総会や理事会を抱えていた。

「今日って仕事かな」

「ええ、いま青山の現場に向かっているところです。午後に管理組合の理事会が入ってるんです」

「午後って何時から」

「え、一時半ですけど。なんですか、なにかあったんですか」

鋼平は言葉を選びながら状況を説明したうえで付け加えた。「じつは朝から熱があって、いまも八度あるんだ。めまいもするし、かなりきつい状況でさ」

西村は素っ気なかった。「そういうときは警備員にまかせちゃってだいじょうぶですよ」まるで上司のようなことを平然と告げてくる。年齢はさておき、すくなくともこの部署での経験は鋼平のほうが長いというのに。

「うん、まあ、そういう考え方もあるが……」

「そうですよ。たとえ住戸内に断水によるトラブルが波及したとしても、結局、直せるのは業者しかいないじゃないですか。われわれは所詮、立ち会うだけですから」

「どうしても無理かな」鋼平は必死に説得を試みた。

「だって一時にそっちを出たら、こっちの理事会に間に合わないですよ」

「タクシー使ったらどうかな。このとおりだ、頼む。歩けないんだよ」

「だから、原谷さんは休んでいてくださいよ。それでだいじょうぶですって。タクシーなんか使ったら、また経費請求がめんどいじゃないスか。なんでタクシーなんて使ったんだとか、部長にぎゃあぎゃあ言われたくないし」

「じゃあ、十二時半まででいい。業者にはそれまでになんとか作業を終えるよう言っとくから。なあ、頼む。おねがいだ。もちろん部長にもぜんぶ報告しておくから」

そのときどういうわけか頭に浮かんだのは、あのプロデューサーだった。やつは職場では、派遣労働者たちの前で天皇のように振る舞っているにちがいない。働き方改革だの、業務発注の適正化だの、そんなのはお題目だ。現場は旧態依然としてパワハラまがいの力づくが横行しているのだろう。だからあの男ならなんのためらいもなく「これやっといて」のひと言で片づけてしまうはずだ。陰で文句は言うものの、奴隷たちに所詮、反論権はない。休日だろうが、泣きながら働かされる。それにくらべればどうだ。西村は今日は出勤日だ。それなのに融通をきかせることもできず、おれに向かって講釈までたれる始末だ。

必死に言いくるめ、とにかく白金ステーツに顔を出すことまでは約束させた。どっと疲れ、リアシートにあがって寝そべる。狭いすき間は窮屈で体中が痛んだ。ふと、子どもの声がした。鋼平は顔をあげ、元駐車場を見回した。マークⅡのちょうどうしろのあたりで、小学三、四年生ぐらいの男の子が二人、サッカーボールを蹴って遊んでいた。日曜の昼前、兄弟だろうか、それとも近所の友だちどうしか。ジュニアのサッカークラブに入って、身のほど知らずの親の期待を一身に背負ったような子たちでなく、むしろ休日をめいっぱいたのしもうと外に出てきた素朴な感じのする二人だった。それが証拠にボール蹴りにはすぐに飽きて、空き缶を拾って眺めてみたり、雑草を引っこ抜いて投げつけてみたり。まるで昭和のわんぱく小僧コンビのようだった。

ふたたびリアシートのすき間にもどり、ダンボールをかぶる。子どものころにもどりたいと、このときほど思ったことはなかった。誰かの顔色をうかがうでも、頭を下げるでもなく、教室では言いたいことを好き勝手に言い合って毎日毎日、バカ笑いを繰り返してきた。大人への憧れはあったが、それは車が運転できるとか、エロビデオが自由に見られるとか、その程度のものだった。そしてそうしたものを手に入れるのと引き換えに、決まり事やしがらみに束縛されていくなんて想像だにしなかった。いまは稼いだカネを自由に使うことができるが、それ以上にありとあらゆる制約がおれをがんじがらめにしていく。

「死体かな」

頭上で声がした。

「殺人事件だね」

きちんとカモフラージュしたつもりだが、ダンボールが不自然に盛りあがっているし、合間から手足がのぞいているのだろう。

「いや、寝てるんだよ。いま動いたもん」

「なんだ、つまんない。だけどどうしてシートに寝ないんだろう」

「落ちちゃったんだよ」

「ダンボールがふとんなんだね」

「じゃあ、ホームレスとおんなじか」

子どもは本当に無邪気だ。そのときある考えがよぎった。この子たちを驚かさないように注意しながらそっと起きあがり、窓ごしに話しかけてみるのはどうだろうか。

「おじさん、うっかり居眠りをしちまった。ちょっとドアを開けてくれるかい……」

一か八かだ。

ダンボールをゆっくりと下のほうにずらし、頭部から額、眉、そして目元を露出させる。だが子どもたちは本当に気まぐれだった。いや、怖かったのかもしれない。脱兎のごとく走り去る足音がしたあと、窓の向こうには無情な太陽がぎらついているだけだった。

このことを彼らは父親に報告するだろうか。鋼平は身に迫る危険よりも子どもたちの話を聞かされる父親のことがうらやましく思えた。

子どもの話は青海との間では、いつしかご法度の話題となっていたっていうのに。

おれにもし子どもがいたとしたら、いまいくつぐらいかな。

あまりの暑さに頭が朦朧としてきたのだろうか。あらぬ妄想に駆られた。自分はいま四十歳。結婚して十年になる。すぐに生まれたとして十歳。そうでないとしても八歳とか九歳。そうか、さっきの子たちと同い年ぐらいか。

はっとして鋼平は跳ね起きた。

まさか本当におれは幻覚、いや、夢を見ていたのか。

まわりにもう二人の姿はない。それにどうだ。こんな大通りと大通りがぶつかり合う三角地帯でボール遊びなんてするか？　危ないじゃないか。そんなことしたら親に叱られるって子どもだってわかっているはずだ。鋼平は八百屋から見えないよう運転席の陰に隠れ、リアシートに背中をあずけた。

生命の危機に瀕したとき、人間は深層心理を反映した幻覚を見るという。だったらあれはおれの――。

「二人だけで過ごしていてさみしくないのかしら」

義母は娘の前で平然と訊ねた。隣には鋼平がいた。何年か前、やつの実家の島根に帰省したときのことだ。

「コウヘイくん」酔いにまかせて義父まで参戦してきた。それまでも何度かおなじような状況に追いこまれたが、あのときがもっとも執拗だった。「おれも孫の顔を見ないうちは死ねねえんだな」

「だったらまだ死ななくていいわよ」いなしてくれたのは青海だった。「まだぴんぴんしているんだし」

そんな娘を母親がなじる。「そういう話をしているんじゃないんだけどねえ、あんた。あたしたちも年をとるけど、あんただっていつまでも若くないんだからね」

言いたいことはわかってる。だがはっきり言って余計なお世話だし、できれば聞いてほしくない話だった。とはいえ実家は職場じゃない。なんでもかんでもハラスメントと騒ぎたてれば通用する世界でないのは、こっちだって重々承知している。

「はいはい、おとうさんもおかあさんも、もうこの話はおしまいにしよっ」いらいらと青海がその場の収拾を試みてくれた。

「まったく、いつ孫の顔を見せてくれるんだか」義母は捨てぜりふを吐き、コップのビールをめずらしくあおって空にした。

さっきの子どもたちの姿と声がずっと頭の奥にこびりついていた。だがそれについて鋼平は、いまは深く考える気になれなかった。

レシートの一件だ。

あれが重くのしかかっている。義父母にその話をしたら、たぶんもう余計なことは言わなくなるんじゃないか。殺虫剤がわりだな。卑屈な笑みが頬に広がる。どういうわけかそれが体内の自律神経に作用した。とりわけ下腹部に。

まずい。

潜在意識のなかでもっとも恐れていた事態が動きだした。やめてくれ、それだけはやめてくれ。鋼平はズボンのベルトを緩め、腹まわりをらくにした。それから怖々とシートに横になり、体をのばした。いすに腰掛けるような格好が一番いけないのだ。だってそうだろう。便器に座るのとおなじ格好じゃないか。

左のわき腹でぎゅるぎゅるとイヤな音があがった。ヘアピンカーブを曲がってきている。青海は超便秘症だ。だから便秘薬を飲んで眠り、明け方、この腹鳴が聞こえると嬉々として個室に飛びこむ。

いまはダメだ。

絶対に。

そのとき悪魔の使いがスマホに降臨した。

部長だった。

断水の進捗状況でも訊ねようというのだろう。そういえば西村は到着したのか。余計な思いにふけるあまり、たしかめるのをおろそかにしてしまった。電話で確認するほかない。その前に部長とは話したくなかった。それに現実問題、いまはやつの声なんて聞いている余裕はない。鋼平は電話を無視した。

恐怖の大波は体勢を変えたことで一瞬、治まったかに思えた。だが一分もしないうちにぶり返してきた。額に脂汗が噴きだす。こんどはシートに腹這いになり、シャツをまくりあげ、右手でへそのまわりに触れてみる。ひんやりとしていた。冷えだ。緊張のせいで、こんな蒸し風呂でも体に冷えがたまり、腸に悪さをしているのだ。温めないと。最悪の事態を考えぬよう、どこか南の島の心地よいビーチを思い浮かべた。だがそこにもじゃまが入った。

部長は電話をあきらめなかった。

11

リアシートから助手席になだれこみ、有無を言わせずハンマーをつかむ。ゴム手袋をするのを忘れたが、もうそんなことどうでもいい。頭も体も一点に向かって突進している。

解放だ。

「あちいな、まったく」すぐそばで声がした。まるで会社のトイレの個室にこもっているとき、誰かが入ってきたかのようだった。「ひぃぃ、やってられねえぜ」

八百屋だ。オヤジが現れたのだ。

鋼平はその場でカエルのようにつぶれたまま、息を潜める。野菜が詰めてあったダンボールを解体するバリバリという音が、熱を帯びた路地に響く。つぶしたダンボールはどこにまとめるのだろう。店の裏だろうか。だったら早く持っていってくれ。

一分ほど待って鋼平はそっと顔を上げた。オヤジはまだそこにいる。ダンボールは店先にほったらかしにしたまま、スマホをいじっている。マークⅡの真正面だ。ほんのちょっと近づいてのぞきこまれたらおしまいだ。

「もしもしぃ、田野倉ですぅ」オヤジは電話を始めた。足音が近づいてくる。鋼平は上半身をコンソールボックスと運転席に押しつける。このまま透明人間になってしまいたかった。「けさ、たいへんなことが店の前で起きたんだぜ」

オヤジは興奮して先ほどの出来事を事細かに説明しだした。相手は懇意の同業者か、それとも業突く張りの地権者仲間か。被害者の女性は意識を失ったまま血まみれで搬送されたというのに、まるで目の前で大好きな演歌歌手とすれちがったとでもいうかのように嬉々としてまくしたてている。電車のなかでマスクを外した若い連中にいきなり突っかかって、自分の正義を押しつけてくるのは、まずこの手のおっさんたちだ。

「通り魔だよ。まちがいない。殺人事件だ。通り魔殺人」

おい、あの女の人は亡くなったのか？　ほんの一瞬だが、腹の急降下がとまったような気がした。だがたしかに鋼平は被害者の容態をつぶさに目にしたわけではない。それに後々、オヤジのところへあの捜査員から連絡が入ったのかもしれない。だが通り魔でないことだけはたしかだ。それなのにこのクソオヤジときたら。とはいえ、事故の瞬間を見ていたわけでないから、妄想が暴走するのもわからなくもない。もし女性が亡くなったというのが本当なら、一刻も早く真相を伝えないといけない――。

冷静さを保つのもそこまでだった。すぐにやつが息を吹き返した。腹の底でうごめく魔物が。

限界だった。

鋼平はハンマーを握りなおした。でもすべてをぶち壊しにしたくない気持ちもまだある。オヤジの足音が遠ざかるや、鋼平は素手のまま乱暴にコンソールボックスを開いた。なにかあるはずだ。だが駐車場のレシートにチューインガムの包み紙、ミントキャンディーの空ケース、それに窓拭き用とおぼしき汚れたタオルが一枚あるだけだった。あきらめるわけにいかない。こんどは助手席前のグローブボックスに手をのばす。せめてビニール袋のようなものを見つけたかった。だが入っていたのは道路地図とノート型のビニールケースだけだった。それでもケースをつかみ、広げてみる。車検証が入っていた。それを乱暴に取りだしたあとは袋状になっていた。

もう頭が回らないが、あれこれ考えてみる。容積は足りるか、穴は開いていないだろうか、横にせずに長いこと——脱出するまで——保てるか……。

無理だ。

そのとき助手席の足下が目に入った。


高校のころ〝ジュラール〟とあだ名された教師がいた。

鋼平が二年生のときのことだ。末吉勝は、丘陵地にある県立高校で世界史を教えていた。歴史教師にはうってつけの地味な小男で、自分の世界にいつも閉じこもっているタイプだった。大学時代の専門はフランス近代史で、パリに留学していたこともあり、当時の話をするときだけは饒舌になった。四十歳を過ぎたとき、十歳も下の相手と見合い結婚しており、当時はまだ新婚だった。そのことを鋼平が知ったのは、一学期がまもなく終わろうとするころだった。

台風の通過で集中豪雨が降り、学校のまわりはあちこちの側溝があふれ、巨大な水たまりがいくつもできていた。生徒たちの多くは、雨が降りつづくなか、最寄りの駅からそれらをよけながらぞろぞろと登校せざるをえなくなった。鋼平もそのなかの一人で、学生ズボンのひざから下は昼休みになっても濡れたままだった。

学食でメシを食ったあと、仲間と職員室の前を通ったときだった。ドアのすぐ向こうで泥まみれの男が昼メシをかきこんでいた。ほかの教師たちが遠巻きにしながらちらちらと目を向けていたので、鋼平たちも気づいた。服もズボンも濡れて汚れている。だがそれもさることながら、弁当箱のまわりにまるで湯飲みでも倒したかのような水たまりが広がっていた。それなのに気にすることもなく、ただ黙々と肩を震わせながら弁当をかきこんでいたのだ。

末吉先生だった。

「食べないほうがいいですよって言ったんだけどさ」鋼平たちのうしろで囁き声がした。同僚のずっと若い数学教師だった。「顔ひきつらせて必死に作り笑いを浮かべながら言うんだよ『せっかく作ってくれたんだ。だいじょうぶ、だいじょうぶ。食べられるよ』って。水浸しになった弁当箱開けてさ。見ていられないよ」

駅から学校まで、いつもの道を歩いてくれれば悲劇は起きなかった。

だがこの日、末吉は接続電車の遅れで、電車を一本逃していた。次の電車に乗りこんだ生徒もちろんいたが、ほとんどが慌てることもなく、降車後もだらだらと登校した。だが生真面目な歴史教師に遅刻は許されなかった。無遅刻無欠勤が生徒たちへの範となると本気で考えていた。

駅から学校までは通学路以外に近道があった。田んぼの間の農道を通り、ミカン畑の斜面を上がってくればいいのだ。畑を所有する農家は急いでいる生徒たちがそこを通るのを黙認していた。だがその日ばかりは主人が通行止めを宣言していた。農道は通学路以上に冠水し、斜面のほうは崩れる恐れがあったからだ。

「その瞬間は職員室から丸見えだったらしい」数学教師はおもしろがるように言った。「農道を通り抜けたところまではよかったんだ。ところが猛然と斜面をダッシュしたときに足を滑らせちまって、ズルズルってどこまでも落ちていった。そこで姿が見えなくなったから、教頭が心配して見にいったら水たまりに落ちていたんだと」

そこは傍目には、田んぼから流れでた泥水がすこしばかりたまっているようにしか見えなかった。しかしじっさいには田んぼのわきを流れる用水路で、深さは一メートルほどあった。末吉はそのなかでビジネスバッグを抱えたままもがいていた。

「吉田カバンのポーターシリーズってわかるか。わりといいビジネスバッグでナイロン生地は撥水加工してあったんだが、いかんせん完全に水に浸かっちまったから手の施しようがなかった。教頭に救助されると、末吉先生、まっさきにバッグ開けて、弁当をたしかめたんだ。けど、泥まみれでぐちょぐちょで、とても食えたものじゃなかった」

だが朝早起きしてそれを作ってくれた年下の妻のことを思うと、陰気な歴史教師は弁当箱を空にしないわけにいかなかった。中身を捨てるなんてもってのほかだ。

末吉にとってそれは忘れがたい個人史となった。

以来、この男は教訓を得た。近道なんて通らないですむよう、有事のさいはできるだけ早く家を出発しなければならない。末吉はそれを厳守し、それからはなにもなくても三十分以上早く出かけるようになった。また、近道なんて邪心は決して起こしてはならない。もちろんそれも守った。それに通学路沿いにも側溝はあるから、そちら側は歩くべきじゃない。それも遵守した。さらに弁当箱にも工夫を凝らす必要があった。国内販売されているもののなかで、最上級の完全密閉式タイプに切り替えねばならなかった。当然ながら末吉教諭はそれも遂行した。

愛妻家の歴史教師はそこまで徹底しても自分を許せなかった。というより心配だった。だから悪夢に襲われた翌日、ジュラルミン製の頑丈なアタッシェケースをさげて出勤した。

それはたとえ崖から海に投げこまれたとしても、一滴だって浸水を許さぬ構造だった。誇らしげに数学教師に話したというからまちがいないのだろう。フレームとフレームの接触部分に頑丈なゴムパッキンが埋めこまれているというのだ。青春時代を過ごしたパリが忘れられない〝ジュラール〟誕生の瞬間だった。

マークⅡの助手席の足下に鎮座するケースはアルミ製だと思っていたが、もしかするとジュラルミン製かもしれない。でもアルミ合金である点はおなじだ。どっちだっていい。いま、この場で大切なのは、外からなかへの侵入——とりわけ浸水、滲出——が防げるのなら、その逆だってありえないという真理だった。

視野がモノクロにかすむなか、鋼平はやるべきことをやった。

12

十一時を過ぎた。

今日の港区の最高気温は三十五度らしい。だがアスファルト世界ではもっと高くなる。そして車内はさらにプラス十度、場合によってはプラス二十度か。リアシートから外を見つめながら、それでも鋼平は修行中の仏陀のように精神を一点に集中し、ハンマーを振るうタイミングを見極める。

もうオヤジだけじゃなかった。元駐車場には近隣で作業する工事車両がすでに三台とまり、ひっきりなしに作業員たちが出入りしていた。目黒通りも桜田通りも、歩道は休日の家族連れやランナー、散歩の老人たちで流れが途切れることがない。だがどうだ。白昼の死角というやつに賭けてみることはできる。人の悲鳴や車がぶつかるような大きな衝撃音なら振り向かれるだろうが、ガラスの割れる音、それもほんの一瞬なら気づいたとしても、いちいちたしかめもしないのではないか。そのうえでガラスの破片を一枚ずつ、慎重に内側にはがし、手を突きだせるだけの穴を作りだす。あとはオヤジと作業員たちの動きに注意して、やつらが離れたすきに手を外に突きだし、ドアハンドルを握りしめるのだ。万が一、ドアが開かなかったら、やむをえない。もうすこしガラスを割り、体が通れるサイズにまで広げ、あとは木の幹を這い下りるアナコンダのように頭から外に出て、一気に通り抜ければいい。

外がどれほどの灼熱地獄だろうと、脱出の解放感はなにものにも代えがたいはずだ。

カネ?

よせ、そんなことをいま考えるのは。ここから助かるのなら逆にカネを支払ってもいいくらいだ。だがいつまで待っても決行のタイミングがつかめない。オヤジは店先にずっといるし、作業員たちは車内で順番に昼飯をとっている。何人かはすでに鋼平の存在に気づいていた。車の後部座席で休んでいるか、人待ちか、それともテレワーク中か。そんなふうに思っているにちがいない。だがエンジンがかかっていないことに気づけば、眉をひそめるはずだ。暑さのがまんくらべじゃないんだから、エアコンなしでは十秒だって車内にいられない。

しかし彼らはもっと重大な事実に気づいていない。鋼平を苦しめているのは、暑さだけではなかった。人間の五感のなかでもっとも環境に順化しやすいのが嗅覚だという。順化というより鈍麻といったほうがいい。たかが臭いごときでは、生命の危機は訪れないということなのだろう。味覚や触覚とは質がちがうというわけだ。しかし今回ばかりはそうはいかなかった。

教師〝ジュラール〟はあてにならなかった。

指紋だらけのアタッシェケースは目に見える範囲では、なかのものが漏れていなかった。フレームの接触面にはたしかにゴムパッキンが張られ、それが完璧に内と外を隔てていたのだ。だがそんなものなんの役にも立たない。

車内は真夏のキャンプ場の詰まった便所だった。硫黄臭より酸性の鋭い臭いが脳をダイレクトになぶってきた。むかむかして吐きそうだ。これ以上の悲劇はごめんだ。鋼平は必死に堪えた。

悪夢の五分だった。

記憶を頼りにガタガタと震える指先でダイヤル錠を開け、札束をリアシートの足下に放りだし、作業員たちに見られないようダンボールで隠した。ダムは決壊寸前だった。防御壁は一ミリもない。黒い布を張ったケースの内側は、高価なしろものを納めるのにふさわしい高級感があった。でもそんなことはどうでもいい。鋼平は指でなかをたしかめ、頑丈な金属壁が内張りの向こうに張り巡らされているのを確認した。そして完全開放したそれを助手席下の木の洞《うろ》のような薄暗がりに〝設営〟した。

まさに頭にあったのはキャンプ場だった。実体験はなかったが、高校時代の友人は一人で長野の山にキャンプに出かけたさい、明け方にもよおし、崖下の林に分け入った。そこで手ごろな平地にボウル大の穴を掘り、足場を固めてしゃがんだ。誤算だったのは、テントからティッシュペーパーを持参するのを失念したことだった。しかたない。彼は腰を下ろしまま、財布を広げ、千円札の枚数をたしかめた。そこでかぶりを振る。こんなもったいないことをするぐらいなら指を使ったほうがいい。それに葉っぱなら……残念ながらそこは松林だった。と思ったとき、相当量のレシートが財布に詰まっていることに気づいた。ふゅぅぅ。大自然のなかで得も言われぬ解放感に浸ったあと、友人は小さな感熱紙を一枚一枚、たいせつにもんでから尻にあてがった。

鋼平にはティッシュペーパーはもちろん、レシートもなかった。あるのは数えきれないほどのお札だった。それもぜんぶ一万円札。だけどおれのカネじゃない。考えているゆとりはなかった。もう一度、周囲に目をやった。工事車両がやって来る直前のことだった。オヤジは店に引っこんでいる。ベルトを外し、ズボンとトランクスを慎重にひざまで下ろしてから後ろ向きになる。気を抜くとその場で一線を越えてしまいそうだった。息を詰めたまま、生白い尻を設営場所に沈めていったが、ひざと股関節が完全に屈曲するより先にそれは解き放たれた。

遡上した故郷の川で射精したサケのように口を開け、呆けた表情のまま、鋼平は助手席の座面の左右を自然と握りしめていた。声まで出た。なさけなさ、みじめさ、恥ずかしさ。そんなものより快感のほうが強烈だった。人間であること、そして生きていることを原始的な部分で味わうことができた。だがふだんトイレではなんとも感じない臭いが股間から立ちのぼってくるなり、涙があふれてきた。急げ。肉体的な喜びに浸っているひまはない。中腰になって助手席裏の札束に手をのばしかけた。そこで手がとまり、べつのものに気づく。

トランクスだ。

ズボンとそれを急いで脱ぎ、洗いざらしたなじみの布切れを使って猛スピードでめいっぱい拭う。それを〝ジュラール〟ゆかりのケースに放りこみ、バランスを崩さぬよう注意して蓋を閉じる。そして八百屋から見えぬよう中腰に立ちあがってズボンをはきなおし、なにごともなかったかのようにリアシートにもどった。

臭いだけなら許してやる。

とにかく滲みださないでくれ。

それだけを祈りながらいま、汗でぬるぬるした手で脱出用ハンマーのグリップを握りしめている。そうでもしていないと正気が保てない。

窓の向こうをマセラティが独特のエンジン音をあげて通り過ぎた。スポーツタイプでなく、落ち着いた大型セダンだった。運転していたのは銀髪の男だった。どういう人生を送ると、あの車に乗れるようになるのだろう。車好きでそれなりにカネがあれば、たしかに買うことはできる。しかしハンドルを握るのがふさわしく見えるかはべつだ。職場で一本気を通して跳ねっ返るだけの男とは真逆で、疑問を覚えたり、不快な目に遭ったりしても、決して取り乱すことなく、黙々と仕事をこなす。上司にたてつくどころか、すなおに言われたことを遂行し、逆に名アシスト役となる。自らが管理職となってからは、しっかり上を見据えて組織を取りまとめ、成果をきちんとアピールできる。役員たちに向かって。

小人が騒ぐことなど耳には入らないのだろう。所詮、生きる世界が異なる。若いころに描いた人生の確たる将来像をぶれることなくたもちつづけ、一歩一歩着実に手中に収めていく。それでいて本人は感情の起伏に左右されることなく、あらゆることを自然体で淡々と仕上げていく。そこに満足を覚えることのできる穏やかな人生だ。

それこそがマセラティだ。

高い塀に囲まれた成城の屋敷もそうだった。

二年前、鋼平が訪ねたあの夏の日だ。専務の不正に激しい怒りを覚え、耳に入れねばならないと確信していた。直接、社長の耳に。もうすこしだけ冷静になることができれば、鋼平がこの地獄に閉じこめられることもなかった。ちょっと考えればわかることだった。この国では直談判は許されない。稟議書いっぱいにハンコがつかれないかぎり、ドアは開かれないのだ。

「どうして、孫の声じゃないってわからなかったのかなあ」

インターホンを押すべきか、外出するまで電柱の陰で待つべきか逡巡しているとき、賀詞交歓会で耳にしたことのある低く張りのある声が半開きのシャッターの向こうで聞こえた。突然のことに鋼平はうろたえた。カラカラと音を立てて電動シャッターがゆっくりと開きはじめる。

「そっくりだったって言うのよ」女性の声もした。「ユウタの声に」

「九十過ぎてるんだろ。思いこみだよ。だいたい、おかしいだろ、父親とか母親じゃなくて、おばあちゃんのところに電話してくるなんて。そこでまず気づくべきなんだよ。まったく信じられんなあ」

鋼平は車庫の前から後ずさった。社長はすくなくとも機嫌がいいわけではなさそうだった。事情はわからないが、取り込み中のようだ。今日はよしたほうがいいかもしれない。

「だけどすぐに気がついて通報したんだから」妻らしき女性が弁解するように口にする。

「やられた後だろ。後の祭りじゃないか」社長がぴしゃりと言う。

「そうだけどさあ、いま、すっごく落ちこんでいるの。とにかくちょっと顔見てくるから」

「信じられんなあ、まったく。夜は遅くなりそうか」

「うぅん、そんなに遅くならないと思う。駅着いたら電話するから」

シャッターが開ききった。社長は妻をどこかへ送るところのようだった。おそらく駅だ。エンジンがかかり、車が発進する。それがマセラティだった。社長はすぐに帰ってくる。鋼平はそう踏んで待ちつづけた。予想どおり、三十分もしないで車はもどってきた。車庫に愛車を入れ、運転席のドアが開いたときはもう口笛を吹いて気楽な雰囲気だった。鋼平は近づいた。

《わかった。調べてみるよ。教えてくれてありがとう》

まさかあの瞬間が自分の運命を決定づけていたなんて。後悔してもしきれない。サラリーマンとして愚かだった自分に気が遠くなった。蛭田のことばかりバカにしているが、愚弄されるのはこっちのほうかもしれない。たまらず鋼平はスマホを取りだした。誰かにすがりつきたくなったのだ。青海じゃない。あいつはそもそも電話にも出やしない。

「もしもし、原谷ですが」

「お、連絡あったか、警察から」背後でテレビの音がした。健介は町屋の自宅にいるようだった。

「ないよ、ぜんぜん」

健介はため息をつき、押し黙った。たばこに火をつけているようだ。「困ったな。だけど今日も探すっていうなら、付き合ってもいいぜ。たいへんだろうから」

「いや、カネのことはもう警察にまかせるしかないと思う。そうじゃないんだ、電話したのは」

「ん、どうした?」

事情を打ち明けられるのはこの男しかいなかった。中学の同級生。野球部では、エースだった鋼平の女房役がずっと健介だった。海辺のあの町でいつもつるんで、よからぬことばかり考えていた。たばこも酒もあいつといっしょに覚えた。先生に見つかったときも、あいつがいっしょだった。中川美千代のことで警察につけ回され、同級生や教師たちから冷たい目で見られていたときも、あいつはそばにいて、不安にかられる友だちを気づかってくれた。ただ、二年生のバレンタインデーの夕方、鋼平が美千代とどんなやり取りをしたのかだけは話さなかった。非難されそうな気がしたからだ。

それでも美千代に関する健介の見立ては自分とおなじで、いわば常識的なものだった。「中川が家出したとは考えられないな。やっぱりおまえと会ったときのことが影響しているんだろう。たぶん……もう死んでるんじゃないか。自殺だよ。けど、それはおまえのせいじゃない。責任を問われる筋合いじゃないさ。勝手に惚れて、勝手に失恋して、勝手に死んだだけだ」

それでようやく法的な責任がないと自覚することができた。それはその後の人生を歩むうえで、心のよりどころとなるものだった。だから鋼平はその後、皆崎亜沙美のことをこっそり健介に打ち明けていた。そんな女、健介の記憶にはそもそも刻まれてもいなかった。はじめて聞く名前のようだったから、卒業式のときにこっそり撮った写真を見せた。それをじっくり眺めてから健介は言った。おれとおまえは趣味がずいぶんちがうんだな――。

鋼平は、車に閉じこめられていることを親友に明かした。それには健介もさすがに絶句した。町屋のワンルームでテレビとは異なる大きな物音がした。「ちくしょう……ベッドの脚につま先ぶつけちまった。痛ぇよ、まったく。おまえがいきなりそんな話するからだぞ……だけど、マジ、おまえ、それってヤバくねえか?」

「ヤバいよ。だけどどうしようもないんだ。開かないんだよ、ドアが」

「わかった、いまから行くわ。持ち主がもどって来ないといいんだが」

もちろんそうだ。しかし鋼平はいまの状況を伝えられただけで気持ちがらくになった。ひと筋の光明が見えたような気がした。それも健介だ。機転はきくし、体形のわりに手先も器用だ。それに中学時代から口先男で、いまの仕事でも難敵の客に何度も遭遇しながらも、最終的にはうまいこと話をまとめて、契約にこぎつけていた。札束が散らかったリアシートの足下に、鋼平はふたたび潜りこんだ。なんだか大船に乗ったような気分になっていた。坐骨神経痛の痛みもさほどでない。現金なものだ。痛みなんてやっぱり脳が作りだす幻影に過ぎないのか。

電話を切ってから、なんの気なしにニュースをチェックした。


二十五日午前七時過ぎ、東京都港区白金の路上で女性が頭から血を流して倒れているのを近所の人が見つけて通報した。女性は病院に搬送されたが、意識不明の重体となっている。現場は桜田通りと目黒通りが交わる清正公前交差点の近く。女性が何らかの事件に巻きこまれた可能性もあるとみて、警視庁が調べている。


健介と話している間、一瞬だけかき消えていた吐き気をもよおす臭いがよみがえる。まだ意識がもどらないのか。いや、最悪のことだって起こりうる。これは通り魔事件なんかじゃない。おれは見たんだ。自転車だ。あのヘルメットのデブ野郎――。

スマホがバイブレーションを開始した。

鋼平のじゃない。車内にあった例のスマホだ。リアシートの上で鈍いうなりをあげている。それをそっとのぞきこむ。ディスプレイはおなじ表示だった。

BMMM
まちがいなくアタッシェケースとつながっている。車のそばまでやって来ているのだろうか。

起きあがってたしかめるべきか。ダンボールの下で鋼平は逡巡した。

13

正午きっかりに管理人から電話が入った。

体を起こし、鋼平はそっと白金ステーツのほうを見やった。足早にエントランスから管理人が出てくるところだった。今日はこれで引きあげますので――。それだけ告げて電話を切り、管理人はむっとした顔で駅のほうへと向かった。

鋼平は西村に電話を入れたが、何度かけても留守電に切り替わった。管理室にいてくれるだけでいいのだが、それすらもたしかめることができない。その間にも顔見知りの住人たちが何人も出入りする。トラブルや事故が起きていないか気が気でない。いらいらだけが募った。

一時前になって健介からＬＩＮＥが入った。

《樫村健介　いま、マークⅡの真後ろ、50メートルぐらいのところにいる。どうする？》

それでなくとも異様な暑さの車内は、充満する糞便臭のせいで卒倒寸前だった。すこしでもまともな空気を吸おうと、鋼平はリアシート下の空間で腹這いになり、後部ドアのすき間に鼻を寄せていた。周囲に車がとまっているかどうか確認できない。
《原谷鋼平　まわりはどんな感じ？》
《樫村健介　工事の車が左右にとまってる。人は乗っていない》
《原谷鋼平　八百屋は？　オヤジがちょろちょろしてないか？》
《樫村健介　いまは見あたらない。昼メシじゃない？》
《原谷鋼平　よし、電話に切り替えるから》
満を持して鋼平は健介に電話を入れた。「いまから運転席に移る。ロック解除ボタンを押したままにしておくから、ドアを開けてみてくれるか」そう告げて体を起こす。清正公前交差点の信号の下に健介がいた。
「ラジャー」
日曜の昼、アロハシャツに短パン姿で散歩中の中年男が、スマホを耳にあてながらなんの気なしにかつて駐車場であった空き地に後方から回りこむ形で近寄ってくる。たしかにあたりにオヤジの姿はない。それでも鋼平は運転席で身をかがめ、ロック解除ボタンに指をあてがう。
「いいか」真横に近づき、健介の丸顔が車内を見下ろす。さすが健介だ。用意がいい。軍手をしている。
「ああ、たのむ」鋼平は指先に力をこめる。

健介はすばやくドアハンドルに手を伸ばす。カチャリと小気味いい音が響く。それだけだった。

何度も健介は繰り返したが、ドアはがっちりと閉まったままだった。

ほかの三か所のドアもおなじだった。期待が裏切られ、鋼平は体から最後の力が抜け、気が遠くなった。じっさい脱水状態がかなり進んでいる。吐き気だけでなく、さっきからひどい頭痛にも苛まれていた。左右のこめかみを拳でぐりぐりやられているようだった。

「壊れてるぜ、どうしようもない」健介は八百屋のほうを気にしながらつぶやく。「修理業者も呼べないし、キーを使って開けるしかないぜ」

「持ち主が帰って来ないいんだよ」鋼平は泣きそうな声で訴えた。「こうなったら窓、割るしかないよな」

「それって完璧、器物損壊だぜ」いったん健介は車から離れた。そのまま帰ってしまうのではないかと心配になったが、八百屋の前から目黒通り側に進み、車のディーラーの前で立ち止まった。

直射日光を避けたかったようだ。「後始末がたいへんだぞ」

「だけどこれ以上ここにいたら死んじまうよ、おれ」自分で口にしながら、たしかに健介の言うとおりだとはわかっていた。窓を割って逃げだしたところでダメだ。まだ打ち明けていないが、車内には指紋どころか、ＤＮＡ鑑定のサンプルになりそうなものがたっぷりと残っている。かといってアタッシェケースを持ちだせば、たとえ札束を置いていったとしても、窃盗が付け加わる。内々に示談ですませるにしても、厄介そうな相手だ。

その点は健介も感じていた。「何者なんだろうな、あんな大金持って。ぜんぶでいくらあったんだ？　たしかめたんだろう」

「三千万以上あったよ」家一軒買える金額だが、この場ではなんの役にも立たない。そんなものについて話をするのは正直、むなしいだけだった。

「やっぱりな……まともじゃないぜ。正直に警察呼んで助けてもらうっていうのも手だと思うがな。公正な第三者にもなるし。おまえは、酔っぱらって半ドアだった車に入りこみ、そのまま寝入ってしまった。ドアが開かないのはおまえのせいじゃない。壊れてたんだろう」

「カネが見つかれば警察の見方も厳しくなるんじゃないかな。そうなると会社に照会される」

「たしかに。手ぶらで出てきたとしても、窃盗未遂になるからな。やっぱり警察はまずいか……だったら、たとえ窓割って脱出したとしても、自力で示談に持ちこまないと。それとも、おまえ、ほっかむりして逃げられるとでも思ってるのか」

「思ってるわけないだろ。絶望的だよ。作業員とかに見られている。調べられたらすぐバレちまう」自動車ディーラーの日陰で電話をつづける男を鋼平はじっと見つめた。目と鼻の先、窓ガラス一枚隔てているだけなのに、ここことは異次元世界であるかのようだ。「じつは車にスマホが残されていて明け方、電話がかかってきたんだ。ディスプレイにはBMMMって表示されていた」

「BMMM……？　略称とかかな。それでどうしたんだ。まさか電話に出たんじゃないだろうな」

「出ようとは思ったけど、思いとどまった。さっきもかかってきたよ。やっぱり出られなかったけど。ただ、もうこっちのことは気づかれているかもしれない。近くにいるんじゃないかな」

「おい、よせよ、そんなのもっと早く言ってくれ」健介は電話をしながら歩きだした。屋根とボンネットがフライパン並みに熱せられたマークⅡとは別方向へ。「さっきドアハンドルに手をかけたのはおれなんだぞ。しかも全部のドアを開けようとした。どう考えたってあやしいだろ」

「だからおまえにおねがいしたいんだよ」

「なんだよ、おねがいって。これ以上どうしろって言うんだ」

「示談を手伝ってくれないか」

「え……手伝うって……」

「アタッシェケースなんだけどさ、じつはいま、元の状態にはもどせなくなっているんだ」

「もどせなくなっているって……？　どういうことだよ」

「札束、ぜんぶ取りだしてあるんだ」

すべて説明した。札束の代わりにトランクスが放りこんであることも。健介は顔を引きつらせながらもどってきて、何気なくマークⅡのわきを通って助手席にちらりと目をやった。その下には大金が詰まっていたはずのアタッシェケースが無造作に横たえられている。鎖でつながれたまま。

「鋼平……つらかったんだな……」それ以上言葉も継げずに健介は交差点のほうへまっすぐに歩きつづけた。「しかしなんとかして乗り越えないと」

「頼む、健介。おまえだけなんだ、頼れるのは」

どっと疲れが出たかのように健介は大きくため息をつく。「奥さんには連絡したんだろ」

「ああ、したよ。留守電もメールもした。もちろんほんとのことはまだ伝えていない。帰れる状況にないことだけ連絡しといた。だけど、あいつなんかより、おまえのほうがよっぽど頼りになる」

「そんなことないだろう。いい奥さんじゃないか。頼りがいもありそうだし」

なにも知らないんだな。そりゃそうだ。そんなことまで鋼平は話していない。聞いたところで、つまらん話だし、迷惑なだけだ。やつは独身なんだから。鋼平は八百屋のオヤジが現れないか注意しながら、ふたたびリアシートにもどり、運転席の背後に縮こまった。

「ときどきおまえがうらやましいと思うことがあるよ」

「なにぜいたくなこと言ってんだよ。この歳でワンルームに独り暮らしなんて、しゃれになってないぜ」

「気楽なところもあるだろう。休みの日になにをしようと自由だし、うるさいことも言われない」

「それが独身の特権だからな。誰からも束縛されない。もちろん誰のことも束縛しないし」

「そこだよ」思わず鋼平はうなり声をあげる。「まさにそこだ」いまの状況で議論する話題ではない。だが中学の同級生相手に愚痴ると、息苦しいほどの暑さと嗅覚をなぶる刺激臭を忘れることができた。

「なにが？」

「結婚してると、ときどき自分がイヤになることがある。自分は束縛されたくないくせして、相手のことはへんに気になったりする」

「どういうことよ。よくわからんな。平等じゃないのか」

「なかなか難しいのさ、じっさいは。人間はエゴの塊だからな。自分に甘く、人に厳しく。どうしてもそうなっちまう」

「おまえ、なんかあったんじゃないか、奥さんと」

「いや、ないって、おまえに心配してもらうようなことは。ただ、まあ、要するにおれの内面の問題さ。解決できる範囲だ」

いまはそのことは考えたくなかった。脱水症状のせいで意識が朦朧としはじめていたのだ。

14

去年の秋だったか、家で健介と飲んだことがある。青海に健介を紹介するのははじめてだった。やつは根っからのエンターテイナーだ。手土産がわりに手料理を詰めたタッパーをいくつも取りだし、青海に「つまらないものですが」と差しだした。

独り者だからこだわろうと思えばいくらでも時間をかけられる。以前からそう話していたが、じっさいに食べさせてもらうのははじめてだった。スパイスから調合したチキンのココナックリーム煮は、香ばしさとコクと肉のジューシーさに手がとまらなくなった。シンプルに見えるポテサラは、マヨネーズから手作りしたと言い、隠し味のトリュフ塩が定番のアテをゴージャスなひと品に変身させた。マダイとヒラメのカルパッチョは、漬け汁に煎り酒とオリーブオイル、それに砕いたブラックペッパーをまぶしてパンチをくわえていた。

「ちょっと、コウヘイも見習いなさいよ！」

青海は興奮して夫の背中をたたいた。自分でも何品か料理を用意していたが、完全に主役の座を奪われ、嫉妬しているようすだった。とりわけ五時間煮たという東坡肉のトロトロ具合には、エクスタシーさえ覚えているかのようだった。事実、鋼平もそれを口にしたとき、ひと切れで千円は取れると思った。八角が豚の三枚肉の甘みに深みをくわえ、噛みしめたときに舌に広がるうまみは自然と頬をほころばせた。それでいて脂っこさを感じさせない。プロの味だった。

もうそれだけで夫婦二人の胃袋と心をわしづかみにした健介は、鋼平さえも忘れていた中学時代の思い出話を絶妙な語り口でいくつも披露し、青海に身を乗りださせた。

「だいたい野球部っていうのはワルの集まりなんですよ。公立だから近所で小学校のころからつるんでた連中があがってくるんだけど、運動神経のいいやつはたいてい野球部に入る。そういうやつらはまず勉強ができない。頭使うより体使うほうが性に合ってますからね。けど、鋼平はちがった。本業は勉強のほうで、片手間におれたちに付き合ってくれて、面倒見てくれていた感じかな。わけへだてがないんですよ。根っからの博愛主義者ってタイプ。そのころから人徳があったんですね。だから当然だけど、くやしいくらい女の子にモテた。だから感激ですよ、今日。気になる男がどんな人と結婚したのかわかって。おぉ、なるほど！　って感じ」

「まさかこの歳でこいつと再会して、似たような仕事をするとは思わなかったよ。中学時代はほんと、毎日いっしょだったんだからな」

「健介さんは〝売り屋〟さんなの？」いまの仕事のことを青海は訊ねた。

「高校出ていろんな仕事やってみたんですけどね。性に合ったのがこの仕事だったんです。宅建の資格取りましてね。二十一歳のとき、地元の不動産屋に勤めたんです。最初は賃貸物件の紹介からはじめて、すこしずつ仕事覚えていって。ツボがわかってくると、お客さまのニーズとこっちがあつかっている物件のマッチングがスムーズにいくようになってきて、なんとなく楽しくなってきたんです。そのうち分譲も手掛けるようになりましてね。〝売り屋〟ですよ」

「ツボってのも、言いようだよな」鋼平は自分が手掛けてきた大型案件を思い起こしながら言った。

「まあな。ある意味、厳しい側面、修羅場みたいのもあるよね。鋼平なんて、ものすごい仕事してきたんだから、たいへんだったんじゃないか」

「シビアだよな」

これまた健介が持参したサンジョベーゼを注ぎ足しながら青海が興味深そうに訊ねる。「だけど、健介さんの相手はふつうのファミリーでしょ。ちがう意味で生き馬の目をくり抜くようなことってあるんじゃないかしら」いま暮らしているマンションは自社物件だ。労せずして手に入れた。しかしこの歳になれば、家を買うのがどれほどしんどいものであるかわかっている。青海も職場の同僚たちからさまざまな憤まんを聞かされているようだった。

「うーん」健介は頭をかいた。「だからできるだけ生き馬の目はくり抜かないよう心掛けているんですけどね。ただ、不動産屋にだまされたって言う人、結構いますよ」

「あら、じゃあ、やっぱりだましているのかしら」

「だましてるつもりなんかないですよ。ただ、客観的にこちらで提示できるものと、お客さまのご要望とで、どうしてもギャップが出てきてしまうんです。なにしろ家なんて結局、住んでみないとわからないじゃないですか。それにこんな言い方は、業者として絶対しちゃいけないけど〝住めば都〟みたいなことってありますよね」

「うわ、言っちゃった」青海は手を叩いて喜んだ。「やっぱり詐欺師？」

「おい、ひどいこと言うな、おまえ。そんなこと言ったら、おれなんて巨額詐欺集団の手先だったってことになるぞ」

「一〇〇パーセント満足なんてことは、なかなか難しいんですよ。分譲マンションの場合、壁や床の厚さから防音がどうなっているか想像するしかないんですけど、音っていうのはほんとうに気まぐれなんです。遠く離れた部屋の音が聞こえてくることもある。それに隣に誰が住むかでも変わってきますから。あと、よくトラブるのが諸費用ですね。はっきり言うと、このあたりがぼくら〝売り屋〟の儲けになるんですけど、本体価格で値引きできなくなってくると、お客さまの中にはそっちに目をつけてくる人がいる。はじめに聞いた話とちがうとか言いだしてね。どうしても売り払いたい物件だと、こっちも必死ですから、そこは交渉になってくる。まあ、力業っていうか――」

「だまし合い?」青海は目を輝かせて口にする。

「なかなか認めがたいですけどね。なあ、鋼平」

小さくうなずき、鋼平はブルーチーズを箸の先でつまむ。青海セレクトのブルゴーニュ産だ。

「将来、おんなじような仕事に就くなんて思ってもみなかったよな」

「まったくだ」鋼平の肩をぽんとたたき、健介は青海に向き直る。「三十五までおなじ会社にいて、そろそろ管理職だなんて言われたんで、ちょっと待てよって考えたんです。ぼくはやっぱり現場でお客さまを相手にしていたほうがいいかなって。それでフリーの〝売り屋〟になりましてね。あっちこっちの業者さんと仕事して、いまはPさんと組んでやらせてもらっています。だけどそこで中学の同級生と再会するとはね。びっくりですよ。しかも担当するマンションまでかぶっている。ぼくが売って、鋼平が面倒を見る。ふしぎですよ」

「ねえ、健介さん、個人的なことうかがってもいいかしら」

「ええ、どうぞ」

「お付き合いされてる方とか……いらっしゃるんでしょう?」

健介は目を丸くした。「きたぞ、おい」助けてくれと言わんばかりに鋼平の腕をつかむ。「残念ながらいまはいないんですよね」

「え、そうなんだあ」青海はいすに背中をあずけ、天井をあおぐ。「すてきな方なのにねえ」

「ありがとうございます。だけど、ぼくはずっとこいつの女房でしたから——」真顔で言いきると一瞬、微妙な沈黙が広がる。「んなわけないか」

「おどかすなよ。本気にされるじゃないか」

「まあ、だけどこいつと仕事でいっしょになって、たまに飲んだりしているとたのしくてね。べつに独り暮らしがつらいとも思わないですよ」

「たしかに昔っから女っ気はないよな」

「あら、なんてこと言うのかしら、この人」

「いえ、たしかにそんなもんですよ」

「だけど、ほんともったいないよ。そりゃ、独身貴族は気楽だろうけどさ」

「夫婦になってみるのも悪くないわよ」

「いえいえ、もちろんぼくだって結婚願望ありますから、ご安心を。だってぼくだって親から生まれたわけですからね」

鋼平は健介のことならなんでも知っていた。どんな家庭環境だったかも。口に出して言わなかっただけだ。小学校のころに両親は離婚し、妹とともに母子家庭だった。母親は食品の宅配と保険の外交員を掛け持ちしていたそうだ。自分の母親から聞いた話だ。鋼平の家は公務員の父親のもと、専業主婦の母親と兄の四人家族だった。裕福というわけではなかったが、おカネに困ることもなかった。それにそのあたりの感覚なんて人に養ってもらっているうちは鈍感だ。ただ、健介はそうでなかったかもしれない。鋼平たちとつるんで遊んだあと、帰りぎわにさびしそうに見えるときがあった。鋼平には決してうかがい知れぬ時間、やつは人生の辛酸をなめていたのだ。

「さあて、こっちのライスコロッケも食べてみてくださいよ。なかはシンプルにチキンとガーリックとお米。生米からブイヨンでリゾットに仕上げたものを使っています」健介はバジル・トマトソースがかかったおむすび形のフライに手を広げた。「一番の得意料理ですから」

うそだ。

一番憎んでいる料理のはずだ。だからライスコロッケなんて日本風の名前で呼ぶのだ。鋼平は胸にちくりとするものを覚えた。中学のとき、家族でイタリアンレストランに行った話を鋼平がしたとき、調子にのって「カリカリの〝アランチーノ〟が最高だった」と口走ってしまったのだ。いまにして思えばたいしたレストランではないのだが、原谷家にとっては極上のごちそうだった。それを外食自体、めったにしたことのない友だちに自慢するなんて。

だが健介はそうしたつらい出来事を乗り越え、かつて憎悪の対象だったものともきちんと向き合い、自らの武器に変えていたのだ。そうした苦労の積み重ねから、健介は決して他人を見下さない男へと進化した。家庭に余裕があったから受験勉強に力を入れることができ、その結果、大学に進み、無難に就職できただけの男とは、人間の出来がちがう。ある意味、筋金入りの叩き上げだった。その意味では、例のプロデューサーともちがう。他人の痛みのわかる人間だった。

「美味しい！　なにこれ、すごい！」青海は貪るようにアランチーノに食らいついた。

「おれはね」鋼平は、あのプロデューサーに色目を使った妻をいさめるように語りかけた。「こいつをマジに尊敬しているんだ。ほんとに人間ができている。だからさ、いい人がいたらぜひとも紹介したいんだ」

「ねえ……タイプは？」ライスコロッケを頬張りながら青海は訊ねた。「どんな人が好きなの？」

「うーん……」健介は天井を見あげ、しばし腕を組んで考えた末、ぽつりと言った。「しいて言えばだけど、うちの母親みたいな感じかな。芯の強い人。厳しさとやさしさのバランスのいい人かな」

「なるほど。だったら一度お会いしないとわからないわね」

「ははん、会いますよ。いつでも。あと、家族を持つなら」健介はうれしそうに話した。「どうせなら大家族がいいな。ぼくね、にぎやかなのが大好きなんで」

理想と現実。

妄想と実際。

クソの臭いに満ちた灼熱地獄で鋼平は呪文のようにおなじことを繰り返し考える。

夢と現《うつつ》。

幻と真実。

あいつだって、いざ結婚してみればいろんなものが音を立てて崩れていくのがわかるはずだ。すくい取ろうにも指の間からまるで池の水のようにこぼれ落ちていく。

そのときだった。

脳の毛細血管が詰まりだしたのだろうか。鋼平の視界に銀色の星のようなものがいくつも断続的に瞬くようになってきた。突如、背中になにかがのしかかってきたかのような重みを感じ、リアシートで甲虫のように手足を縮めてうずくまった。

「おい、鋼平！　だいじょうぶか！」足音が聞こえ、健介が駆け寄ってくる。電話からでなく、頭上からダイレクトに声が降ってくる。「しっかりしろ！」

「よせ……健介……話すなら電話にしてくれ……離れろ……オヤジにバレちまう……」

十秒ほどしてスマホから声が聞こえる。「らくな格好をしてろ。窓は割ってやるから。だけどおまえ、車検証はチェックしてみたのか。車の持ち主さ」

言われたことが頭のなかでぐるぐると回る。それをしっかり理解するまで数秒を要した。そうか、まだそれは確かめていなかった。鋼平はゆっくりと体を起こし、助手席のほうへ手を伸ばした。

それは肥溜めと化したアタッシェケースの隣に落ちていた。

住所は江東区豊洲だった。氏名は「武内美鈴」それを健介に伝える。

「女……きのうの男とはちがうのか。ますます怪しいな」

「これじゃ……どうしようもないな」

「そんなことないって。山形とかならべつだけど、豊洲なんて目と鼻の先じゃねえか」

「家に行くのか」

「ああ、そうだ」自信満々でそこまで口にして健介は押し黙った。

鋼平は顔をあげ、あたりを見回す。路地にオヤジの姿はない。かわりに健介がスマホを耳にあてたまま立っていた。逡巡しているようだった。

「ヤバい相手だったときのことを考えると……おまえ、待てるか」

「え……」

「その住所まで急げば三十分もかからない。その人がキーを持ってるなら、連れてきて開けてもらうのが一番だろう」

「…………」

「いや、それはおまえしだいだが」

「そうだな……ここまで待ったんだ。それくらいなら――」

キャッチホンが入ったのはそのときだった。鋼平はディスプレイを見てぞっとした。部長じゃない。西村でもない。

アコばあちゃんだった。

15

「あやうく泡だらけのまま放りだされるところだったわよ」

カネのことを聞かれるかと思ったがそうではなかった。しかしこっちも胸が痛かった。断水連絡が徹底していなかったらしい。アコばあちゃんはよりによってシャワーを浴びているところだったのだ。

「みるみる水の勢いが弱まっていってね。あわてて石鹸だけ落として飛びだしてきたんだから。だけどお向かいのお部屋の方なんて、いまだに流せないでいるのよ、おトイレが」

「もうしわけありません」鋼平はリアシートに起きあがった。スマホを耳にあてながら、運転席の背もたれに向かって何度も頭を下げる。「館内放送で――」

「ないわよ」ぴしゃりと言われた。「そんなの、ぜんぜん。管理室に聞きに行ったら、管理人さんが『先ほど放送しましたよね』って言うのよ。でもウソよ、そんなの。ないもの、放送なんて。管理人さんは警備員がしたと思っていたらしいけど、警備員のほうはそういうのは管理人がやるものと思っていたのよ。行きちがいね。それで管理人さんが自分で放送したの、そのときになってようやく。渋々って感じだったわ」

最悪だ。

「まことにすみません……いまもまだ断水中なんですよね」

「そうよ。地下で業者さんが機械を直してるみたいだけど、当分かかるらしいわ。お昼どきでしょ。みなさん、お困りだと思うのよ。だけど信じられないわ。たったいま、管理人さん、帰っちゃったのよ。なんにも言わないで」

非常用のペットボトルが管理室に備わっている。やむをえない。トイレはそれを使って流すほかない。「うちの西村って男が行ってると思うんですが……」

「ニシムラさん……？　警備の方しか見あたらなかったわ」

「管理人さんの代わりに立ち会うよう申しつけたのですが」

「そうなの？　すくなくともあたしは見ていないわ。若い警備員の方、事情がまったくのみこめていないようよ。ぼうっとして管理室にいるだけだから」

西村め……シカトしやがったのか。なんとかしないと。しかし健介はたったいま、タクシーに乗りこみ、豊洲に向かったばかりだった。こうなったら事情を正直に部長に話すしかないか――。

「ところで、あなた」ばあちゃんの声のトーンが一段低まった。

「はい」

「いつまでそんなところにいるのかしら」

目の前が真っ暗になった。

体は反射的に縮こまり、寒気が走る。もう逃げられない。鋼平はコンクリートのように固まった首に力を入れ、ゆっくりと顔をあげた。運転席の窓の向こう、目黒通りを越えた先のマンションの二階にアコばあちゃんがじっと立っていた。

こっちをしっかりと見据えている。

「夜中からずっといるでしょう。いったいなにをしているのかしら。その車、あなたのなの?」

目と目が合ったまま、喉が張りついて声が出なくなった。今日のばあちゃんは、ときどき着ているミントグリーンのシャツを羽織っている。去年、ハワイ島を旅行したときに買ったトミーバハマだ。

「ええ……はい……」そう答えるほかなかった。他人の車に長居しているとは言えない。

「車を運転するとは思わなかったわ。運転するなら、あたしももっといろいろ頼みたいことがあったのに」

「ええ、運転は……するんです……それで、ちょっときのう……飲み過ぎてしまって……休んでいたんです」

「あら、いやだ。どこで飲んだのよ。うちに来てくれたらよかったのに。だけどあなた、もしかして二日酔いなの？」

「……はい、そうなんです。面目ない」

「ちょっとだいじょうぶ？」

「ええ、なんとか」

「そうじゃないわよ。手付金のほうよ。振込はあしたでしょう。本社の金庫に入れるって言ってたわよね」

そうだ。たしかにそう約束した。そのうえであす、銀行に振り込んで振込票を持参すると。全身が総毛立ち、ケツの穴が痛いくらい収縮した。だが口だけは勝手に動いていた。「だいじょうぶです。わたしが保管しています。いま」

「そう。良かった。だってそんなところにいたら、強盗とかに襲われるかもしれないからね。それで体調のほうはどうなのかしら」

いますぐマンションに向かわねばならないのはわかっている。だがそれはできない。「もうすこし休めばだいじょうかと思います」

「水分補給よ、二日酔いのときは。だけど、そこ、暑いでしょう」

言わずもがなだ。「いえ……エアコンありますから」口にしてみてつらくなった。せめて送風でもいいからファンが回っていてほしかった。そうすれば臭いがすこしは薄まる。

「いま、ポカリスエット持っていくから。待ってなさいよ。ほんとにもう」

「いえ……だいじょうぶです。ありますから、たっぷり。もうすこししたらうかがいます」

「あらそう。無理しないでね。けど、やっぱりあなたがいないとダメなのよ、ここは」

いま、ばあちゃんが顔を引っこめてくれたら、そのすきにハンマーを使うのだが。

「まったくもってご迷惑をおかけしております。本日のご予定は……?」

「ジャガイモを煮ていたところなの。もうすぐお友だちが遊びに来るのよ。お水はウォーターサーバーにたくさん残っているからへいきなの」

「もしかして火にかけたままですか?」

「あら、いやだ。じゃあ、またあとでね」

ばあちゃんはようやく引っこんでくれた。鋼平はハンマーにふたたび手を伸ばした。ちらりと八百屋のほうに目をやる。めずらしく客がやって来ておばちゃんが接客している。目と鼻の先だった。ほかにひっきりなしに通行人が行き交う。ファミリーばかりだ。鋼平はじりじりとタイミングを見計らった。

また電話が震えた。まだなにか言い足りたいというのか。しかしディスプレイにはっとする。

青海からだった。

16

「留守電聞いたよ。おつかれさま。まだ会社？」

無邪気な声で聞いてきた。そりゃそうだろう。こっちのことなどなにも知らないのだから。

「……まあ、そうだけど」

「もう帰るんでしょう？」

それには答えずに訊ねた。「今日はずいぶん早いんだね」

一拍置いて青海が答える。「うん、ちょっと出かけてる」

「仕事なの？」

「そう。仕事がらみ。クライアントのイベント、見に行かないといけなかったの」

「そうなんだ」そうなのか？　にわかには信じられない自分が悲しかった。

「ねえ、なんかつかれてるみたいね。声に元気ないよ」

あるわけないじゃないか。「ああ、ちょっと調子悪くて」

「ダメよ、無理しちゃ。早く帰ってくればいいのに。寝てないんでしょ」

「ああ……イベントってどこなの？」

「…………」なにか考えているかのように青海はすぐには答えない。いやな間だった。「渋谷よ。会社の近く。夕方には終わ――」目黒通りを通過した大型トラックのエンジン音であとはかき消されてしまった。「ねえ、そこ、会社なの？　外に出てるの？」

「ああ、ちょっと外の空気を吸いに出ていたんだ」願望が言葉になって飛びだした。「一晩中、缶詰めだったんだ。きついよ。体も精神的にも」あてつけがましく言ってみた。なんとなく気持ちがすっとした。鬱々とした黒い思いを胸の奥にためたままにしておくのはよくない。だからあえて口にする。「また朝っぱらからボルダリングにでも出かけたのかと思ったよ」

「なにそれ」青海は気色ばみそうになった。しかしひと呼吸置くだけの冷静さはたもっていた。「そんなねえ、遊んでばっかりいるわけじゃないのよ。ファミリーイベントだから始まるのが早くてね。子どもがたくさん来るから人手は多いほうがいいの。主催者じゃないんだけど、もうほとんどボランティア状態でさ」

嬉々として参加しているというわけか。葛西臨海公園に二人で遊びに行ったときの光景がふいによみがえった。二年前、出向が決まり、どん底に落ちこんでいる時期のことだった。

「はい、おばちゃん、これ作ったの。あげる」
四、五歳の女の子だった。
二人してベンチで休んでいるときだった。トコトコとやって来て、青海に向かって手を突きだした。そこに握られていたのは、色とりどりのビーズを連ねたミサンガだった。近くの広場で開催されていた親子ものづくり教室に参加していた子どものようで、すぐに母親がやって来て「すみません」と娘を連れもどした。

「うわ、かっわいぃ……ねえ、コーヘイ」

青海は自然な笑みを浮かべ、その子の後ろ姿を目で追っていた。そのときもらったミサンガは、いまも玄関に飾った磁器製のウサギの耳にかけてある。鋼平は見て見ぬふりをしてきたが、どことなく夫へのあてこすりのようでいい気持ちはしなかった。きっと青海の心には、あのときの光景がいまだに焼きついているのだろう。子どもが集まるイベントに日曜の朝から出かけるなんて、そうにちがいない。

「猛獣使いの手伝いってことか」皮肉るつもりはなかったが、口をついて出てしまった。

青海は突っかかってもこなかった。「まあそんなとこね。サイエンス系のイベントでね。科学教育専門の会社が主催してるの。太陽光発電とかロボットの組み立てとか。手作りでエンジンなんかも作っちゃうのよ」

「手作りエンジン……？　なんだそりゃ」

「そういうキットがあるのよ。一見、難しそうに見えることも原理は意外と単純ってことを学ぶの。夏休みに入ったから予想以上に盛況でね」

せいぜい子どもと遊んでいるがいい。ご苦労なこった。だがこっちで起きているイベントを知ったら腰を抜かすぞ。そんな子どもだましの実験なんか通用しない、本物の人生の難問にぶちあたっているんだからな。どうにもならない怒りと欲求不満が生みだした強烈なめまいに襲われ、鋼平はシートに倒れそうになるのを必死に堪えた。そのとき、ふとバックミラーが目に入った。

いっぺんに覚醒した。

あの男。

白シャツにくすんだ赤ネクタイ。

あの若いサラリーマン風の男がついにもどって来たのだ。

鋼平は適当な理由をつけて妻との電話を切った。男は清正公前交差点の信号の向こう、桜田通りに面した歩道をこっちに近づいてくるところだった。きのうとおなじワイシャツにネクタイ姿だったが、日曜の午前中いっぱいベッドに転がっていたのだろうか、髪は乱れてぼさぼさで、顔つきも眠たげだった。だがその足取りが向かっているのは、あきらかにこの車のはずだ。

健介……どうしてこのだいじなときにいないんだ。歯ぎしりしたがどうしようもない。男はいま赤信号で足をとめたが、じっとこっちを見ている。見つかるわけにいかなかった。鋼平は慣れ親しんだリアシート下のすき間にダンボールをかきわけて滑りこんだ。

「もしもし……健介！」声を押し殺して電話を入れる。

「どうした？　いま豊洲に着いたところだけど」

状況をリポートするが、健介にだってできることはない。「キーを差しこんでロックが外れた瞬間だな。一発勝負だ。真昼間だけどそれで逃げるしかないよ」

車が動きだす音がする。信号が変わったのだ。やつも近づいてくる。「わかった。とにかくやってみる」それだけ告げて鋼平は電話を切った。

二十秒後、足音が近づいてきた。

鋼平は首をすくめ、飛びだす準備をしてその場で腹這いになる。そして顔を横に曲げ、ダンボールのわずかなすき間から左目だけで運転席側の窓を見あげる。

男が現れた。

若いと思ったが、いま見てみるとそうでもなかった。きのうはふさふさした黒髪が整っていたから、若そうに見えたのだ。じっさいには自分と同年代かもしれない。目つきもどんよりと疲れている。こいつにもイヤな上司や気持ちの離れた妻がいるのだろうか。

飛びだす準備をして手足の指先に力をこめる。運転席のドアが開いたら、そのときに一気に決める。全ドアのロックが外れているはずだ。そのタイミングを逃すわけにいかない。

ドアは開かない。

キーが差しこまれる音もしない。もう一度、窓を見あげる。

男の姿がない。

と思ったとき、助手席側に男は立っていた。まるで瞬間移動したかのようだ。そこで男はなかをのぞきこんでいる。鋼平は見つからぬようその姿をたしかめる。やつの視線は助手席の足下にじっと注がれていた。そこで横たわるアタッシェケースに。

昨夜、ケースはそこで立っていたはずだ。それがいまは横倒しになっている。よんどころない事情によって。だがやつはそんな事情なんて知りはしない。はて？　これはどういうことかな——。

やつにとって最大の関心事はカネだ。自分が不在だったとはいえ、車のドアはロックされていた。すくなくともやつの認識上はそうだったにちがいない。だとするとケースが横たえられている状況は、警戒警報発令の十分な理由となる——。

またしても瞬間移動。

やつの姿が消えた。足音が聞こえる。革靴の踵がアスファルトを踏みつけるコツコツという音が遠ざかっていく。

どういうことだ。

頭は混乱するが、修羅場を迎えずにすんだことで緊張は反対にするすると解けていく。体を起こし、歩き去る男の後ろ姿を目で追う。ただの一度も振り返ることなく、男はずんずんと目黒通りをあがっていく。

それきりだった。

三十分たっても男はもどって来なかった。最大のチャンスは消え失せた。やはり自力解決の道しか残されていないのか。八百屋に目をやる。店の奥の薄暗がりにオヤジがいた。ビールケースに腰かけ、犬のクソを拭ったティッシュを空き缶入れに突っこむ輩がいないか見張っているようだった。その視界にはマークⅡが完璧に収められている。ハンマーを振るうなら、タイミングは見計らわないと。

そう思ったとき、頭の片隅でどういうわけか妻の声がした。

《手作りでエンジンなんかも作っちゃうのよ――》

いまどきの子どもはすごいもんだな。しかしたしかにそういう教材はあるんだろう。エンジンを作っちまうなんて……エンジン、内燃機関、発火、爆発……。あいつの言うとおりかもしれない。原理は意外と単純なんだ。

エンジンなんて――。

キーなんていらないかもしれない。

そう思ったら居ても立ってもいられなくなった。

17

スマホの充電量が五〇％を切った。

だがそれだけあれば十分だった。ネットにはなんでも出ていた。まずはステアリング下のコラムカバーを開放するのが先決だ。コンソールボックスにあった一本のドライバーがすべてをこなしてくれる。これは神さまからの賜わりものだ。そうにちがいない。プラスのネジ頭に対してすこし小さめのマイナスドライバーだったが、慎重に力をくわえれば空回りを抑制できた。

午後二時過ぎ。

オヤジは店の奥のビールケースの上で舟を漕いでいる。鋼平は体を低くし、運転席の下に潜りこんで作業をつづけた。もうこうなったらあの男はもどって来ないとふんで手を動かしつづけるほかない。白金ステーツのほうもこの時間なら断水は終了しているだろう。アコばあちゃんだって客人を迎え、話に花を咲かせているころだ。鋼平のことなんて忘れている――。

直結するのだ。

テレビや映画でしか見たことがなかったが、じっさいに方法があるらしい。昼間のこの時間だ。車内で作業をしていてもへんな目で見られることはない。むしろこそこそしないほうがいい。堂々と自分の車を修理、というより休日の午後を費やしてカスタマイズしているのだ。六十三年式のマークⅡであることも味方してくれている。完璧な旧車だ。苦労して手に入れたか、代々受け継いできたかのどちらかだが、いずれにしろわが子のように面倒を見てメンテナンスにいそしむ。麗しき愛車精神じゃないか。

期待に胸が膨らむぶん、自分が放った糞便の臭いも五十度近い室温も気にならなかった。目の前に近づいてきたゴールしかもう頭にない。エンジンをかけ、パワーウィンドーで窓が開いたらまずはエンジンを切ってからコラムカバーをもどす。それが礼儀というやつだ。その後、ドライバーを使って手錠のかんだ把手ごと取り外し、肥溜めと化したアタッシェケースを窓から外に出す。そしてコンソールボックスにあるタオルでダッシュボードからリアシートにいたるまで指紋の痕跡をきれいさっぱり拭い去る。オヤジの目を盗む必要があるが、それでもさほど時間はかからないはずだ。そのうえで満を持して窓から外に出ればいい。このさい、窓は開けっぱなしでいい。そもそも半ドアで外に出るようなやつだ。窓を閉めるのを失念することだってあるだろう。

奴隷解放だ！

ところでこれはプランCだろうかDだろうか。ステアリングの下に潜りこみながら鋼平はふと考える。深夜、半ドアで灯ったままのルームランプのもと、アタッシェケースを見つけたときには想像だにしなかった展開だ。しいて言うならプランXだろう。

そしてこの計画にはプラスアルファがつく。いや、そもそもそれこそが所期の目的だったのではないか。

四百万円だ。

もちろん一時的に借用するだけだ。車検証から車の持ち主もわかっているのだし、返却できないことはない。

プランX＋α

リアシートの足下に隠したカネがたとえどんなものであろうと、それ以上の邪心は戒めないと。事態をとにかくイーブンにもどすべく、鋼平はせっせと手を動かした。

かぽりと音がしてコラムカバーが外れる。

なかは赤や白の配線が露出している。もう一度、スマホで手順を確認する。子どもたちが科学実験で学ぶのと同様、キーなしでのエンジン起動なんて原理は単純だった。内部にあるイグニッションスイッチをキーシリンダーから取り外し、そこにドライバーを突っこんで回すだけか。だがカバーが覆っていた部分をスマホの明かりで照らし、鋼平は首をかしげる。

イグニッションスイッチから伸びる白い配線が一本だけ、まるで闇にぬらりと輝く白蛇のようにだらりと垂れ下がっている。コラムカバーがついていたときは、それで押さえられていたのだろう。配線はアクセルペダルのほうへ伸び、そこで黒いガムテープで固定されたうえで、さらにラバー製のマットの下へと伸びている。

無視してもよかったが、なんとなく気になった。鋼平は足下のマットをめくった。白蛇はそのままマットの下を通過し、運転席の下へと伸びている。イグニッションとつながる配線が後方のなんらかのシステムに電流を伝達するのだろうか。無理に体を縮こまらせ、運転席の下をのぞきこむ。

どう考えてもそこにあるべきでないと素人目にもわかる代物が、そこにはあった。あとから誰かが巧妙にしつらえたとしか思えないやり方で設置されている。白蛇はラバーマットの端から顔を出し、一直線にそこに向かい、小さな頭をめりこませていた。

アルミホイルに包まれたレンガ大の塊だった。

鉛筆ぐらいの太さの黒い棒が三センチほど突きだしている。

いったん起きあがり、八百屋のほうに気をつけながら両脚を助手席側に入れ、シフトレバーに注意して運転席側に腹這いに寝そべる。そしてシートの下に顔を入れ、左手を塊のほうへ伸ばす。硬いものではない。押すと粘土のようにへこむ。だから配線がそのまま刺さっているのだ。ためしに銀紙の端をめくりあげてみる。クリームチーズのような白いものが見える。もっとめくると白いものの上に、プラスチック製の黒い小箱がのっている。外に突きだした棒はその箱からのびているようだ。

「マジかよ……」

ドラマによく出てくるものが頭に浮かび、鋼平は金縛りにあった。イグニッションを回すと通電し、この白い物体が何らかの反応を示す。とても激しい反応を――。

「はい、いらっしゃい」路地のほうでおばちゃんの声がした。「暑いねえ、今日も。風があればいいんだけど、ぜんぜんだねえ。元気なのは子どもたちとムシだけだよお」

客のほうもなにか言ったが、ぼそぼそと話すので聞き取れない。きっともっと年寄りなのだろう。

「見てごらんよお、天井に巣を作っちまってね。ブンブン、ブンブン飛び回るもんだから、おっかなくてしょうがないよお。おとうさんが殺虫剤かけたんだけど、死なないんだよねえ。ほんとしぶといのさ、ムシのくせにねえ。でも心配しないでちょうだいよ。殺虫剤はすぐには効かないけど、時間がたてば効いてくるから、そのうち全滅するよって。おとうさん、そう言ってるから」

おばちゃんの見解に客がなにかぶつぶつと反応する。鋼平としてもオヤジの見立てにはにわかに賛同しがたかった。しかし客はそれとはちがう話をしたようだ。

「わかるかい、なんだか臭うでしょ」おばちゃんの言葉にぎくりとする。まさか車内の悪臭が漏れているのか。だがそうではなさそうだった。「けさ、ここで大事件があったのよ。若い子が頭から血を流して倒れていてね。ものすごい血だったのさ。それで警察の人が洗ってくれるのかと思ったら、なんにもしないですぅっと帰っちまったのよ」やっぱりそうだったか。「けど、うちのおとうさんなんて口ばっかりでなんにもやりゃしない。結局、あたしがおっかなびっくり、バケツの水引っ繰り返して洗い流したのさ。うぅ、思いだすだけでも気色悪いよお。だからそんときの臭いがまだなんだか……え？　臭うだろ。いやだよお、こんなの。気持ち悪い」

それにおれの排泄物の臭いまでくわわったら、おばちゃん、卒倒するだろうな。悪趣味な想像に鋼平は期せずして笑みを漏らした。が、ふいに恐怖がよぎる。ステアリングからつながれたシート下の異物は単純にエンジンをかけることだけが引き金となるのだろうか？　あのアンテナのように突きだした黒い棒が気になる。さっき健介がドアハンドルを外から握りしめたとき、もしロックが外れてドアが開いていたらどうなっていただろう。あの棒はなんらかの電波の変化をキャッチするものではないか。もしそこに信号を送るトランスミッターのような装置が四つのドアに装着されていたとしたら？

加速度的に広がる不安に鋼平は耐えられなくなった。

「意識不明だったのよ。怖いよねえ、まったく。もし自分だったらと思うと、気がへんになっちゃうわよ」

鋼平はまさにいま気がへんになっちゃうほどの現実の危険にさらされていた。イグニッションなんて直結しないでよかったし、ドアだって開かずにさいわいだった。心臓はバクバク高鳴り、耳元で拍動が感じられるほどだったが、それはいままさに生きていることの証拠だった。どこか一つのドアが開いて巨大な火球が生まれたなら、もうそのときには鋼平はあの世に召されていたかもしれない。これほど身近に死を感じたのはひさしぶりだった。

大学一年の夏だった。

免許を取って三か月もたっていないある晩、鋼平は大学の仲間三人と鎌倉をドライブした。海辺の一三四号線を父親の車で飛ばしていたとき、トンネルに差しかかった。ヘッドライトは、出口のところでカーブしていることを知らせる看板を照らし、ハンドルを握る鋼平もそれを認識した。だが自分も仲間たちもクルージングの爽快感に酔いしれていた。目の前にガードレールが迫ってくるのを感じたのは、トンネルを出てすぐだった。道はゆるやかに右に曲がり、速度を抑制していればスムーズに道なりに進めるほどだった。だが車がカーブに突っこんだとき、鋼平は手遅れになるほどスピードをあげていた。かといって急ブレーキを踏んだらタイヤがロックしそうだった。それでも鋼平はブレーキを踏み、腕を突っ張ってハンドル操作にまかせてカーブを通過しようとした。

「死ぬかと思ったよ。マジに体が浮かびあがった」

あとで仲間たちから口々に言われた。恐ろしいほどのGを鋼平も全身に感じ、シートベルトが胸に食いこんだ。それでも太めのタイヤのおかげでアスファルトをしっかりグリップしたまま、車はカーブを抜けきった。

その二か月ほど前、一人で北陸を旅したとき、鋼平は高速道路でネズミ捕りに引っかかっていた。四十八キロオーバーだった。制限速度は八十キロ。しかし測定値はかなり低めに算出されるのが常だ。じっさいには百五十キロ以上出ていたはずだ。でもそのとき命の危険は感じなかった。それにくらべ一三四号線のカーブでは、たかだか六十キロちょっとで黄泉の国を垣間見ることができた。

人の命なんてはかないものだ。

そのことをむせ返る熱気と汚臭に満ちた狭い車内で、ありありと感じることになるとは。あのとき、運が悪ければ車ごと海に転落していたが、それでも沈みゆく車の窓から脱出する時間はあたえられていたはずだ。だがいまはどうだ。鼻先わずか三十センチのところにある白い物体が癇癪を起こしたら、コンマ一秒だって逃げるひまはあるまい。

どうすりゃいいんだ……。

ガタガタと体が震えてきて、恐ろしいほどの寒気を覚えた。凍てついた北の大地に放りだされたかのようだった。いったん体を起こし、スマホをつかんでから、ふたたびシートの下に身をかがめて異物にカメラのレンズを向ける。アルミ箔をめくり、なかのものを何枚も撮影した。

写真を拡大して白粘土や黒箱をじっくりと検分する。スイッチのようなものは見あたらない。直接取りだしてアルミ箔をぜんぶ剥がさないとだめか。だがそんな恐ろしいまねはできない。へんに動かしてへそを曲げられないともかぎらない。

鋼平は健介に電話を入れた。「もしもし……」

「あ、いま電話しようと思っていたところなんだ」健介は捜索を完了したところのようだった。

「ダメだな。この住所に武内美鈴はいない。他人の家だった。もう引っ越したのかもしれない」

「爆薬があるんだよ」

「へっ……?　なんだって?」健介はすっとんきょうな声をあげた。

「爆弾だよ。運転席のシートの下で見つけた。この車、かなりヤバいみたいだぜ」平静を装って他人事のように告げないと、いまにも発狂してしまいそうだった。鋼平は状況を事細かに同級生に伝え、写真も送信した。

「……マジかよ。プラスチック爆弾ってやつか。何者なんだ、いったい……」健介は絶句した。

鋼平は一番の懸念を告げた。「アンテナみたいなものがイヤなんだよ」

「たしかに。ものすごく凶暴な感じがするな。外から起爆させる電波を受けるのかもしれないぞ。でもたしかにドアの振動とかに反応しないともかぎらないよな。その瞬間に電波が飛んでくる」

「よせよ、気が滅入るじゃないか」

「蟻地獄か……どうあっても逃げられない。逃がさないってわけか。最初、半ドアだったんだろ」

「わざとだったって言いたいのか」

「半ドアのときはまだセットされていない状態だったんだよ。それを完全に閉じた瞬間にセットされた。ある意味、鋼平、ドアが開かなくて命拾いしたのかもしれないぞ」

「よせって。だいたい、おれになんの恨みがあるっていうんだよ」

「おまえを狙ったわけじゃないと思うけどな。たまたまなんじゃないか」

「冗談じゃねえよ」

「鋼平、ここは慎重にやったほうがいいぞ」

「ああ、おれもそう思う」健介の言いたいことはわかった。アスパラガスの先っぽのような黒い棒が気になる。それが車内のあちこちに目を光らせているようだった。「窓もへたに触らないほうがいいかな」

「つらいけど、いまのところそうしといたほうがいいかもな。全然問題ないのかもしれないけど、わからんから」

「警察に通報すべきだよな」

健介はしばらく考えてから言った。「もしそれを仕掛けたやつがそばでおまえのことを見張っているとしたらどうだ。まわりにパトカーが集まってきたら、逆に刺激するんじゃないか。非常爆破ボタンを押してしまうとか」

「だからよせって、そんな話するのは」

「ごめん。でも警察のほうはおれにまかせてくれ。状況を説明してみる」

「頼むよ。ここにいるのはつらいし、気が遠くなるくらい臭いけど、まだ死にはしないさ……たぶんな。あの男がもどって来るのを待つっていうのもありだろ。でもな、もどって来るかどうかわからないし、やつも狙われていたのかもしれないよな」

それには健介も答えられなかった。

18

健介は警察に向かった。

鋼平はすくないながらも自分ができることをしようとつとめた。リアシートに移り、八百屋のオヤジやおばちゃんから死角になる位置に陣取りながら、できる範囲で周囲に目をやる。あの男がもどって来たときが勝負だ。やつも事情を知らないのなら、キーを使って無造作にドアを開けようとするはずだ。その直前にこっちの存在を知らしめ、警戒を促さないと。

三時を回った。

太陽は絶頂期を迎えている。

アタッシェケースの内部では恐ろしい発酵が急速に進んでいるはずだ。発生したメタンガスの圧が気温の上昇とともに高まり、プラスチック爆弾なんて使わなくても発火するんじゃないか。同時にそれは白粘土の連鎖崩壊を誘発する――。

最悪だ。

そんな死に方だけはしたくない。

ふと映画のワンシーンが頭に浮かんだ。時限爆弾のタイマーを解除する主人公。赤や黄色の配線をつかみ、思いきってブツリ……。それをいまやるべきだろうか。それによって死の恐怖から解放されるのだろうか。

二つに一つだ。

逆に振れたら、人生そのもののくびきからいっぺんに解放される。天に召されることによって。しかしそれを受け入れられるほど鋼平は悟りを開いていない。不条理に打ち勝って本社にもどるなんていう低次元の欲求でなく、もっと原始的な生存本能にかきたてられ、鋼平はこの世に居つづける道を探った。

車が吹っ飛べば当然、カネも消える。あれだけの大金だ。それを無にする輩なんているだろうか。爆破するにしろカネを回収してからだろう。それともぜんぶ偽札なのか。鋼平は寝床に散らばる札束の一つをつかみ、検分する。どうあっても本物だった。どういうことだ。あのサラリーマン風の若い男はおれをハメようとしているのか。それとも何者か――ＢＭＭ？――があいつを陥れようとしているのか。

まだ体は持つと健介には強がりを言ったが、中年の肉体にいまの状況はかなりこたえた。頭がくらくらして頭痛はさっきよりひどくなっている。新鮮な酸素が減り、かわりに二酸化炭素とメタンガスとその他もろもろの悪臭物質が充満しているのだ。エアコンの吹き出し口は外とつながっているから、車内が完全に密閉されることはありえない。多少なりとも空気は入れ替わるはずだ。だがそれも酸素の減少速度と外気との循環速度の兼ね合いだ。そのバランスが崩れたら、おれの意識は音もなく遠のく。そうなる前に窓を割って……爆発か……？

堂々巡りに脳が耐えかね、耳元で脈打つ音が聞こえるようになった。いまのところ、まだドクドクと規則的な拍動だった。だがよく聞くと、そこには多少の雑音が混じっていた。ドクドク……ザサッ……ドクドク……ザサッ……ドクドク……。ごく短い異音だが、血流の滞りをしめすかのような、なにかに突っかかっているみたいな感じがした。体にいま必要なのは酸素よりも水分だ。血液がドロドロになり、あちこちに生じた血栓が流れを悪くしているのだ。アコばあちゃんが言うようにポカリスエットがあったら、どれほど救われることだろう。そのペットボトルが――。

それなら足下に転がっている。なかにはたっぷりと液体が詰まっている。ディスカバリーチャンネルのサバイバル番組なら、有無を言わさずベア・グリルスがキャップを開け、ボトルをあおるところだ。それにずっと昔、飲尿療法なるものがテレビで紹介されたことがあった。鋼平が子どものころの話だ。なにかの病気が治るかどうかはべつとして、飲んだところで死にはしない。むしろ急場しのぎにはなるということだろう。

まだ早い。

そこまでやる必要には迫られていない。血流の雑音に耳を澄ませながら鋼平は判断をくだす。しかしいざとなれば、それも有力な選択肢だろう。窓を割って脱出を試みるより、延命という点ではるかに効果的で、なにより安全だ。

ドクドク……ザサッ……ドク……パサッ……ドクドク……カサッ……カサカサッ……ドク……カサカサッ……ドクドク……パサパサッ——。

妙な感じになってきた。なんだか乾いたなにかが血流に交じって浮いたり沈んだりしながら、あちこちにぶつかり、振動というか悲鳴をあげているかのようだった。

いよいよか。

そう思ったとき、音がこめかみでなく、ちがう場所から届いていることに気づいた。朦朧としていたから拍動と混同していた。それは体内の叫びでなく、車内のべつの場所からなにかが擦れる音として伝わってきていた。

前のほうからだった。

カサカサッ……パサパサッ……ブン……。

最後の響きにはっとして、オヤジに見つかることも気にせずに運転席と助手席の間に顔をのぞかせた。目だけ動かして音の発振源を探る。

ブン……。

いまははっきりとそう聞こえる。

目の前だった。

エアコンの吹き出し口のなかに、黒くて丸い小さな塊が出現している。しかもそこにはオレンジ色がかった黄色の筋も垣間見える。

ブーン……。

こっちに気づいたのか、まるでデモンストレーションでもするように羽音がはっきりと聞こえた。そして細長い体を一センチほど前進させ、超小型ヘルメットのような頭を吹き出し口から突きだした。

「マジかよ……」

押し殺した声でつぶやいた途端、それはさらに羽を広げ、飛びたった。リアシートの端に身を寄せたときには、もう目の前にいた。さっきおばちゃんが客に話していたムシとはこのことだったのか。それにしたってどうしてこんなところに——。

考えている余裕はなかった。鋼平はダンボールをつかみ、身を守った。ドアや窓が開くなら外に飛んでいってもらうが、いまはそれができない。かといって元来た狭い吹き出し口に追いこんで帰宅を促すなんて到底不可能だ。やるならこの手で抹殺するしかない。オヤジは殺虫剤を噴霧したらしいが、リアウィンドウに狂ったように体当たりを食らわせるさまは興奮した野犬のようで、かえって活力が増しているかのようだった。息の根をとめないかぎり、遠からずやつはこの狭い空間内で対峙する敵を始末しにかかる。その確信にそれまで以上の激しい頭痛を覚えた。

スズメバチじゃない。

かといってミツバチのような生やさしい相手でもない。

アシナガバチというやつだ。

スズメバチほど凶暴で刺されたときの致死性は高くない……と子どものころから勝手に思っていた。だがハチの襲撃を受けた事例に関するニュースのなかには、このハチの名前がいくつか出てきていた。だいいちアナフィラキシーショックという点では、どのハチでも変わりはない。これまでの人生で刺された経験のある者にとっては、アレルギー反応により命取りになる恐れが高いというやつだ。
四、五年前のことだ。
湾岸再開発に没頭していたころ、予定エリアをレンタル自転車で回ったことがある。五月だったか。気持ちのいい季節だった。背広を前かごに放りこみ、シャツの袖をまくって佃島から豊洲方面へと疾走した。帰り道、晴海通りの交差点でとまったとき、ハンドルを握る右手の甲になにか黒いものがぶつかった。それは肢の棘をつかって着地し、柔らかな皮膚にしがみついた。

アシナガバチだった。

鋼平は本能的に右手をあげ、振るい落とそうとした。その瞬間、肩まで到達する激痛が起こり、嗚咽を漏らした。襲撃者はすでに飛び去っていたが、痛みだけがずっとつづいた。その足で皮膚科に駆けこみ、治療したが、手は信じがたいほどに腫れあがった。以来、ハチに刺されたことはない。だがそのときの一撃で十分かもしれない。ショックを起こすには。

考える間もなく、やつは攻撃をしかけてきた。高速振動する羽音が間近に迫り、鋼平はなさけない悲鳴をあげ、闇雲にダンボールを振り回した。それは相手を刺激するばかりで、侵入者は何度跳ね返されてもあきらめることなく、石つぶてのように激突してきた。

ランニングシャツからむきだした肩に硬い肢が触れる。そのたびに鋼平はヒッとしゃっくりのように叫ぶ。敵は柔らかい肌にランディングした次の瞬間に毒針を打ちこもうと狙っているのだ。それが何度か繰り返されたのち、振り回したダンボール片が奇跡的にヒットした。カツンと音がするなり、ハチは助手席のほうへ跳ね飛ばされ、そのままアタッシェケースの上に落下した。

銀色の鋼板にしっかりと肢を広げ、すぐさまこっちに向き直る。右の羽の感じがすこしへんだった。ダンボールの一撃で付け根が折れたのかもしれない。ならばもはや飛ぶことは相成らぬか。

油断は禁物だ。昆虫はたとえ弱々しく見えても、異様な生命力を保持していることがある。死んだふりをする甲虫なんてざらにいるじゃないか。だから傷ついたふりをして……。

ニイサン、イイドキョウ、シテルジャネエカ――。

左右に開いた大きな牙の間から聞こえてきそうだった。鋼平は脱ぎ捨てたワイシャツに手をのばしていまいちど羽織り、ボタンをしっかりととめる。防護服と呼ぶにはほど遠いが、これで肌の露出は多少カバーできる。あとは次なる襲撃に備えて戦術を考える。いま助手席に身を乗りだしてダンボール片――闘いの間にいつしかそれは丸まって棍棒のようになっていた――をたたきつけるのは危険だ。ブンと飛びあがるなり、突きだした手の甲にたかってくるかもしれない。

八百屋にオヤジの姿があった。居眠りから目覚め、おばちゃんの代わりに店に立っている。杖をついたおじいさんが、トマトやナスを並べた台を眺め下ろしていた。オヤジはいつものとおり、客が万引きしないかじっとにらみつけているだけだ。万が一、何か買っていくときは、無愛想にカネを受け取る。それだけだが、マークⅡは路地を挟んでその目の前にとまっている。へたに動けば気づかれてしまう。

「いいか、おまえ、そこでじっとしていろ」鋼平は棍棒を握りしめながらリアシートに深々と背中を預けた。見た目どおりハチのほうが弱っていることを祈りながら、乱れた呼吸を落ち着かせる。「次にこっちに来たら容赦しないぞ」シートでも窓でもどこでもいい。たかった瞬間を狙うのだ。だったら棍棒でなく、ダンボールを平面のまま使って壁のように押しつけるのがいい。それでグチョッとつぶしてやるのだ。

やや折れ曲がり、動きも悪くなったように見える右羽をかすかに震わせながら、敵はじっと鋼平のことを見あげ、小さな頭を傾げた。

ツヨガリイウノモ、ソレグライニシトキナ。コッチニハ、ワカルンダヨ。

ズキズキする頭の奥で声がする。

アンタガ、ヨワッテルッテコトヲ。

気を緩めたら負けだ。鋼平は大きなダンボールを盾がわりにして、一・五メートル先にいるアシナガ野郎とにらみ合った。向こうは手負いだ。もはや俊敏には動けまい。だが逆にそれで動きが読めなくなるかもしれない。

鋼板の上でこっちを警戒しながら、やつはカニのように横に動き、立ち位置を変えた。そして時折、ケースを舐めるように頭を下げる。そのすきを狙って棍棒を叩きつければ瞬時に戦争は終結し、平和が訪れる。

だが三十八度線は抜き差しならぬ膠着状態がいつまでもつづいた。おかしな話だが、この間は爆弾の恐怖も高温の苦しみも感じなかった。唯一、アタッシェケースから漏れだしてくる酸味がかった硫黄臭だけが両者のまわりに濃密に漂っていた。

ついにアシナガ野郎は鋼板の端に至り、そのまま体を九十度横にして側面を下った。表面はつるつるのはずだが、まるでスパイダーマンのように肢はぴたりと吸いついている。そうか、この手の壁歩きはクモだけの特権じゃないんだ。そして野郎はケース側面の中央部でじっと肢をとめた。

鋼平ははっとした。ゴムパッキンが埋めこまれたフレームとフレームが噛み合う接合部分だった。複眼の奥でやつがうっとりとしているのが見て取れた。人間にとっては吐き気をもよおす臭いでも、やつらにとっては垂涎の代物なのではないか。道端の落とし物にたかるギンバエがそうだ。卵を産みつけるのに格好の栄養満点の培地なのだ。アシナガバチにしてもおなじことだ。

そうか。

やつは車内のこの臭い――やつにとっては芳しき香り――にひかれて、八百屋の天井にこしらえた巣を飛びたち、マークⅡのまわりをあちこち彷徨した果てについに自分だけの秘密の入り口を発見した。ところが洞窟探検に挑んだあげく、大伽藍の奥に潜む魔人と遭遇してしまったというわけだ。だが逃げ帰るつもりはなかった。おいしそうな香りがさらに強まっていたからだ。栄養豊富な食べ物がすぐ近くにある。それを巣に持ち帰って子どもたちに食べさせるかどうかはべつとして、すくなくとも魔人ごときにひるんでせっかくのごちそうを食いっぱぐれるのだけはごめんだ。そう思い、意を決して突っこんできたのだろう。だがいまはどうだ。羽は負傷したものの、魔人なんて見せかけに過ぎないと気づいてしまった。だから警戒は怠らないものの、戦闘よりもグルメを満喫するほうを優先しているらしい。

鋼平はやつから目を離さなかった。休戦協定が結ばれたとしても、韓国と北朝鮮の緊張はつづいたままではないか。ここだってそうだ。気を抜くわけにはいかない。

オヤジがいきなり大きなくしゃみをした。鋼平はあわてて体を縮こまらせる。店先にスイカやメロンを並べているところだった。鋼平の姿には気づきもしない。

その間もアシナガ野郎はケースのフレームの合わせ目のところで頭を振り、その香りを狂ったようにたのしんでいる。ことによるとすき間に細長い口吻《こうふん》を突っこみ、強力ゴムパッキンに阻まれながらも、なかの汁を吸いだそうと試みているのかもしれない。敵のことなど目もくれずに。

「そうか、おまえ」ぼそりと言葉が漏れる。「すくなくとも敵意はないんだな、おれに対しては」

ハチはほんの一瞬、頭の動きをとめたが、すぐにまた元にもどった。人間の思考、感慨など気にするだけばかばかしいと言わんばかりに。

それでも鋼平はつづける。「ただ生きたいだけなんだな、おまえは。ということは」蒸し暑いリアシートから紫外線にあふれた真っ青な空を見あげる。「同志ってわけか、おれたち」

スマホが震えた。

自分のではない。ディスプレイに浮かびあがっているのは前とおなじだった。

BMMM

誰かをいらだたせているのはまちがいない。放っておいたらその怒りの炎に油を注ぐだけだろう。それにこの場は思いきって救助をもとめるのも手かもしれないぞ。なにしろ向こうからすれば、想定外の人間が車に乗りこんでいるのだから。ここは決断のときだ。

「どう思う？　同志よ」

まさにその言葉が聞こえたかのようにアシナガバチは頭をあげ、真っ黒いいくつもの眼で敵のことを見た。それをはっきりと鋼平は感じた。

電話は振動をつづける。

「道はこれしかないのかもな」

車内に置き忘れられたスマホに手を伸ばす。交渉するしかない。

こっちの覚悟をよそに電話はまた切れた。

19

午後四時を回った。

工事の車は左右ともいなくなった。もどって来た作業員たちは鋼平のことなんて目もくれなかった。健介はまだ帰らない。電話も入らなかった。こうなったらあとは警察に任せるほかないか。とはいえ陽射しは変わらない。体中の血液が沸騰しているようで喉の渇きは尋常じゃないし、熱を帯びた脳がむくみ、頭痛がいや増している。鋼平はリアシートでぐったりとした。ふたたび視野に星が瞬く。さっきよりも数が増えている。もはや時間の問題かもしれない。だったら健介を待つことはない。自力で調べられることがあるはずだ。

車検証の住所と名前をグーグルにぶちこんでみた。無数の武内美鈴が出現した。フェイスブックだけでもかなりある。これだけではダメだ。しかし検索ワードにマークⅡを追加したところ、鋼平を閉じこめているのとおなじ車種といっしょに写る女性の画像が現れた。ブログだった。キャプションには「美鈴さんが愛車のマークⅡで会社に迎えに来てくれました」とだけある。記事は、木更津のモールで買い物をした時の話だった。画像にはナンバーの一部が写っており、その範囲では車検証に記載された番号と符合した。おそらくこれが豊洲を住所としていた持ち主の武内美鈴なのだろう。

画像は下町の路地のようだった。端のほうに電柱が写りこんでおり、住所表示がかろうじて見えた。「南小岩七丁目20」とまで読める。今度はグーグルマップにその番地を打ちこんでみる。下町の住宅地だった。このあたりの会社が、武内美鈴が愛車で迎えに行った相手の勤め先なのだろう。ストリートビューで周辺地図を写真に切り替え、ブログの写真と照合してみると、おそらくここが勤務先だろうという場所が把握できた。

土居建設興業。

地元の土建屋らしい。会社自体は四階建てのビルで、上層階が住居となっているようだ。電話番号が出ている。鋼平は藁をもすがる思いでかけてみた。

応答なし。

日曜だ。しかたない。やむなくこんどは武内美鈴と土居建設興業の二つを検索ワードにググッてみる。すると気になる写真が見つかった。先ほどのブログとはちがうブログだった。写真は居酒屋らしき場所で撮影されたもので、キャプションには「ガネさんと美鈴さん」とある。土居建設興業の従業員をマークⅡで迎えに行ったのとおなじ女性だった。

ガネさん……。

スキンヘッドだが、顔つきはまだ三十代ぐらいに見えた。作業着の前をはだけ、毛むくじゃらの胸をランニングシャツからこれ見よがしにのぞかせていた。従業員だろうか。土居建設興業には貧弱ながらもホームページがあった。鋼平はそれをすみからすみまで調べ、役員名簿のところで眉をひそめた。

何人か並ぶ役員名のなかに、東金又一郎の名があった。

トウガネ。

もしそう読むなら「ガネさん」でもおかしくないか。もし東金又一郎が武内美鈴を知っているのなら、連絡を取ってもらえまいか。鋼平は又一郎のメルアドでも分かるまいかと、その氏名で検索を試みた。すると思わぬものがヒットした。

二年前の新聞社サイトのニュースだった。

……だまし取った疑いで江東区亀戸、建設会社役員東金又一郎容疑者（38）を逮捕した。調べによると、東金容疑者は特殊詐欺グループのメンバーとして……

特殊詐欺グループだって？

その容疑者の勤務先の同僚をこの車の持ち主は迎えに行ったというわけか。ということは――。

鋼平は足下の札束と助手席のアタッシェケースに交互に目をやった。ケースの上では、小さな相棒が美食にありつくべく、懸命にフレームのすき間に口吻を差し入れようとしている。リアシートでスマホとにらめっこする男のことなどまるで気にとめない。折れたと思われた片方の羽もぴんと元にもどっているように見える。恐るべき生命力だ。

「なあ、おまえ、そいつにはやっぱり、かなりヤバいものが入っていたみたいだぞ。まあ、いまのおまえにとっちゃ、どうでもいい話なんだろうがな。だけど、もしそうだとすると、例のあの男、あいつは何者だ？　二年前に又一郎は逮捕された。だけど仲間が一人もいないなんてこともないだろうし、悪事が根絶やしにされたとも思えないよな。だってそうだろ、もしそうなら、振込詐欺がエンドレスでニュースになるなんてことはないもんな」

まるで鋼平の問いに返事をするかのように、肢の長い相棒は丸っこい頭をあげ、コクリとうなずいてみせた。

いきなり耳元でコツコツと音がした。

ぎょっとして体が固まった。

ミントグリーンのこざっぱりしたシャツ。アコばあちゃんだった。

「ほら、開けなさいよ、あなた」ポカリスエットのペットボトルで窓をたたく。「いつまでそんなところにいるのよ」

ぞっとして八百屋に目をやる。ペットボトルや缶ジュースを満載した飲料会社のトラックが店の前にとまっている。自販機の中身の補充だった。それが偶然にもオヤジとおばちゃんからの死角を作ってくれている。

「アコさん……ちがうんだ！　離れて！」爆薬が炸裂し、年寄りの棒切れのような体がバラバラになるところが浮かぶ。「ダメ！　ダメ！」

それでもばあちゃんはびくともしない。「なに言ってるのよ、あなた。だいじょうぶなの？」

そしていきなりドアハンドルに手をかけ、ぐいぐい引っ張ってくる。血の気が引いた。鋼平はスマホの電話帳から「藤生晶子」を選び、電話を入れた。スマホを持参してくれていることを祈る。

呼び出し音が外で聞こえた。ばあちゃんはけげんな顔をしてシャツの裾をまくり、いい風合いになったジーンズの尻ポケットからスマホをつかみだした。その姿がさまになる。こんなふうに年を重ねられたら人として幸せだろうな。頭の片隅にわずかに残った冷静な部分で鋼平は思った。できることなら若いころに出会いたかった。

「もしもし……ダメなんです！　いま説明します。落ち着いて聞いてください」

「……なに……？　どうしたの？　落ち着いていないのはあなたのほうよ」

「ここから出られないんです」

「えっ？」

「まずは離れてください。ぼくがここにいることはすくなくとも八百屋のオヤジさんたちに見つかるわけにいかないんです。離れて！　離れて！」

それでようやくばあちゃんは一歩、二歩と下がり、それからおもむろに桜田通りのほうへ移動してくれた。そこなら車から離れている。オヤジたちが目を向けてもこっちが見つかる心配はなかった。

もうダメだ。隠し通せなかった。鋼平はアコばあちゃんに打ち明けた。一つのことをのぞき、すべてを。冒険好きの相棒を呼び寄せたアタッシェケースの悲劇だけは口にできなかった。

「なんてこと……」藤生晶子は絶句した。

もうこの人との関係はおしまいだ。鋼平はあきらめた。預かったカネをなくすのはしかたない。だが車内の大金に目がくらんで侵入するのは法律以前に、人として許されない。まもなく警察がやって来る。救助されたのち、自分のしたことは明るみに出て断罪される。だからアコばあちゃんが通報するかどうかはこのさいどうでもいい。彼女の純粋な信頼を裏切ってしまった事実がどうにも耐えがたかった。もう口もきいてくれないし、そもそも顔を合わせることもないか。こっちは投獄されるんだから。会社もクビだろうし。

「だけどあなた、ひどい顔しているわ。体調はどうなの。ここだってめちゃくちゃ暑いのよ」

「はっきり言って限界です。ただ、もうすぐ警察が来ますから。ほんとにすみません。恥ずかしいかぎりです……ごめんなさい……」

トラックが動きだした。オヤジがばあちゃんに気づき、不審そうな目を向けてくる。ばあちゃんはとぼとぼと歩きだし、桜田通りの角を曲がった。

「先に言っとくけど、工事のほうは無事終了したわ。水も元どおりに出るようになったから」

「ご迷惑をおかけしました」

「お友だちが来たときには直っていたからへいきよ。とってもたのしかったわ、昔話に花を咲かせてね。学生時代のお友だちなの。五十年ぶりの方もいたのよ。ふしぎね、忘れていたようで話してみると記憶なんてすぐにもどってくるのね。ほんとふしぎ、人間って。だけどね、あなた、ニシムラさんなんて結局来なかったわよ」

「もうしわけありません」

「ちがう方はみえたけど」

「ちがう方……」

「そう。名前はわからないけど、管理室に出入りして警備員にいろいろ指図していたわ。たぶん管理会社の方だと思うけど」

西村が名乗らなかっただけだろうか。「若かったですか」

「若くはないわ。中年。あなたよりも年上じゃないかしら。はじめて見かけたわ」

いやな予感がした。でもたしかに電話はずっとかかってきていた。それを鋼平が無視しつづけただけだった。

「だけど怖いわ。家の目と鼻の先に爆弾が仕掛けられるなんて。早く警察が来るといいわね。ただ、やっぱりあれかしら。犯人がどこかで見張っている可能性もあるわね」健介とおなじ懸念をばあちゃんはしめした。「あたしがうろちょろしているのもバレちゃってるかしら」

鋼平の愚行を表だっては非難してこない。それだけが救いだった。まるで死刑囚に最後に語りかける牧師、いや尼僧のようだった。

「ぼくが狙われる理由なんてないんですよ」

「じゃあ、無差別殺人なのかしら。怖いわ」寒気がするようなことをばあちゃんは平然と口にする。「特殊詐欺グループに警告を発しているのかもしれないわ。そこにあなたがまんまと引っかかったわけね」うれしそうにアコばあちゃんは話す。鋼平は困惑した。だが待て。ばあちゃんはそんな話をあえてすることで、顔見知りの管理会社の男の正気をすこしでも長持ちさせようとしているのかもしれない。

「だいじょうぶです。ここでじっとしていますから。そのうち警察も来ますし」

「そうかしらねえ。こんなこと言っちゃいけないけど、警察なんて無力なものよ。こっちは頼りにしても、結果は失敗だらけ。所詮、おなじような人間のやることなんだから。うちのおとうさんのときもそうだった」

アコばあちゃんのご主人は八年前に亡くなったとの話だが、くわしいことは聞いたことない。会社役員だったらしいが。

「半導体の輸入会社を一代で起こして長いこと社長をやっていたんだけど、誘拐されちゃってね」

「誘拐……？」

「家の前で車に押しこまれて拉致されたの」

「家の前って」

「うちよ。そこのマンション。八年前のことだもの、あなたは知らないわ。すぐに身代金の要求があった。一億円。会社と話して用立ててもらうことにしたわ。当然でしょ。それを犯人に伝えようと思ったら、警察が割りこんできてね。もうすこし引き延ばしてくれって言うの。そうしたら監禁場所もわかるからって。だけど犯人は命は保証するって言ってたし、逆に渋ったりして刺激するのは良くないと思ったの。それで警察に掛け合ったんだけど、こっちの話なんか聞きやしない。とにかくのらりくらりと交渉を長引かせてくれっていうのよ。そうしたら翌朝、おとうさん、利根川で見つかったわ。全身に刺し傷があった。拷問されて殺されたのよ」

ぜんぜん知らなかった。いや、それなりにニュースになったのだろうが、気にとめなかったのかもしれない。凄惨な事件なんて日常茶飯事だ。

「警察の判断ミスなんですね」

「認めなかったわ、絶対に。だけど突き詰めたら、刑事だろうとなんだろうと、ただの公務員よ。映画やテレビに出てくるヒーローなんかじゃないの。むしろ自分が責任をかぶらないようにすることだけに必死の哀しいサラリーマン。厄介なことは極力背負いこみたくないのよ。そんな連中、信じたあたしがバカだったのさ」

これまで二年も付き合ってきたのに、まったく知らなかった。いつも明るく面倒見のいい女性にそんなつらい過去があったなんて。「言葉もないです。つらい日々だったんですね」

「ふん、あたしのことなんていいわ。それよりあなた、おなじ境遇に陥っていることは自覚したほうがいいわよ。警察なんて来たところで、誤って起爆させてしまうかもしれない。それより自力でなんとかすることを考えないと」

そのときだった。

鋼平は息ができなくなった。

部長だ。

目の前の路地を蛭田部長が八百屋のほうに近づいてきていた。やっぱりだ。鋼平が電話に出ないものだから、しびれを切らして本人がやって来たのだ。鋼平は運転席の陰にぎゅっと身を隠す。

蛭田は自販機で飲み物を買うようだった。ばあちゃんとの電話はいったん切らざるをえなくなった。

「あんた、知ってるかい」いきなりオヤジが話しかける。「けさ、ここで通り魔事件があったんだよ」

「通り魔事件……？　物騒だな。知らなかった」蛭田は無視して白金ステーツのほうにもどろうとする。

「あんたの立ってるところ、血だまりだったんだ」

そう言われるなり、ヒッと悲鳴をあげて蛭田は飛びあがった。

「鈍器で殴られたんだ」妄想を断定する。年寄りの悪いクセだ。

「殺されたのか」

「たぶんな」ほんとに勝手なことを言う。だが情報が入っていないともかぎらない。「このあたりに住んでるのなら気をつけたほうがいい。朝っぱらから殺人事件が起きるような街になっちまった」

「誰もそんな話していなかったけどな」

「あんた、このへんの人かい」

そんな個人情報まで赤の他人の八百屋のおっさんに明かす必要はないとでも言いたそうな冷たいまなざしを向けたのち、蛭田は考えを改めた。「そこのマンションで仕事があったんだよ」白金ステーツのほうにあごをしゃくりあげる。

「水道工事屋か」オヤジは合点したように言う。「車が来てたよな」車寄せにとめた業者のワゴン車を目にしたらしい。

自分がブルーカラーといっしょにされたことに蛭田は腹を立てた。たちまち顔が紅潮する。

「おれが呼んだんだよ」ちがう、呼んだのは鋼平だ。「給水装置が故障したのさ。おれはそういうのを管理する会社の責任者、部長なんだよ」最後の部分を強調した。恥ずかしいというより、鋼平はなさけなくなった。いつどんなところでも背伸びしないと気がすまない。背が高くなくても立派で高潔な人はいくらもいるのに、この男は三メートルぐらい身長がないと不安でならないらしい。

「お、あそこのマンションか。うんこ事件のところだな」オヤジはきのうのことのように口にした。

「はあ……？　なんだそりゃ」

「住んでるやつが犬のクソをそこの空き缶入れに捨てやがったんだ」オヤジのなかでは犯人はうちのマンションの住人で確定している。

「聞いてないな、そんな話。大方、担当が隠していたんだろう。まったくなにやってるんだか。あまり評判のいいやつじゃないんだよ、あそこの担当者」

「担当者って管理人かい。気の弱そうな男だな」

「管理人じゃないさ。うちの会社の担当者だよ」

オヤジはしばらく考えてから訊ねた。「それって原谷って男かい」

部長は片方の眉をつりあげた。「知ってるのか」

「あぁ、うんこ事件で相談したことがある」相談じゃない。一方的な思いこみによるクレームだ。

「取りつく島もありゃしない」

「なんでもおざなりなんだよ。困ったもんだ」

「あんた、部長なんだろ。そんな他人事みたいなこと言うなよ。うんこだぜ。しかも犬の。くせえのなんのって。だけどそいつ、たしかにマヌケだよ。カバンをそこに置き忘れて車、出しちまったんだから」マークⅡのほうをあごでしめした。

「カバン……？　なんだそりゃ」

オヤジは鋼平のカバンにまつわる、得意の妄想を織り交ぜた話を蛭田に聞かせた。それを聞きながら部長は、路地を渡って近づいてきた。鋼平はあわててバックシートのすき間に潜りこむ。こっちを見られたらおしまいだ。

「あら、あなた」路地のほうで声がした。「うちのマンションの方よね。断水は直ったのかしら」

「はあ？」いらいらと蛭田の足がとまる。「失礼ですが――」

「直ったのかしらねえ」有無を言わさずばあちゃんは蛭田を追及した。「管理人さんなんでしょう？　あなた」

「ちがいます」蛭田はむっとしている。「勘違いしてもらっちゃ困りますね」

「だって、あなた、さっきマンションに来ていたじゃない。こっちは二十年も住んでるのよ。あんな断水、はじめてだったわ。どうなの？　早く修理してちょうだい」

部長はあわてて路地にもどっていく。「わたしは管理会社の者です。住人の方だとは知りませんでした。水道はさっき元にもどりました。館内放送したと思ったけどな」

「あら、そうかしら。でも管理会社の人っていつもの方じゃないのね。あなたは――」

「責任者です」

「まあ、さすがね」芝居がかったようにアコばあちゃんは感嘆した。「お休み返上で来ていただいたのね」

「はい、それが仕事ですから」

「もうしわけないわねえ」

「いえ、よろこんで」心にもないことを蛭田は口にする。

「いつもの担当の方、なんて方でしたっけ？」

「原谷です。なにか？」

「なんだかイマイチな方よね。無責任というか」

「ほお、もしかしてなにかご迷惑をかけていますか」

「梨のつぶてなのよ、いろいろ相談しても」

「それみろ」オヤジが割って入ってきた。「やっぱりそうだ。適当なヤツなんだよ。こっちの話なんてまるで聞きやしない」

「だけど責任者の方がいらっしゃったのなら心強いわ。お名前は？」

「蛭田です。サポート管理部長の蛭田です」陰気な猫背を目いっぱいのばし、誇らしげに胸を張っているのだろう。声が上ずっている。

「まあ、部長さん。心強いわ、ほんとうに」

「こちらこそ、いつもお世話になっております」

「一つ教えていただきたいことがあるのだけれど」

「はい、なんでしょうか」

「ペットのことなんですけどね」

「だろ」またオヤジが口をはさんだ。「うんこ、撒き散らしたんじゃねえか」

「原谷さんにも相談したんですけどね、あの方ったら……」オヤジが聞き耳を立てているのがわかる。ばあちゃんは巧妙だった。「やっぱりここじゃちょっとね。ラウンジにでも行きましょう、部長さん。まったく困っちゃうのよ、あの人」

「おれもなんか頼りないヤツと思ったんだよ、うん」勝手にオヤジは合点しているが、蛭田もまんざらでもなさそうだった。ペットのことなんてどうでもいいし、住人の困りごとなんて聞くつもりはないのだろう。だがそんなことより、標的にする男に対するまたとないクレームを耳にできるとあって嬉々としているのだ。

「そうですね。こんなところにいたら熱中症になってしまいますからね」

足音が路地から遠のいていく。鋼平はそっと体を起こしてみた。ばあちゃんと蛭田が並んで目黒通りの横断歩道を渡っている。なんとオヤジまであとからついて行く。図々しいにもほどがある。だが鋼平はばあちゃんの機転に感謝した。これで当分は蛭田を引きつけておいてくれるだろう。あとは健介が警察の爆発物処理班を引き連れてもどって来るのを待つだけだ。

そのとき鋼平は視線を感じた。横断歩道を渡りきったところ、ちょうどばあちゃんたちが通り過ぎるあたりだった。男が一人たたずみ、じっとこっちを見ていた。

見覚えがあった。

20

けさ、目の前の路地で引っ繰り返っているときは、白のTシャツに黒のハーフパンツだったのではないか。いまはカーキ色のズボンにグレーの地味なシャツを羽織り、メジャーリーグのキャップをかぶっている。かなり太った男だ。配達は終わったらしい。バカでかい四角いバッグは見あたらなかった。

あのときはどうだったか覚えていないが、いまはむくんだ顔にめがねをかけている。その奥から注がれるまなざしは不安そうだった。

男はスマホを耳にあてた。二秒後、鋼平の電話が鳴る。非通知だった。警戒するように助手席の相棒がブーンとうなりをあげて飛びたち、鋼平のまわりを飛び回った。

「もしもし……」

まさかと思ったが、そのとおりだった。「半年ぐらい前ですか、カツ丼を注文されましたよね。こちらのマンションの管理室で」

管理室でカツ丼を取った記憶はある。配達してきたのがこの男だったとはまったく覚えていないが、こうして電話をかけてきたからには、こちらの番号を見つけだしたのだろう。心あたりがないわけじゃない。確実に届けてもらおうとして、不用意にも配達メモ欄にこっちの携帯番号を書き添えてしまったのかもしれない。つまり、けさ、目の前で事故が起きたとき、やはりこの男は車内にいた鋼平のことを目にし、それが誰だかきちんと把握していたのだ。

「覚えていないのでしょうね、おれらのことなんて」

「まあ、そうだね」わけがわからないが鋼平は冷静を装った。

くっくっと野球帽の男は卑屈そうに笑った。「こっちもラクですよ。インターホン押して、出てきた相手にブツを渡して帰ってくる。しゃべることは『デリバリーです』と『ありがとうございました』だけ。いちいち店の名前とか言わないでも、注文したほうはわかってるし、いまはモニターで確認できるから、デリバリーってわかるようにしておけば不審にも思われない。おれらは影、空気みたいな存在なんですよ。自分が注文した料理がいつの間にか玄関にある。どこの誰が配達したかなんて気にもとめない。気にされるのは、気にさわるようなことが起きたときだけだ。配達が遅れたり、不潔に思われたり、へんに話しかけられたり。けど、おれはそんなことはしない。存在消してますから。コスパ悪いじゃないスか、そんなことでもたついていたら。もらえるものも、もらえなくなっちまう。ただね、こっちはデリバリー先のことはぜんぶわかってますからね。どこの店で何を注文したか、男か女か、どんなヤツで、どんな態度だったか。なかには電話番号まで自分から伝えてくれる、わきの甘い輩もいますし」

「個人情報の不正利用だな」不満げに窓に体当たりを繰り返すハチに注意しながら鋼平はぽつりと言う。

「知ったこっちゃないッス。そんなようなことが契約書に書いてあったのかもしれないけど、現実はどうかってことなんですよ」

「半年も前のことなのに、よく覚えていたな」

「ここらへんはよく通るんです。あなたのことは何度か見かけましたから、原谷さん」

名前まで呼ばれゾクリとした。「なんの用だ。注文した覚えはないぞ」皮肉だ。注文できるものなら注文したい。まずは水だ。喉がカラカラで焼けついている。

「朝からずっといるんだなって思いましてね」

「心配してくれたのか。けど、ちがうだろ。心配しているのは事故のほうなんだろ。あれがその後どうなったか不安になって現場にもどって来たんだろ」

通りの向こうで気色ばむのが見えた。「ふん、どうとでも言うがいい」

「ニュースでずっとやっているからな」

「見てるんだ、車のなかで。暑いでしょう。子どもなら死んでるかもしれない。よくほったらかしにする親がいますけどね。相当苦しいはずッスよね」

「なにが言いたい」

通りを挟んで鋼平はにらみ合った。野球帽の男は勝ち誇ったように言い当ててくる。「出られないんでしょう、そこから」

ガラガラと音がする。八百屋のおばちゃんがシャッターを閉めている。

四時半を回っていた。

「朝からずっとなんスよね。なにかあったんですか。隠れているみたいに見えますけど。ちなみにそのマークII、原谷さんのじゃないですよね。おれ、知ってるんですよ。このあたりはテリトリーですから、たいていのことはわかる。つまりあなたは他人の車のなかにずっと居座っていることになる」

「だったらなんだって言うんだ」

「いまの状況を他人に知られたくないはずだ。だけどずっとそこには居たくない。なんとかして脱出したい。だったらおれが手伝いますよ」

「手伝う……？」

「さっきばあさんがドアを開けようとして開かなかったじゃないですか」アコばあちゃんがここにやって来たときから、この男は見ていたのだ。「ドアのロックが壊れているんですか。もしそうなら、おれ、わりと手先は器用なほうですから。もちろんタダじゃない。交換条件があるんです」

「なんだよ」

「朝のこと、言わないでもらえますか。誰にも」

轢き逃げのことだ。鋼平はこの野球帽の男の素性など知りもしないが、すくなくとも事故後のありさまを見ているし、逃げた男の顔も見ていた。

「口をつぐんでいろってことか。だがもうとっくに警察に話しているかもしれないじゃないか」

「それはないでしょう。だって警察は原谷さん、あなたがどういう状況で事故を目撃したか聞いてきますし、もっとくわしいことを聞かせてほしいから、いまどこにいるか訊ねてくるはずだ。あなたはそれには答えたくありませんからね」

「かもしれないな。つまりここから出たあとの話ってことか。交換条件ってのは」

「そういうことッス。てゆうのもね、おれ、警察の厄介になるわけにいかないんですね、いまは」

鋼平はぴんときた。「前があるのか。仮釈放中とか」

「よしてくださいよ、人聞きの悪い。刑務所にはまだ入っていませんから、執行猶予中なんスよ。前の会社はそれでクビになったんで、デリバリーぐらいしか仕事がなくなっちまって。まあ、ムショ送りよりはマシですよ。だけど事故なんて起こしたら、まちがいなく連れて行かれますから」

せわしなくリアウィンドウにぶつかっていた相棒がリアシートのヘッドレストに落ち着き、じっとこっちを見た。

ヤバイアイテカモシレナイゾ。キヲツケロ――。

だが訊ねないわけにいかなかった。「なにやらかしたんだ」

「カネがらみじゃないッス。もっと……なんていうかな……趣味の延長みたいな感じのやつ。世間によくあるアレですよ。スマホでね……一回やってるからこんどなにかあったらマズいんです」

鋼平は通りの向こうにいる太めの男に目を凝らした。向こうもこっちを見ている。あの手合いがスマホでやることと言ったら――。

「あんたがなにをしでかしたのかはどうでもいい。あんたとしちゃ、おれが黙っていてくれたらそれでいいんだろ。だがな、たしかにおれはいま、ここから出られない状況なんだが、間もなく警察が来ることになっているんだよ。それを待っているところなんだ」

男はスマホを握る手を肉厚の頬から離し、シャツの半袖で顔の汗を拭った。「なるほど。じゃあ、そうするといい。けど、それだとあなた、ぜんぶ警察にバレるってことになりますよね。どうして他人の車のなかに長時間いたのか。説明が厄介なんじゃないかな。そんなことより、自力でそこから脱出して、あとは車の持ち主だけを相手に話し合いをしたほうがいい」

図星だった。ただ、爆弾はいかんともしがたい。警察の専門領域だろう。

「それにこんなことを言ったら罰が当たりますが、あなたにとって一つ朗報があるんですよ。同時にそれはおれにとっても有難い話なんですけどね。けさ、おれがチャリでぶつかったおねえさん、ずっと意識がないんですよ。場合によってはそのまま死んでしまうかもしれない」

「ニュース見て知ってるよ。たしかにそうなれば、あんたはラッキーだよな。死人に口なしだ」

「その車に乗ろうとしていたんですよ」

「えっ」これには驚いた。あのきゃしゃな感じのする女性がこのマークⅡの……？　だが武内美鈴ではない。彼女のことなら複数の画像がネットで見つかり、どうやらそれが車検証に記された美鈴のようだった。だからけさの事故の被害者は彼女ではない。それは断言できる。見た目がちがい過ぎた。「待ってくれ。車検証を調べるかぎり、ちがう人物だと思うんだが」

男はもう一度、顔の汗を拭った。「車検証のことなんて知らないですよ。けど、そのマークⅡは時々、そこに置いてありましてね。あの女の人が乗りこんでいるのをおれ、何度か見ているんですよ。だから原谷さんの車じゃないって断言できるんです」

「そうだったのか……」

「でも彼女はいま、昏睡状態だ。このまま天国に召されたら、あなたが車に侵入したことなんてチャラになる。それでも警察を待ちますか?」

アコばあちゃんに言われたことが頭をよぎる。警察なんてあてにできない組織だ。気持ちが揺らぐ。健介が警察に向かってから一時間半以上がたつ。あいつ、なにやってるんだ。

「驚かないで聞いてくれるか」鋼平は腹をくくり、太めの男に爆弾の話をした。

「マジですか……」こんどは男のほうが言葉を失った。だがすぐに頭を働かせはじめる。聞けば、元はテレビ番組制作会社のADで、ミリタリーおたくらしい。「やっぱりそのアンテナみたいなやつが気になりますね。ドアは四つとも刺激しないほうがいいかな。それにしても運の悪い人ですね、原谷さん。あの女の人を狙っていたのかな。何者だろう。それとも仕掛けた側かな」

「きのうの夜からここにいるんだ。夕方、サラリーマン風の男が運転席にいた。女じゃない」

「男が……あやしいな。いずれにしろ窓しかないですよ、脱出路は」

「でも爆弾が――」

「前か後ろですよ。元々、開かない場所ですから。犯人は出口をふさいだんですよ。でもフロントもリアウィンドウも出口じゃない。ただ、さすがにフロントを割るのは危険ですね。路地から丸見えだ」おばちゃんは店じまいをして引っこんだが、車も通行人も途切れない。「後ろからなら、たいして目立たないんじゃないかな。そこって前はコインパーキングだったけど、これからなにか建てるんでしょう」

「モデルルームだ。来週あたりから着工するはずだ」

「でしょう。ブルーシートがある」

鋼平は後方を見回した。気づかなかったが、子どもたちがボールを蹴り合っていたあたりに埃まみれのブルーシートが寄せつけてあった。きっと資材を覆っているのだろう。

「あれをかぶせちまえば人目は避けられる。脱出用のハンマーとかって置いてありますか」

「ああ、あるよ」

「それを使って自分が通れるぶんだけ穴を開けて、転がり出てくればいい。どうします？　やりますか。ものの五分もかからないと思いますけど」

「ほんとに爆発しないかな」

「しないですよ。まちがいない」どこにそんな自信があるのかわからなかったが、男は言いきった。それが心強かった。警察も来ないし、健介の姿も見えない。八百屋のシャッターは閉まっているし、オヤジも部長ももどって来ない。通行人も車の運転手も気にはとめまい。白昼の死角。それを信じるしかない。

「じゃあ、頼むよ。あのシートをかけてくれたら」

「電話はつないだままにしときますね」男はぶらぶらと散歩するように歩きだし、信号が変わるなり、横断歩道を渡る。さも工事関係者のようなそぶりで、モデルルーム建設予定地に足を踏み入れ、端っこに置かれたブルーシートを引きはがした。案の定、その下から足場を組むのに使う資材が顔をのぞかせた。男は汚れたシートを広げ、口笛を吹きながら近づいてきた。路地を行きかう人々は誰も気にとめない。見えているようで見えていない。男も、車に閉じこめられた鋼平もまるで透明人間になったかのようだった。

シートがどさりと広げられ、後方の視界が遮られる。

「さあ、どうぞ。さっさとやっちまいましょう」

「ほんとにだいじょうぶだよな」

「横の窓だってほんとは割るだけなら問題ないんですよ。ドアの開閉で爆発する仕組みだから。振動感知まではしないはずだ」だが男はそっと車から離れていく。元来た横断歩道のほう、爆風がおよばないエリアへと。「さあ、どうぞ。早く」

鋼平は意を決し、シートをかけられて薄暗くなったリアウィンドウに向き合った。スマホはスピーカーホンに切り替えて座席に置き、ハンマーを握りしめる。一撃を食らわせるのはどのあたりだろう。破壊個所を見極める。殺気を感じたのか小さな相棒のほうは、定位置である助手席の足下へと舞いもどっていた。

「なにやってるんだ、あんた」電話から声が漏れてきた。健介だ。

鋼平は振り返り、男を捜した。

横断歩道の手前で男と健介が対峙していた。

「あの車にいま、なにをした？　誰だ、おまえ」健介が一方的にまくしたてている。さすがにそれは周囲の目を引いた。だが健介は状況が飲みこめていないだけだった。

「べつに……なんにもしてないよ……」男はしどろもどろになって後ずさった。

「通報するぞ」

その言葉に男は青ざめて背を向けるなり、すたすたと横断歩道を渡り、早足で遠ざかっていく。

ぷつりと電話が切れた。

健介はその後ろ姿をにらみつけ、おもむろにスマホを手に取る。

リアシートで振動が始まった。

21

「いま、警察のほうで車の持ち主とかいろいろ調べてくれている。私服の刑事はもう近くに張りこんでいる。救助班もまもなく来るはずだ」

健介は警察に事情を話してくれたのだ。やっぱり警察がかかわらざるをえないのか。救助の段取りを聞きながら鋼平は自分に言い聞かせ、淡い期待を封じこめた。だけど健介もあの男をわざわざ追っ払わなくてもよかったのに。あいつは轢き逃げの容疑者だが、すくなくともおれにとってはありがたい協力者だったんだから。

「なんだったんだ、いまのデブは」

鋼平は事情を説明した。

「うさんくさいな。だいいち、爆発しない保証なんてないじゃないか。鋼平、しっかりしろよ」

たしかにそのとおりだった。あのままだったら鋼平はもうあの世に行っていたかもしれない。急に背中が重くなり、シートにへたりこんだ。疲れがどっと出る。「警察はどうやって助けだしてくれるんだろうな」自分でも驚いた。声にまるで力が入らない。

五時過ぎだった。

陽射しはまだ強い。血液はもう完全にドロドロになっている。体の末端で毛細血管があちこち詰まっているんじゃないか。唾を飲みくだそうにもギリギリと音がするだけでなにも出てこない。

「うまくやってくれるよ。専門家だからな」

「だけど、どうやろうと爆発しない保証はないよな」

「たしかに窓から救出するのが一番なんだろう。それをもっとも安全な方法でやるんじゃないか。割るのでなく、切るんだろう。グラスカッターとかで。それなら振動は最小限に抑えられる」

「爆弾をセットした人間を捕まえて解除法を聞きだすほうが確実じゃないか」

「そっちのルートは刑事たちがやってるよ」

鋼平は車の持ち主である武内美鈴が特殊詐欺グループと関係している可能性を伝え、さらにけさ、目の前で事故に遭った女について、さっきの男から聞いた話を告げた。

「美鈴とはべつの女か」

「そうだ。だからそっちのルートからもわかるんじゃないかな」

「よし、それも警察に伝えるよ」

そのとき目黒通りを日吉坂上のほうからあの男が下りてきた。白シャツに赤ネクタイ。「おい、健介！　あいつだ。この車にいた野郎だ――」

「マジか」健介は何気なく振り返った。「たしかに。あいつだ」

鋼平はすばやくスマホを構え、ズームしてから男の姿を撮影した。健介経由で警察に見せられる。「もしあいつが乗りこんできたら、そのときは無理にでも外に飛びだす。あとは警察にまかせるよ」

「わかった……でも、やつが狙われていたとしたら……?　ドアを開ける前に声を掛けるべきなんじゃないか」

健介の言うとおりだった。「いまのうちに張りこんでいる連中に連絡したらどうだろう」

「……そうだな。じゃあいったん電話切るぞ」しかし健介がスマホのディスプレイにタッチしようとしたとき、男は健介のわきを通過し、そのまま清正公前交差点のほうへ歩き去ってしまった。マークⅡには目もくれない。さっきもどって来たときには、車内をのぞきこんできたのに。

「行っちまったぞ。なんなんだ」

「やつを逃がす手はないよな」

「わかった。尾けてみる。警察にも連絡しとく。いいか、鋼平、じっとしているんだぞ。もうちょっとだ」

「やつの写真を撮ったからあとで送るわ。警察に転送してくれ」

「ラジャー」

「で、マジに救助班は来るんだよな」

「ああ、もうすぐだ。なにか連絡が入ったらすぐ伝えるから」

そう言い残して健介は電話を切り、ぶらぶらと歩きだす。交差点を越え、白金高輪駅方面へと歩きつづける男の背中を追って。そこに刑事たちが追いつけば事態は前に進むはずだ。やつの身柄確保が先決だ。それまでなんとかここで持ちこたえないと。男の写真をメール送信しながら鋼平は自分に言い聞かせる。

だがいくら待っても連絡が来ない。吐き気を催す暑さに気が遠くなりそうだった。といっても健介が尾行を開始してから、まだ十五分もたっていなかった。落ち着け。ひどい悪臭を堪えて深呼吸をする。気ばかり焦っていけない。そうだ。あいつはどうした。鋼平はおもむろに助手席のほうに首を伸ばしてみた。

小さな相棒はどこかに消えていた。車内のどこを見回しても見あたらない。

エアコンの吹き出し口の奥でカサリと音がした。鋼平はじっとそこを見つめる。まさか自分だけ元来たルートで外に逃げようってのか。ここまでいっしょに苦難に耐えてきたっていうのに。おれだって体が縮んでくれりゃ、おまえのあとについていくんだぜ――。

スマホが振動した。

アコばあちゃんからだった。

「二十分ぐらい前に帰ったわよ、おたくの部長とやら」気づかなかった。鋼平はマンションのエントランスから通りまで見回したが、姿はない。「八百屋のご主人と結局、けんかみたいになっちゃったのよ」

「え、けんかですか」

「そう。犬の糞のことでご主人がいちゃもんつけたの。管理会社にも責任があるって言って。だけどペットの飼い方なんて、マンションのなかでの話ならいざ知らず、外でどうするかなんて管理会社の知ったことじゃないでしょう。糞はきちんと始末して持ち帰るとか、そんなこと。だけど、あなたのところの部長だっていう人も、大人げないっていうか、たいがいだわ。適当にいなせばいいのに逆に食ってかかるのよ」

目に浮かぶようだった。内部でならいくら高圧的な態度を取っても部下たちががまんすればいいが、外でそれをやると目もあてられない。しかも相手があのオヤジか。

「ほんとに嫌味な男ね。結局『今日はまる一日、イレギュラーな立ち合いで休みがつぶれてしまった』って捨てぜりふ吐いて席を立ったのよ。だからあたしも買い物に行くふりをして外に出たの。だって、またあなたの車のところに近づいたらいけないじゃない。そしたらあの男、ぷりぷり怒ったまま駅のほうに向かったのよ。白金高輪のほうね。だからあの男の気が変わらないよう、お話しながら駅までエスコートしてあげたわ。もうだいじょうぶよ。ちゃんと改札口のほうに降りていったから」

「ありがとうございます。だけど、八百屋のオヤジさんのほうは？」

「あら、どうかしら。置いてきちゃったわ。マンションのなかを徘徊しているかもしれないわね。ところであなた、たしかうちのマンションの販売担当の人とお知り合いなんじゃなかったかしら。中学の同級生だとか、前にそんなようなお話されていたわよね」

健介のことならアコばあちゃんに話したことがある。「ええ、樫村のことですか。彼がなにか」

「ついさっき、お買い物して帰ろうかと思ったらスーパーにいたのよ。電話しながら買い物していたわ」

「買い物……」そうか、あの男がスーパーに入ったのか。

「それでね『コーヘイ』ってあなたの名前呼んでたから、てっきりあなたに電話しているのかと思ったの」

「電話……いや、ぼくと電話で話したのはもうちょっと前ですよ。コーヘイか……ぼくのことですかね、それって」

「あら、それじゃ、あたしの勘違いだわ。もう耳も遠くてね。『めどが立たない』とかなんとか言ってるように聞こえたのよ。いやね、あたし、なんでも思いこんじゃって。年なんて取りたくないわ、ほんとに」

「いやいや、そんな……ただ、やつにはいま、ちょっとしたミッションを頼んでありまして」

「ミッション……？　あら、なんだかおもしろそうね」

アコばあちゃんはこっちの状況を知りながら、くっくっと忍び笑いを漏らす。まったく悪趣味だ。元気な証拠だけど。

「ぼくが閉じこめられている車に乗っていた男がさっき通りかかりましてね。そいつの尾行を頼んだんです。相手が何者かわかったほうがいいですからね」

「どんな男なのかしら」ばあちゃんは興味津々に訊ねてくる。

「ふつうのサラリーマン風の男ですよ。白のワイシャツに赤ネクタイ。赤っていうか、臙脂色ですね。どこにでもいそうなタイプですよ」

「あら、そうかしら。今日、日曜よ。それも夕方。ネクタイなんかしていたら、かえって目立つと思うけど……いまもいるわ。あたしの目の前に。バス停でぽつんとしてる」

「え、ちょっと待ってくださいよ」鋼平はいったん電話を切り、あわてて撮ったばかりの写真を送信する。

ふたたびばあちゃんから電話がかかってきた。「そうよ、この人。魚籃坂のバス停に立っているわ」

「健介は来てますか」

「どうかしら。見あたらない感じだけど。ふふ、巻かれちゃったのかしら。あら、バス来ちゃったわよ、どうしようかしら、あたし」

「健介に連絡してみます」

「あら、そう。じゃあ、急いだほうがいいわよ」

電話を切るなり、鋼平はあわてて健介にかける。だがすぐに留守電に切り替わった。ちくしょう。なんてこった。あっさり巻かれるなんて。こうなったら警察の救助隊がやって来るのを待つばかりだ。

だがそれから三十分以上待ち、六時を過ぎて世界が朱に染まりだしてからも救助隊はやって来ない。健介には断続的に連絡を入れているがずっと留守電だ。うまいことあの男を見つけ、バスに乗りこんでくれただろうか。それで尾行に集中するあまり電話にも出られないのか。そうであることを祈ったとき、着信があった。

ショートメールだった。

アコばあちゃんからだ。

《藤生　いま、蒲田に来てるの。赤ネクタイもいっしょよ》

マジか。バスに乗りこんだのは、ばあちゃんのほうだったのだ。しかも田町から京浜東北で南に下ったらしい。それでやつが下車した蒲田で自分も降りたのだ。

《原谷　気をつけてください。犯罪者グループですから》
《藤生　カツラギって名前よ。いま電話で名乗ったわ。相手が誰だかは不明》
カツラギ……何者だ。鋼平はディスプレイを見つめ、眉をひそめる。車検証にある武内美鈴は、特殊詐欺グループのメンバーであるガネさんこと東金又一郎の知り合いだ。だが鋼平が把握しているのはそこまでだ。カツラギはガネさん、いや、美鈴とつるんでいるのだろうか。だが美鈴はけさ、デリバリー野郎に轢き逃げされて意識不明となった女性とは別人だ。それは断言できる。
鋼平の困惑などものともせず、ばあちゃんは矢継ぎ早にリポートしてきた。
《藤生　相手はショウヘイさん。リーダーとかボスとかそんな感じじかしら》
《藤生「カネがなかにあるのがちょっと……」とか言ってるわ》
《藤生「でもやることはやりましたから。これでＢＭもおとなしくなるッス」だって》
ＢＭ……。
たまらず鋼平は返信する。
《原谷　ＢＭって、ビーエムって言ったんですか？》
《藤生　そうよ、それを聞きまちがえるほどもうろくしちゃいないわよ》

22

アコばあちゃんのリポートもそこまでだった。

カツラギはタクシーに乗りこんでしまったという。夕飯の食材で膨らみきったエコバッグを肩にかけた華奢な年配の女性が、マンション管理会社の若造のために奔走する姿が頭に浮かび、胸が締めつけられた。

まもなく七時になる。

しだいに薄暗くなるなか、警察の特殊部隊が近づいて来ているようすはまったくない。スマホの電池残量が心配だったが、鋼平はリアシートのすき間に蛇のように引っこみ、腰の負担を考えてこんどは腹這いになって自力調査を再開した。爆弾をセットした連中が何者かわかれば、起爆の仕組みにたどり着けるかもしれない。そうなれば脱出できる――。そうねがいながら検索をつづける。アコばあちゃんが耳にした「ＢＭ」が、車内に残されたスマホに何度かかけてきた〝ＢＭＭ〟と無関係であるわけがない。武内美鈴とかかわりのある東金又一郎が特殊詐欺グループの一員なら、ＢＭもそうであるにちがいない。いや、ばあちゃんのリポートでは「これで

ＢＭもおとなしくなる」とのことだった。おとなしくなるというなら、ＢＭは活動主体、つまりグループの名称ということだろうか。

鋼平は「特殊詐欺」と「ＢＭ」をもとに検索を開始した。ワードをいくつか変更したところで、気になる記事が見つかった。都内の特殊詐欺グループの広がりに関するフリージャーナリストのルポだった。そのなかに最近急成長してきたグループとして「ブラック・マリア」の名が記されていた。

Black Maria

ＢＭか。

だとすると「ＢＭＭＭ」は、ブラック・マリアのＭＭという人物だろうか。

しかしルポにはそれ以上のことは書かれていない。ショウヘイさんのことも。検索をつづけるほかない。鋼平はライターであるジャーナリストに注目した。

井上晋治というその男は、裏社会の実態について何本か記事を投稿していた。それらをつぶさに読み進め、ついに鋼平は「正平」の名に出くわした。

野間口正平――。

五年前、歌舞伎町で起きた傷害事件で逮捕された容疑者だった。記事によると、そのときの被害者がブラック・マリアの関係者らしい。だがそれ以上のことはわからなかった。

ライターの井上は自らのサイトを開設し、情報提供をもとめていた。こうなったら直接訊ねるほかない。サイトに表示されたアドレスに鋼平はメールを送った。ブラック・マリア絡みで窮地に陥った現状を伝え、アタッシェケースと札束、それに爆弾の写真を添付した。

かつてコインパーキングであった場所に闇が忍び寄り、気づいたらいつの間にか夜になっていた。路地の人通りは減ったが、二つの大通りは相変わらずの交通量だ。陽射しが失せてから徐々に室温が下がってきた。快適とはほど遠いが、熱中症の恐怖は薄らいでいた。だが喉の渇きと頭痛、それに吐き気は一向に消えない。血管のなかがどれほどドロドロになっているか容易に想像できる。

三十分ほどしてメールが着信した。

チームスの招待状だった。

メッセージが添付されている。「百聞は一見に如かずなので、状況を見せてください」

テレビ会議はすぐに始まった。井上晋治は五十代とおぼしき白髪交じりの男だった。その筋の連中を相手にしているからか目つきが鷹のように鋭い。鋼平は射すくめられるようだった。

「爆弾というのはどれですか」外見とは裏腹な穏やかな声がスピーカーフォンから漏れてくる。まるで学界の重鎮の大学教授のようだった。

鋼平は車内に置き去りにされたもう一台のスマホをつかみ、ディスプレイを懐中電灯がわりに灯して運転席の下を照らした。白粘土を包んだ銀紙に光が反射する。そこにカメラのレンズを向けると、井上が前方から撮影するよう指示をする。鋼平は運転席のほうに身を乗りだし、頭と手をシートの下に突っこんで井上にも見えるようカメラ位置と照明を調整した。

「アルミ箔をはがしてなかの黒い箱が見えるようにしていただけますか」

言われたとおりにしたが、誘爆するのではないかと気が気でない。

「プラスチック爆弾と起爆装置ですね」わかりきったことを井上は口にしたが、この手のことにくわしそうなジャーナリストにはっきり告げられると、ずしりと体が重くなる。「ドアが開かないというのは本当ですか」鋼平のことなどおかまいなしに、井上は訊ねてくる。

「いま、やってみせますから」鋼平は運転席に完全に移動し、ドアロックボタン解除してドアハンドルを引きあげる一連の動作をレンズの前で何度も繰り返した。

しばらく沈黙したのち、おもむろに井上は話しだした。「なるほど、たしかに閉じこめられたみたいですね。ただ、ロックが壊れたのは偶然でしょう。なにかの弾みでワイヤーが切れたか、絡まったかしたのだと思います。物理的なドアの開閉と起爆装置とは連動していないんじゃないかな」

「わかるんですか。以前にも見たことがあるとか？」

「黒い箱の上に突起物があるでしょう。おなじタイプのものに見覚えがあります」

「じゃあ、解除の仕方とかもわかりますか」たまらず鋼平は訊ねた。

「いや」高まった期待を一発で打ち砕く。「解除方法はわかりません」

「そんな……」鋼平の頭のほうが爆発しそうだった。

「わたしは特殊詐欺グループの事情ならわかりますが、爆弾のスイッチをどう切るかまではわからないですね。警察は呼ばれましたか？　よろしければ知人の刑事に連絡しますけど」

「警察には連絡ずみなんです。もう四時間ぐらい前になるかな」

「そんなに前に……？」

「友人が相談に行ってくれたんです。じっさいに警察が事態を把握したのはもうすこし遅いとは思いますけど」

「いや、それはちょっと……」井上の頭に渦巻いていることが見てとれるようだった。でもたしかにそのとおりだ。遅過ぎる。

「まさかとは思うんですけど……でも連絡したはずなんです。救助隊が来るとも話していたし」

「落ち着きましょう、原谷さん。だいじょうぶですから」さらに柔らかな声音で井上は告げる。

「いま、体調はいかがですか。猛暑の車内にいたんだ。おそらくひどい脱水症状でしょう」

「ああ、たしかにそうですね。ただ、陽が落ちたからすこしはラクですよ」

「そうですか。それはよかった。ということはもうすこしだけ、辛抱できますか」

答えたくない質問だった。でもするすると口から答えが漏れてしまう。「ええ、まだなんとか……なんとかなると思います」お人好しはこうして自滅する。心底、自分がイヤになった。

「うん、その意気だ。それでね、こんなこと言うとものすごく酷かもしれませんけど、警察にもわかっているんですよ。へたなことをしなければ爆発しないということが」

「え……そうなのかな……」

「その爆弾の設定を解除することはわたしにもできませんが、爆発させないことならできる。警察にもそれがわかっている。だから警察はあなたの安全が確保されていると考えているんじゃないかな。いや、確保とまでは言えないか。しばらくほっといても危険はない。そう考えているのでしょう」

ふつふつと怒りがわきあがり、こめかみがまたしてもズキリとする。「いったいそれはどういうことなんですか」

「犯人たちが現れるのを待っているんですよ。あなたをおとりに使っておびきだそうって魂胆だ。いまの警察はそれくらいへいきでやりますよ。それであなたが命を落としても、自業自得ってことになる。とくに今回はそうでしょう?」

図星をつかれ、鋼平は言葉もなかった。

「原谷さん、もうすこしくわしく話していただけますかね。本当にブラック・マリア絡みなのか見極めないと。もちろん職業倫理上、他言はいたしません。それは守りますから」

脱出できないまでも、爆発しないならそれに越したことはない。鋼平は腹をくくり、事の発端からすべて明かした。そして車の持ち主である女性が特殊詐欺で逮捕された男と知り合いらしいこと告げたとき、井上が反応した。

「ちょっと待ってください。いま〝ガネさん〟とおっしゃいましたか」

「ええ、東金又一郎、通称〝ガネさん〟です。ネットでは特殊詐欺の逮捕歴があることまでわかりました」

「いま〝ガネさん〟は刑務所にいるんですよ。でも彼の相棒だった男がブラック・マリアのリーダーなんです。なるほど、そうか」井上はひとりで合点する。「つまり、あなたがいま閉じこめられている車は、持ち主の知らない間にブラック・マリアが拝借しているんですよ。だまし取ったカネの受け渡しに使っているんだ。最近のやつらのやり口です。警察の目をかいくぐるために〝集金〟と〝配達〟を分けているんです」

「この車にカネを置いた人間とあとで乗りこんでくる人間が別々ってことですか?」

「そのとおり。しかも〝配達〟も車から車へ。高速のサービスエリアとかで一瞬にして行われる。警察に尻尾をつかまれないようにするには、アナログなやり方が一番ですからね」

車に乗っていたあの男と、けさがた轢き逃げされた黒髪の女の姿が脳裏をかすめる。「カツラギという男だったんですよ、最初に車に乗っていたのは」

「どうして名前がわかるんですか」

「電話口で名乗るのを知り合いが耳にしたっていうんです」

「それがカツラギ？」

「はい、そうです」

「電話の相手は誰だったかわかりますか」

「〝ショウヘイさん〟と呼ばれていたらしいです。井上さんの記事を見たら、野間口正平という傷害で捕まった男がいますよね。わたしはその男なんじゃないかと」

「野間口か……やっぱりそうか」ひざを打ったように井上が口にする。「原谷さん、あなた、本当に運の悪い人だ。たしかにいまの状況だと、警察が慎重になるのもわかります」

「どういうことなんですか」鋼平は背筋に寒気を覚える。

「五年前、野間口が逮捕されたときの被害者がガネさん、東金又一郎なんです。対立していたんです」

「特殊詐欺グループどうしなんですか」

「野間口は詐欺グループじゃない。歌舞伎町を根城にする半グレ集団の首領です」

「半グレ……」

「ええ、雷神愚というワルたちの集まりですよ。おもに売春あっせんで儲けていると言われています。ただ、特殊詐欺にも進出しようとしているとの話がずっとありましてね。ブラック・マリアとの間で抗争が起きていると警察は分析しています。爆弾を使った事件も起きています。〝ガネさん〟の相棒だったブラック・マリアのリーダー、三栗衛《みくりまもる》を暗殺しようとしたんです。過激な潰しにかかっているというわけです」

「待ってください、ブラック・マリアのリーダーが三栗衛……イニシャルはMMか……」

ＢＭＭＭ

過呼吸になりそうになるのを堪え、鋼平は告げる。「車内に残されたスマホに何度も電話がかかってきたんだ。ＢＭＭＭという名前が表示されていた」

「三栗でしょうね。〝配達〟役になんらかの指示をあたえようとしたんじゃないかな。もしかして出てしまいました？」

「だいじょうぶ。出ていません」

「それは不幸中の幸いでしたね。おそらくそのカツラギという男は雷神愚のスパイか、もしくは途中で寝返ったんでしょう。雷神愚の荒っぽさと言ったらひどいものですからね。へいきで拷問もするし、昔のヤクザ的な仁義もない。身の危険を感じてブラック・マリアから移籍する連中が増えていると聞いたことがあります」

「そんな抗争に……」

「お気の毒です。ただ、そこでじっとしているぶんには爆発しないと思いますよ。見たかぎり、以前に使われたものとおなじ爆弾のようですから。おそらく米軍からの横流しでしょうね」

「どうすると爆発するんですか」

「前のケースだと、窓を割った瞬間に爆発したそうです」

失禁しそうになるのを危うく堪える。これまで何度、ハンマーを叩きつけようとしたことだろう。そのたびに八百屋のシャッターが開いたり、妻から電話がかかってきたりした。すべては神のご加護だったのか……。

「起爆装置の上に突起があったでしょう。あれがセンサーなんですよ」

「センサー……？」

「はい、二酸化炭素濃度を測定しているんです。それが急激に変化すると……ドカン。だから窓を割った瞬間に爆発したというのは、いっぺんに空気の流入が起こったからなんです。原谷さんはそれとおなじ仕組みのなかにいるんです」

「おねがいです、井上さん、助けてください……！」

「……冷静に、原谷さん」井上の鋭い目つきがいままでは、仏さまのような慈愛に満ちたものに変わっている。すくなくとも鋼平にはそう見えた。すがりつく唯一の対象だった。「あともうすこし、もうすこしだけ待ちましょう。警察だってどこかのタイミングで見極めるはずです。あなたのことは、わたしのほうからも知り合いの刑事に相談してみます。もちろんいまのオペレーションを妨害するわけにはいきませんけど、あなたの気持ちを考えれば、そうしないわけにはいかない」

「おねがいします……」涙声になって鋼平は頼みこむ。「死にたくないんだ……こんなところで……こんなみじめな終わり方だけは絶対にイヤなんです。それでなくてもひどい目に遭っているというのに――」堪えきれず鋼平は自らの境遇を、見ず知らずのジャーナリストに打ち明けた。本社での出来事、蛭田のパワハラ、それに妻が出張から帰って来た翌日に見つけた一枚のレシート……。

「原谷さん、まずは深呼吸しましょうよ」井上はアドバイスしてきた。アタッシェケースの中身のことまでは話していなかった。それでも鋼平はゆっくりと鼻から息を吸いこんでみた。ふしぎだ。悪臭を感じない。嗅覚が鈍っているのだ。命を守るために息をとめるよりも、吸いこむことを体が優先したらしい。「ね、体のなかにすこし空間が広がったみたいでしょう。それをすこしずつ広げていけばいいんですよ。そうやってすこしでもリラックスしましょう。張り詰めた筋肉をほぐして、こわばった筋をのばし、関節一つひとつに血液を流しこむ」

「井上さん……わたしはどうなってしまうのでしょう……」

「ゆっくりと呼吸をつづける。ただそれだけです。わたしは以前、大手新聞社で記者をしていましてね。ずっと一線の現場にいたんです。八年ほど前に上司とぶつかりまして、あとは転がるようでした。それで結局、退職することになって、いまの仕事にたどり着いたんです。つらいことだらけでしたよ。同僚だと思って信頼していた人間から手のひらを返すように無視されたり、ネタ元が急にしゃべってくれなくなったり。だけどわたし、思ったんです。とにかく置かれた立場で全力を尽くすしかないんだって。てゆうか、時は一秒ごとに過ぎていく。誰の上にも平等に流れ、未来はどんどん、どんどん過去に変わっていく。だったら自分がどんな状況にあろうと、それが現実、本当の自分であると思うしかないんですよ。いま、目の前に広がる世界、そのすべてが自分なんです。だからそれをダメにするのも、改善するのも自分しだい。なんとでもなりますから。だいじょうぶですよ、絶対に」

そこまで聞いたとき、電話が切れた。

電池切れだった。

23

最悪だ。

鋼平は三栗衛が連絡してきたスマホを引っつかむが、当然ながらロックがかかっている。ディスプレイの青々とした輝きを浴びながら絶望する。これで外部との連絡手段が途絶えた。あとは救助隊の到来をじりじりと待つほかない。

落ち着け。

もう一度、鼻から息を吸い、深呼吸を試みる。だがさっき井上に導かれていたときとちがい、ろくに吸いこめないし、酸味のある硫黄臭はやっぱり悶絶するほどだった。いつしか体はリアシートの足下の暗がりで仰向けになっていた。床の出っ張りに尻をのせたまま、加速度的に焦燥感が増していく。もう汗も出ない。全身の汗腺が開いたままで、ひりひりと神経を刺激してくる。

ノーパンの股間に違和感を覚えたのはそのときだった。

肛門周辺を棘のようなものでちくちくと引っかかれている感じだ。それがなんであるかわかるまで二秒とかからなかった。

やつが消えてから三時間がたつ。吹き出し口から脱出なんて図っていなかった。ずっと潜んでいたのだ。車内に。そしておれがアコばあちゃんや井上を相手にしているうちにズボンの裾にたかり、六本の肢を器用に動かしてこっそり前進し、ついに桃源郷にたどり着いたというわけだ。アタッシェケースのつるつるした表面からはどうあってもごちそうにありつけないと断念したらしい。それよりももっとダイレクトに芳香を放つ生温かくて柔らかな場所があることに気づいたのだ。

ティッシュは使っていない。トランクスで手早く拭っただけだ。そこに汗も溜まって、いい感じでやつにとっての芳しい匂いを放っている。もしかすると深呼吸を断念させたのもアタッシェケースでなく、自分の体が放つ悪臭だったのかもしれない。

恐怖をともなうブンという音が股間であがった途端、動けなくなった。これじゃツタンカーメン王の棺だ。腰を反って体をまっすぐにのばし、胸の前で両手を組んだまま鋼平は凝り固まった。ズボンは薄手の綿パンだが、そんなにゆったりはしていない。だからすき間なんてさほどないのだが、匍匐前進の末にやつがたどり着いた場所には、それなりの空間がある。そうでなければばきつくてしょうがないし、蒸れきってしまう。やつはそこに滞在をきめこんだのだろうか。とっとと帰路についてほしいが、いまはカサコソと音をさせながら入念な探査を開始している。棘だらけの肢が肉にめりこみ、毛に絡みつき、羽を震わせてもがきながら、やつにとっての蜜壺に歓喜しているようだった。

思いきって叩きつぶすのも手かもしれない。だが良くないことばかり頭に浮かぶ。あの硬質な黒とオレンジの体がぐちゃっとなった瞬間、ケツからいきおいよく飛びだした毒針がおれの皮膚を貫く——。

却下だ。

鋼平は胸元にあった両手を慎重に下ろしていき、やっとのことでベルトのバックルに触れることができた。そこに到達するまでにふたたび汗まみれになった。まだこんなに体に水分が残っていたのかと驚くほどだった。

脳裏にあったのは、このままベルトを外し、ジッパーを下ろして脱出路を提供することだった。だがやつに刺激をあたえずにそれを完遂する自信はない。綿パンに無理に羽をこすられたなら、あいつは伝家の宝刀を尻から突きだすにちがいない。よりによって現場は仙骨という中枢神経系の末端だ。自転車を乗っているときに手の甲をチクリとやられるのとはわけがちがう。痛みはもちろん、毒の注入によって全身がマヒし、急速に呼吸困難に陥る……。そう思ったら鋼平はもはや、左右の手のひらをめいっぱい開いたまま、ぷるぷると震える以外になにもできなくなった。

一瞬、空が輝いた。

数秒後、遠くで雷が鳴った。

雨になるのだろうか。目だけ動かして窓の外のようすを見る。

もう八時を回った。

自動車ディーラーの明かりや水銀灯の光がまだ煌々としているものの、夜であるのはまちがいない。逆に外から見たら車内は真っ暗だろう。もしいま、警察の救助隊が忍び寄ってきても、かなり目を凝らさないと発見してもらえまいし、見つけてもらったとしても運転席の下に鎮座するものの特徴——CO^2センサーにより窓を割ったらドカン——をいち早く伝えるのは至難の業だ。

だめだ。

やつはいま、完全に肛門に到達し、羽をうならせて歓喜している。硬い左右の牙をクソまみれの粘膜に突きたて、思うぞんぶん拭き残しを満喫するのだろうか——。

ちがう。

まさかと思った。だがありえない話じゃない。やつがオスだなんて誰が言った？　女王バチかもしれないじゃないか。新天地をもとめて旅していたのかもしれないぞ。どうしてそれを否定できる？　巣のなかでじっとしているのを嫌うヒッピー・クイーンがいたっておかしくあるまい。つまりおれはいま、よりによってケツ穴に卵を産みつけられる寸前なのではないか。

気が狂いそうになり、反射的に肛門がきゅっと引き締まる。よせ。やめろ……そう思っても括約筋は勝手に緊張する。空がふたたび光り、ゴロゴロと鳴る。

ブン。

遠雷に呼応するように羽が震える。

次の瞬間、ズブリと音がする。狭い場所になにかが無理やり突っこまれる感じで、喉から心臓が飛びだしそうになる。ぎゅっと目を閉じ、口を半開きにしたまま息ができなくなった。だが頭の片隅にわずかに残ったひんやりとした部分が、小さな疑問符を点灯させる。

頭上だった。

音がしたのは。股間じゃない。しかもどことなく人造物、それも金属どうしが擦れ合う音のようだった。

怖々と目を開ける。

窓の向こうに見えた。

白いTシャツだった。華奢な腕が運転席のドアに伸びている。理解した瞬間、さらに息ができなくなった。悪魔の粘土に突き刺さったセンサーが反応するところが、まざまざと脳裏に浮かぶ。キーが鍵穴に突っこまれたのだ。

「え、なにこれ……」

女の声が降ってきて、それにつづいてガチャガチャとドアハンドルを乱暴に引っ張る音がする。音だけじゃない。一トンもある車体がぐらぐらと揺れる。もしセンサーが振動感知式なら絶望的だろうが、肛門の女王さまのほうだって外部刺激に敏感な最終兵器だった。しかも周囲に害をおよぼさず、狙った相手だけを抹殺できる。瞬時に高まった緊張のなか、鋼平は声をあげた。いや、あげようと喉に力をこめた。だが蚊の鳴くようなうめきさえ、漏れてこない。どういうことだ。まるで声帯が切り取られてしまったかのようだ。ただ、目だけはふだんの二倍ほどにまで見開かれ、外のようすが完全に見て取れた。

警察の救助隊じゃない。

頭に包帯を巻いていたから、すぐに察しがついた。配達の自転車に轢き逃げされ、意識不明のまま搬送されたあの女だ。意識を回復し、正式な手続きをへたのかどうか不明だが、とにかく病院から出てきたらしい。肩にデイパックをさげている。あのデブ男の言うとおり、この車を使っているようだ。

錠が壊れているのはさいわいだった。もしキーを回してドアがすんなり開いてしまったら、いまごろ鋼平はこうして物事を考えることもできないし、恐怖を味わうことさえ不可能だったはずだ。

女は助手席に向かい、おなじように鍵穴にキーを差し入れたがドアはびくともしなかった。鋼平はリアシートのすき間にすっぽり収まったまま、女の動きに目を凝らした。だがその間も女王さまは自由を満喫し、こんどは肢を引っかける場所を変え、だらりと伸びきってやわらかくなった袋のほうへ飛びついてきた。鋼平はごくりと唾を飲む。そこはやめてくれ。それにもう一つのほうにだけはたからないでくれ。あんたの機嫌を損ねたせいで不能にさせられるのはごめんだ。

「なんなのよ、これ……」女は腰をかがめ、助手席の窓から車内を眺め回した。鋼平のいるすき間には元々、ダンボールがいくつも放ってあったから、それなりにカモフラージュとなってくれている。「もしもし……」女はどこかに電話を入れ、車から離れていく。このあとなにが起きるか。想像が果てしなく広がり、オーバーヒートしたかのように頭痛がひどくなった。まるで拳でボコスカ殴られているかのようだった。

女王さまのほうも迷走している。袋をよじ登り、根本付近のブッシュに顔を突っこむなり、羽を広げてダンスを開始した。憤怒の舞か喜悦の舞踏か。たまらず鋼平はベルトのバックルを握りしめた。

そこから先、鋼平は勇気に満ちていた。放っておいたら、外の女はさらに実力行使に出てくる。かといって女王さまに反旗を翻すだけの度胸はない。ならばと、鋼平は指先に全神経を集中してベルトを外しにかかった。いまは自分を信じてこうするしかない。

ゆうに二十分はそれに費やした。外にはぽつぽつと雨が降りだしている。日中の暑さを考えたら、ゲリラ豪雨になる予感がした。バックルからベルトが抜けたときには、外の女のもとを何者かが訪ねてきていた。

「モリグチさんですか」男の声でそう訊ねてくる。

「そうです。ドアが開かなくなってしまって」

運転席の窓に作業着の男が現れた。髪を金色に染めた若い男だった。懐中電灯で車内を照らしてきたが、鋼平には気づかない。男は女が依頼した自動車修理工場から来たようだ。ドアハンドルと格闘を開始し、ドアと窓のすき間になにか板状のものを差し入れもした。そして十分ほどして、恐るおそる女に告げる。

「なかのワイヤーですね。それがちょっとおかしくなっているみたいです。ドアハンドルごと外して、なかを見ないとダメですね」

「開くようになるのかしら」

「直せますよ。ただ、それに使う工具が手元になくて。工場に行かないと」

「しょうがないわ。一番早い方法でおねがいできるかしら」

三分後、駐車場が車のリアライトの赤い明かりで照らしだされ、それまでにない衝撃がマークⅡの車内に走る。男は車のまわりで忙しく作業を開始し、鋼平は一瞬、体が浮くような感覚を味わう。その間にも右手はジッパーをゆっくりと一ミリずつ下ろしつづける。

ナンカヘンナコト、カンガエテルンジャナイノ？　アンタ。

女王さまは猜疑心満々に羽を震わせつづけている。しかしここでやけを起こしたら元も子もない。股間のわがまま娘が痈癪を起こさぬよう慎重のうえに慎重を期し、鋼平は自らの作業に没頭した。

レッカー移動が始まったときも、それは当分終わりそうになかった。

24

マークⅡはついに真夏のデルタから離れていく。

雨はみるみる強くなり、いまやマシンガンのように屋根にたたきつけている。ぼやけた窓の向こうには、見慣れた夜のマンション群が流れていく。だが鋼平は監禁されたまま、ずっと死の恐怖に苛まれている。むしろ状況は悪化していた。モリグチと呼ばれた女が特殊詐欺グループ、ブラック・マリアの一員であるのはほぼまちがいない。警察の救助隊はレッカー車のあとについて来てくれているのだろうか。でなければ救出の見こみはない。モリグチに依頼された業者がドアを破壊し、空気が流入して爆発が起きるだけだ。

床の異様な出っ張りが腰を圧迫しているが、体は仰向けのまま。身動きが取れない。右手の親指と人差し指で金具をつまみ、ジッパーを半分まで下ろしたところで手はとまっていた。車が激しく振動し、それが女王さまをいらだたせているのだ。股間のジャングルをかき分け、いまにも恐怖の尻をバシッと肉の大地に叩きつけそうだった。鋼平は肩や腰のインナーマッスルに力をこめ、必死に揺れに耐えた。いまもし外に転がり出たとしても、歩くことはおろか、立つこともままならないだろう。坐骨神経痛は下半身全域に広がり、痺れを超えて無感覚になっていた。

モリグチと呼ばれた女は、レッカー車の助手席に乗っているのだろう。やつは〝配達〟役だ。〝集金〟役のカツラギが車内に残した現金を運び、どこかのパーキングかなにかで、べつの車にアタッシェケースごとそれを手渡す。それがあのジャーナリストの見立てだった。だが彼女が任務を達成することはない。マンション管理会社のあわれな男とともに、カネは木っ端みじんに吹っ飛ぶのだ。場末の自動車整備工場で。

レッカー車はガタガタと揺れながら桜田通りを麻布十番方面へと進んでいく。雨だれの合間からわずかに見える信号機の表示板でそれがわかった。だが古川橋を越えた先で左に折れる。比較的古いマンションが並ぶ住宅地だ。あとはどこを通っているのかわからなくなった。早くもできた水たまりをタイヤが容赦なく蹴散らしていく。目的地はそう遠くないはずだ。鋼平はジッパー開放作戦を再開した。やつさえ外に出せば、すくなくとも車内に人間がいることを訴えられる。

まずい……。

狭いすき間で恐怖に襲われた。それまでとは次元のちがう、体の内側からの戦慄だった。以前にも似た経験をしているから、脳が警報を発令したのだ。だがもう遅い。

最初に発症したのは二年前。異動直後だった。それもそのはずだ。まったく畑ちがいの職場に追いやられたのだ。ストレスは腰を直撃した。でもあれは真冬の出来事だった。夜十一時過ぎ、デスクチェアに座ったまま下のほうのひきだしに手をのばした瞬間、激痛に見舞われた。そのまいすから滑り落ち、無人のフロアで胎児のように丸くなった。三十分ほどたってから、ようやく四つん這いになることができ、そのままの格好でエレベーターまで進んだ。それからまわりのものにつかまりながら、なんとか立ちあがり、牛歩のままエントランスから通りに出てタクシーに乗りこんだ。帰宅したのは一時を回っていた。

おなじことがいま、この場で起きるというのか。

予感は急速に現実に取って代わられようとしている。あの感覚、腰回りの筋肉がひくついて凝り固まり、神経が容赦なく圧迫されて、痛みの産声が遠くからやって来る。

振動だ。

不自然な体勢でありえない方向にめいっぱい伸ばされた筋に、重苦しい振動がシャシから突きあげてくる。それが引き金を引いているのだ。

コロッセオで繰り広げられる猛獣相手の格闘に狂喜する観客さながらに、ブンブンと女王さまが最もだいじな部分で羽をばたつかせる。自分よりもはるかに体の大きい獲物が陥った新たな苦境に興味津々なのだ。

鋼平はジッパーから指を放し、両手を床の出っ張り部分に押し当てて慎重に力をくわえた。ハチを刺激するつもりはさらさらない。わずかでも腰の筋を緩めたかったのだ。だが運転手がそこでブレーキを踏みこむことまでは予期できなかった。それもほぼ急ブレーキだ。思わぬ圧力が腰椎にかかり、不満をためこんでいた筋がついに怒りをさく裂させた。右脚の踵までズンとくる鈍い痛みが走り、思わずうめき声があふれた。

そこが終着地だった。窓の外にブロック塀やら電柱が見え、蛍光灯で内側から照らすタイプの看板も確認できた。

オムニ・モータース　自動車整備・車検対応
路地裏の整備工場だった。レッカー車がガレージのような場所に入っていくようすはない。運転台から降りてきた金髪男は、マークⅡを宙に浮かせている台車を取り外す作業に取り掛かるべく鋼平のそばに寄ってきた。

「修理中の車でいっぱいなんスよ。ドアはすぐ開きますからここでやっちゃいますね」あとから降りてきたモリグチに向かって告げる。

それから車がゆっくりと着地し、金髪男は消えた。整備工場の軒下に雨宿りしながら、ぶつぶつと電話をかけるモリグチの声が近くで聞こえる。

「ドアが開かなくなっていまして……ええ、そうです。気づかれてはいないと思うんですが……はい、ありがとうございます。頭のほうはだいじょうぶです。無理をしなければ」

グルグル巻きの包帯を見るかぎり、どう考えても無理を押しているとしか思えないが、モリグチは任務に忠実だった。失敗すると、手ひどい制裁を受けるのかもしれない。恐ろしい世界だ。

でもこっちはこっちで、いま本物の拷問を受けている最中だ。腰から下の痛みは加速度的に増し、息継ぎもままならない。鋼平は両手で腰を浮かせるのをあきらめ、暴れる痛みに身をまかせた。

いまなら刺されたってたいして痛みを感じないのではないか。そんな妄想さえよぎったが、へそ下三寸の湿った場所で乱舞する棘だらけの肢が肌に触れるや、暗たんたる現実に引きもどされた。

べつの足音が近づいてきて頭上でとまった。

窓の向こうにでっぷりと太った眼鏡の男がいた。一瞬、リアシートをいちべつしたが、すぐに背を向け、運転席のドアハンドルの前にしゃがみこんだ。激しくなる一方の雨のなか、作業を開始する。さほど時間はかからないと踏んでいるのだろう。雨具も羽織っていない。鋼平は喉に力をこめ、声をあげた。腰骨が折れようが、股間が腫れあがろうが、命さえあればいい。

「ダメだ！　ダメだ！　開けちゃダメだ！」しっかりと大声をあげることができた。「爆弾がある！」

一撃を食らわせるべく腰に陣取った魔女も、死の針を打ちこむ場所選びを愉しむ女王さまも、死刑囚の最後のねがいを叶え、そのときばかりはじっとしていてくれた。だが鋼平の決死の訴えが眼鏡デブに届くことはなかった。

驟雨のせいもある。しかしそれ以上にブルートゥースのイヤホンから大音量のラップが車内にまで漏れ入ってきていた。ぜい肉で盛りあがった背中を小刻みに揺らして男はリズムを取り、ノリノリで作業をつづける。モリグチや金髪男の姿が見あたらない。この雨だ。通行人さえなかった。

工具がドアに差し入れられる音がして車体がかすかに揺れる。鋼平は運転席の背もたれをつかみ、上体を起こそうと腹筋に力を入れた。たちまち激痛が走り、床にのけぞる。痛みの衝撃で体は横向きになる。もしかするともう刺されているかもしれない。大量に噴出したアドレナリンがハチ毒を感じないよう知覚神経をシャットアウトしているんだ。きっとそうだ。そうでなきゃ、女王さまが黙っているわけがない。せっかくの獲物だ。爆風で粉々にされる前に仕留めてやる。自らの毒針で。そう思っているにちがいない。

「ダメだ！　やめろ！　開けるな！」

ガバッという音とともにドアハンドルが取れた。眼鏡男はそこをのぞきこむようにして新たな工具を差しこんでいる。鋼平は息をのんだ。男がワイヤーのようなものをつまみあげている。それをぐいぐい引っ張ると、なにかが外れたような決定的な音が一度だけ車内に鈍く響いた。

「やめろ……」

最後の叫びが聞き届けられることはなかった。ゆっくりとドアが開く。ボディの屋根と底部をつなぐセンターピラーと運転席のすき間からそれがはっきりと見えた。頭が真っ白になり、気が遠のいていく。もうおしまいだ。これがおれの人生。会社で暴走したあげくにパージされ、流れ着いた先では狂った上司にいやがらせを受け、家庭では妻に裏切られ――。

長らく渇望し、同時に忌避してきた涼やかな風が頬をなでた。シートの下の悪魔もそれを感じ取っている。

ゲリラ豪雨に煙る真夏の宵にふさわしい最後の瞬間だった。

あいつの呪いなのかな。

期せずしてあのときのことが頭に浮かんだ。

25

三学期もまもなく終わるころ、二階にあがって来た父親が問いただしてきた。

中川美千代のことだ。

「中川さんと会っていたのは、べつにとやかく言われる話じゃない」市役所勤めの父親はふだんは口数がすくないが、けじめをつけるべきときには母親まかせにはせず、子どもたちに厳しく接することのできる人だった。「ただ、自分がつい口にしたことが、想像以上に重たく受け止められてしまうこともある。とくにおまえたちぐらいの年ごろだととくにそうだ。思ってもみないことだって起きる」その結果、相手をひどく傷つけることもありうる――そこまで口にしてしまうほど父は感情的ではなかった。逆に息子のほうが心に傷を負う可能性があることを十分承知してくれていた。

だから鋼平は父を裏切ることはできなかった。美千代にひどいことなんて言ってない。あのとき、ほとんどなにも話さずに体育館の裏から帰ってきた。警察に伝えたのとおなじことを繰り返した。

それで父親が心の底から納得したのかはわからない。だが次の日曜、父と同世代のスーツにネクタイ姿の男性と、授業参観に着てくるような紺のワンピースの女の人が家にやって来たとき、父は父なりに腹をくくっていたんだとわかった。

中川美千代の両親だった。

もうそのころには、娘の失踪に関し、警察がどこに焦点をあてているかわかっていたらしい。痺れを切らして話を聞きに来たというわけだ。

うちのほうも両親が同席した。それに神保もいた。被害者と参考人の親どうしが面会するのに、いちいち警察の許可が必要なわけがない。しかしどんな綻びも見逃すまいと目を凝らしている男からすれば、あらゆる機会を利用するのは当然だ。今回のケースがいかに事件性が高く、ゆえに警察の捜査が最優先であると口を酸っぱくして説いて回ったにちがいない。うちの両親も断り切れなかったとみえた。

「自分の子どもが行方不明になったらどんな気持ちに陥るか、想像にかたくないと思うのですが……」通りいっぺんのあいさつのあと、気づまりな空気を破るように切りだしてきたのは、母親のほうだった。玄関わきの六畳間で、夫とともに布張りのソファに浅く腰かけ、ガラス張りのティーテーブルの向こうにいる鋼平にいまにも飛びかかってきそうなほどの落ち着かぬようすで、声を絞りだす。「主人もわたしもこの何週間かで憔悴しきってしまい、食べものもろくに喉を通りません。警察の方からいつ電話がかかってくるか、そればっかり気になってしまい……ええ、もちろん娘はどこかで生きているのはまちがいないし、その確信が揺らぐことはないのですが、それでもことあるごとに、不安がよぎってしまうのです。それでとにかくわかっていることがあるなら、いまここでぜんぶ教えていただこうかと——」

「鋼平さんには迷惑な話だというのは重々承知しているんです」鬼気迫る雰囲気の妻がそれ以上暴走せぬよう、夫のほうが割って入る。やけに低音の声で、劇のせりふを読んでいるようだった。

「ただ、警察の方から聞いた話もあるものでして」

「すみません、警察の方から聞いた話というのは……?」さすがに鋼平の父親が訊ねた。

「体育館の裏でいっしょにいたのですよね」

「はい」父が鋼平にかわって答える。「それは息子も認めています」

「どんなことを話したのでしょうか」美千代の母親がストレートに訊ねてきた。まっすぐに鋼平の目を見て。「バレンタインのチョコレートのことなのよね」

「それを訊ねたいのですか」父がたしかめると、先方の両親はそろって大きくうなずいた。父は息子をうながした。「どうなんだ」

鋼平はむすっとしてつぶやくように口にする。「ほとんど話さなかった。本当です。刑事さんにも話したと思うけど」

「ああ、それは聞いています」弁解するように神保が言う。「でも美千代さんとまったく会話をしなかったとは記録されていない。だからなにか話をしたということになる。二言三言ぐらいしゃべったんじゃないのかな。なあ、鋼平くん――」学校で取り調べを受けたときとは大ちがいの猫なで声で神保は迫ってきた。それには父も母もクレームを言いたてない。もし息子がうそをついているのなら、早めに軌道修正してやりたい。それしか考えていないようだった。

鋼平は困り果てて首をかしげる。「なにか言ったかもしれないけど、急いでいたからよく覚えていないんです。それにふだん話す相手ではないから。そもそも女子とはあんまり話さないし」

「あのね、鋼平さん」にらみつけるような目になって母親が話しだす。「あの子ね、前の晩遅くまで起きてチョコレートを作っていたの。お菓子作りが大好きでね。なにを作ってもとってもおいしいの。甘過ぎない上品な味。だけどバレンタインの前の晩でしょ。気にはなったけど、誰にあげるかなんて聞きはしなかったわ。いいのよ、そういうのは、あの子がきめれば。もう中学二年生なんだから。親としては理解しているつもりだったの。そういうことも必要なんだって」

そういうこと——。

母親は意味ありげにその部分を強調した。鋼平にはそれがとてもいやらしいものに感じられた。〝そういうこと〟が皆崎亜沙美との間で可能なら、どれほどうれしいことか。こんなに居心地の悪い場面でも鋼平はふと考えた。亜沙美がボウルに手を突っこみ、鋼平のことを思いながらねっとりとした塊をこねている——。

「その結果、あの子がつらい思いをしたとしても、それはそれでしかたない。大人になる過程で経験し、乗り越えていかないといけないことなのだから。けど、いまとなってはもうすこし注意しておけばよかったって後悔してしまうの。鋼平さん、わたしたちもあなたのことはよく知らないのだけれど、こういうことって相手次第で痛手の大きさが変わってくるのよね。せめてそれくらい言ってやればよかった」

「すみません」たまらず鋼平の母親が口を開いた。「うちの子がなにかひどいことを言ったのでしょうか。息子は覚えていないと申しておりますし、女の子に急になにか渡されてもドキドキして返答に困るということもあると思います。あいまいな返事をするうちに時間がたってしまって、その場をあとにしたのではないでしょうか」おおむね母親の見たてはただしかった。ただ、ドキドキはしていない。鋼平は急いでいた。一刻も早く向かうべきところがあったのだ。だから

――ムカついただけだ。

先方の母親はこんどはうちの母のほうを見た。きついその目で。「その〝あいまいな返事〟だけでもいいんです。いったいなにをうちの娘に言ったのでしょう。それが知りたいのです。鋼平さんがそれを本気で言ったのでない可能性はあると思います。たしかに突然のことだったのでしょうから。記憶にも残らないような、その場しのぎの応対だったのかもしれません。だけど、親としては、あの子を産んだ自分としては、疑問が多過ぎるんです。あの子が自分からいなくなるわけなんかないんです。だから一つひとつ解決していかないといけない。解決して納得していかないといけないんです。だから思いだしてほしい。ねえ、鋼平さん、あの日、二月十四日の夕方、六時ごろ、美千代とどんな話をされたのかしら」

「覚えていないというのはちょっと……考えられないんだけどなあ」ふだん着慣れないらしく、

スーツの肩を窮屈そうにしながら夫が援護射撃してきた。「翌日には刑事さんに訊ねられたんだろう。ということは、その時点で記憶が喚起されているんじゃないのかな。それがふつうだと思うけど」

二人に必死に食い下がられ、息が苦しくなってきた。うちの両親もそうだったろう。ただ一人、神保だけがようすをじっとうかがい、綻びを見つけだそうとしていた。どうしても鋼平を殺人犯に仕立てあげたいのだ。たとえ遺体が見つからずとも。やつのなかにはそのシナリオしかなかった。

美千代の父親が指摘したとおりだった。鋼平は忘れてなんかいない。覚えていた。

そっくりそのまま、ぜんぶ。

「なんだよ。忙しいんだよ、おれ」

「あのね、原谷くん……これ、作ったの……もらってくれると……うれしいんだけど……」

「忙しいんだよ。知らないよ、なんの話よ」

「ごめんね、原谷くん……あの……バレンタインだから――」

ありがとう――。

そう言って受け取っていたら、おそらくなにも起きなかっただろう。美千代は翌日、きちんと登校し、上気した顔で鋼平のことを見つめてくるだけだ。それがわかっていたから、そんなまねは絶対にできなかった。かといって捨てぜりふなんて吐く必要もなかった。申し出を承諾するか、拒否するか。それくらいの権利は誰にだってある。それを静かに実行すればいいだけだった。だがあの年代だ。あらゆることに知識と経験が不足している。ささいな出来事でも騒ぎたて、この世の終わりのように振る舞ってしまう。だからあのときも激しいアレルギー反応が頭のなかで噴きあがり、それを抑えきれなかった。

「イヤだよ。恥ずかしいから」

はっきりとそう告げた。そう言って懲らしめ、いじめ、身のほどをわからせてやりたかった。

美千代は耳を疑うように眉をひそめた。きっと自分に自信があったのだろう。だいいち、そうでなければあんな大胆なまねはできない。妄想で終わり、実行にまではいたらないはずだ。あのとき、はからずも鋼平自身が感じたとおり、美千代は美人の部類に入っていた。大人になって花開く女性だったかもしれない。それに成績がいいのは誰もが知るところだった。だから野球部のちょっとカッコいいだけの男子なんて、らくに手のひらで転がせるし、大人になるうえで身に付けるべきいろんなことを試してみるモルモットには格好だと思ったのではないか。赤面していまにも卒倒しそうなくらい緊張して見えたが、そのじつ、奔放な欲望に満ちていた。それが真相だったんじゃないか。

それゆえ、鋼平の対応は想定外だった。チョコレートを受け取るのは、彼女にとって大前提だった。それがはなから拒絶されたのだ。ほどなくして美千代の顔はくしゃくしゃになり、ぼろぼろと涙があふれてきた。薄暗がりだったが、それがわかった。蛇口があるなら鋼平は緊急避難で締めてやりたいくらいだった。迷子になった幼子のようにしゃくりあげてきたときには、もはや耐えられなかった。体育館ではまだバスケットボール部が練習中だった。ただならぬ女子の悲鳴が外であがったら、顧問はもちろん生徒たちだってこぞってのぞきに来るはずだ。目撃されたらおしまいだ。

恐怖に駆られ、鋼平は踵を返そうとした。いまならまだ誰にも見られていない。だが美千代はすがりついてきた。腕に、右の手のひらに。両手でぎゅっと握りしめてきたのだ。フォークダンス以外で女子の手に触れたのは、悔しいことにそれが初体験となった。いわば、鋼平はレイプされたも同然だった。おぞましさに身の毛がよだち、力いっぱい振りはらった。

そのときだ。

やつはこう訊ね返してきた。

「どうして恥ずかしいの……わたしは恥ずかしい人間なの……？」

鋼平は一目散に逃げだしていた。あちこちの段差にみっともないくらいつまずき、なかば四つん這いになりながら。激しい動揺を鎮めてくれるものに、いますぐすがりつきたかった。清く美しい存在に触れ、汚れた身と心を浄化しないと。校門を飛びだし、グラウンドのネット沿いに通学路を走り抜け、家のほうに向かう。いや、ちがう。自宅の裏手に広がるこんもりとした松林のほうだ。そのなかに新しく敷かれたアスファルト道路の先に目指す場所はあった。

皆崎亜沙美の家だ。

くすんだ壁にグレーの屋根のかかる一戸建てで、似たような家が何軒か並ぶなかの一つだ。おなじ時期に建ったのだろう。暮らし向きは鋼平の家とおなじぐらい。両親と大学に通う姉がいる。駐車場の車はギャランだった。

だが家の真ん前で待ち伏せするわけにいかない。そこから百メートルほどもどったところに小さな児童公園があった。亜沙美の自転車はいつもその前を通る。ほんとは毎日そこで待っていたかったが、あまり人目につきたくなかった。だから寄り道はせいぜい週に一回ぐらいにした。鋼平がいることを亜沙美はへんに思ってはいないようだった。むしろ喜んでいた。ベンチに腰掛け、ほんの数分間おしゃべりをした。ときどきレモンの香りがした。高校にあがって、亜沙美はどんどん大人になっていく。鋼平のもどかしさは増す一方だった。彼女にとって自分は何なんだろう。いつもかわいらしく微笑み、鋼平の目を見つめて話を聞いてくれた。だがたんに弟のように思っているだけなのだろうか。こっちばかり熱くなっているのか。二人の関係は何一つ進まない。そもそも〝関係〟なんて呼べるものがあるかどうかもわからない。悶々とすることが多くなった。

だが先週会ったとき、亜沙美が言ったのだ。

「バレンタイン、来週ね」

それだけだったが、鋼平は天にも昇らん気分だった。きっとそうにちがいない。亜沙美なりの約束なのだ。その日、この場所で、学校帰りに――。

息を切らせて鋼平は林を駆け抜けた。公園に着いたときには、真冬だというのに汗まみれで、首筋からは湯気があがっていた。ベンチに腰掛け、一本の水銀灯に照らされながら敷きたてのアスファルトの暗がりにじっと目を凝らした。買い物帰りのおばさんたちがふっと現れては鋼平の前を通り過ぎていく。自転車も通った。亜沙美とおなじ女子高生だ。だが亜沙美はいつまでたっても現れない。一歩遅かったか。もう帰宅してしまったのだろうか。それでも鋼平は待った。もしあれが約束だったとしたら、今日この時間、おれがここにいることはわかっているだろう。家に帰っていたとしても出てきてくれるはずだ。しゃれた紙袋を持って――。

やつもそれを手にしていた。鋼平は動悸を覚えた。でもおれはそれを受け取ってなんかいない。たいせつな幸運のチケットをそんなものと引き換えにするわけないじゃないか。しかし神さまは非情だ。忌まわしい紙袋をつきつけられた鋼平は、あっさりチケットをもぎとられてしまったのか。

七時まで待った。

亜沙美は現れない。

林に包まれた一画はしんと静まり返っていたが、時折過ぎ行く者たちはちらちらと不審そうな目を向けてくるようになっていた。打ちひしがれ、鋼平はその場をあとにせざるをえなかった。ほんのタッチの差だったんじゃないか。美千代に時間を奪われたせいで、千載一遇のチャンスを失ったのかもしれない。鋼平は砂利を蹴散らし、「痴漢に注意」の立て看板にパンチを食らわせた。

翌日も、翌々日も鋼平は林のほうを回って帰った。だが公園で待つことはできなかった。神保たちが尾けてきたからだ。その次の日からはいつもの通学路で帰らざるをえなかった。土日、さすがに刑事たちの目が緩んだときには、自転車を走らせ、亜沙美の家の前を何度も通った。だがどうあっても会えなかった。

それっきりだった。

紙袋のせいじゃない。もっと直接的なものだ。鋼平は薄々勘づいていた。あいつに触れられたときのおぞましい感触が右手によみがえる。

呪いだ。

まるでこの世から消されてしまったかのように、亜沙美の姿が見えなくなってしまったのだ。そして彼女にもおれのことがもう見えないのかもしれない。おれのほうは必死になって捜しもとめているというのに、亜沙美のほうは刺激に満ちた高校生活を満喫している。おれという存在は、彼女のなかからみるみる消え失せて――。

　すなおに呪いを受け入れてみてはどうだったろう。雷雲のなかのようなひりひりする世界に沈みながら、四十歳の鋼平はふと考えた。

　ありがとう――。

　ひんやりと湿ったあいつの手の感触を味わいながら、本当にそう口にしていたらどうだったろう。その場で抱きしめたり、キスしたりなんかしなくていい。ただ、人として守るべき最低限のマナーを実践していたら、どうなっていたかな。

　まずはふつうに話をする友だちから始まって、その先はどうだろう。もちろんまわりの目がある。いきなり付き合いだすなんてことはないだろうが、あのとき、体育館の裏でも感じたとおり、美千代はブスじゃない。むしろ美人の部類だった。花開く前の硬い蕾。そう思うとドキリとする。鋼平なんかよりずっと勉強ができたのは言うまでもない。受験もあのへんでは一番の県立高校に合格できたにちがいない。大学はどこに進むだろう。いまの時代だからきっと理系のはずだ。それで研究者にでもなっていたかな。それとも人工知能かなにかの知識を生かして外資系の金融会社にでも就職して、海外勤務をつづけているかな。

　そんな才媛と付き合い、最終的に結婚していたらいまごろおれはどうしていただろう。すくなくともいまの会社にはいまい。優秀な妻をサポートし、子どもたちの面倒も見ながら、自分は自分で道を切り拓いていたんじゃないか。すくなくとも場末の職場で頭のおかしい男にいびられ、あげくの果てに爆弾とともに車に閉じこめられるなんて目には遭わなかっただろう。

呪いだ。

それがずっとつづいていたのだ。

そしていまそれは、おれを喰いつくそうとしている。

26

羽音で鋼平は正気に返った。

一瞬、気が遠のいていたらしい。ほんの数秒の出来事だ。目の前をあれが飛んでいた。スレンダーな肢のお嬢さんだ。心配そうに鋼平の頭のまわりを舞っている。ドアが開いてパニックを起こしたとき、下半身がびくりと跳ねあがったのだろう。それでジッパーが一センチか二センチ、さらに下がり、陰毛のジャングルで遭難中だった彼女に脱出路が生まれたというわけだ。

「くっせえ……くっせえええええよ……なんだ、こりゃ」

太めのラップ野郎が運転席をのぞきこんでいたが、すぐにのけぞるように顔を背け、雨のなか、依頼主を呼びに行った。モリグチはまだ電話中だった。

白い炎に包まれることはなかった。

ドアハンドルは元にもどされていたが、ドア自体は完全に開放されている。いつの間にか鋼平は深呼吸をしていた。まるで樹海にでもいるかのように何時間ぶりかで肺が清冽な空気を貪っていた。

二酸化炭素濃度は激変している。なのに爆発は起きていない。井上の見たてがまちがっていたのか。それとも回路の故障だろうか。

ブン――。

耳元でうなりがあがり、鋼平はいまなすべきことに思い至った。理屈を考えている場合じゃない。とにかく外に出ないと。チャンスはいましかなかった。

体を起こすべく、いったん腹這いになり、腕立て伏せの要領で肩と腹筋、太ももに慎重に力を入れる。

「開きましたよ。だけど、なんスかね、ひどいにおいがする。腐ったものでも入ってるのかな」

背中全体に火がついた。鋼平はうめき声をあげ、その場にへたりこんだ。四つん這いになることもままならない。下半身がビリビリと痺れる。

「それとも、なかで誰かやらかしたんですかね」

もう一度、深呼吸する。腰に負担をかけぬよう、なにかにつかまりながら体を起こせばいい。右腕をリアシートにのせ、それを抱きかかえるようにしてまずはそこにあがろうと試みる。よし、なんとか上体を引きあげることができた。また深呼吸。悪臭が薄れているのだけがさいわいだった。

後部ドアのハンドルにそっと手を伸ばす。それだけなら痛みは起こらない。このままドアが開くなら、蛇のように這いだせばいい――。

開かない。

やはりロックがかかっている。開くのは運転席だけらしい。鼻から息を吸いこみ、さらに体を起こす。前に移動しないと。運転席と助手席の谷間に向かってゆっくりと体を近づけていく。

ラップ野郎はモリグチに話しかけていたが、依然として彼女は電話中だった。

そのときだった。

黒い影がぬっと目の前に出現した。

鋼平は固まった。

男だった。

ラップ野郎たちに見つからぬよう、背後からそっと迫り、侵入してきたのだ。外の明かりに濡れた黒いTシャツに包まれたがっしりとした背中が浮かびあがる。救助隊……いや、そうは思えない。

「うっ……くっせえな。マジかよ」

つぶやきながら四つん這いになって助手席に手を伸ばす。鋼平のすぐ目の前に顎髭の横顔があった。鋼平はコンソールボックスの背後に隠れるように身を縮こまらせた。男はためらうことなくアタッシェケースを片手でつかむ。そのわきで憤然とした羽音が一度だけ聞こえる。小さな相棒は自らの聖地で休んでいたらしい。

ガチャリと音がして鎖が張りつめる。男は舌打ちして手錠に気づく。体をさらに車内にのめりこませ、両手でケースをつかむ。そのとき、からくり人形のようなゆっくりとした動きで顎髭の顔がこっちを向いた。

目と目が合う。

薄暗がりのなか、ぎょろりとした目の奥に一瞬、困惑が広がる。二人して息をのむなり、巨大な拳が飛んできた。

鼻に激痛が走る。

体から力が抜け、鋼平はへなへなと崩れ落ちた。腰の痛みなんか目じゃない、炎であぶられたみたいだ。息もできず、ぼたぼたと鼻血が垂れる。鋼平は定位置となったリアシートの足下のすき間にすっぽりとアルマジロのようにうずくまる。そこへとどめを刺すべく、首筋を狙って男の強烈なパンチが降ってきた。額が運転席後ろのフロアマットに叩きつけられ、目から星が飛び散る。

だが男は肥溜めの王にはなれなかった。車体が大きく揺れ、男の体は鋼平から離れていった。わずかに顔をあげたとき、コンソールボックスの向こうで争う二人の姿が見えた。

モリグチだ。

異変に気づいて駆けつけたのだ。肩にデイパックをさげたまま、女とは思えぬ激しさで侵入者にのしかかり、顔面にパンチを放っていた。だが腕力は男のほうが勝った。モリグチの首に両手を伸ばすなり、力をこめた。鶏が絞められるようなグエッという音があがり、モリグチはのけぞった。そのすきに顎髭野郎は体勢を入れ替え、モリグチの体にのしかかった。狭い空間で格闘がつづき、二人の体が一つになってハンドルに激突し、クラクションが当たり散らすように断続的に鳴り渡る。

鋼平は手を出すこともできず、その場で顔をあげたままじっとうずくまった。筋骨隆々とした男の肩がシルエットとなって目の前にある。そこから伸びる腕がどうなっているか、よく見えなかったが、女の息の根をとめているのかと思うとぞっとした。男はへいきでそういうことができる雰囲気を醸しだしていた。モリグチは脚をばたつかせ、身をよじって抵抗しているが、しだいにそれが弱まってくる。いまや滝の裏側のようになったフロントガラスの向こうに影があった。

ラッパーだ。鋼平とおなじく、なにもできずに呆然としている。

が、次に声をあげたのは顎鬚のほうだった。上になっていた体が硬直し、動けなくなっている。強烈な膝蹴りが股間を直撃したのだ。そのすきをモリグチは逃さない。巨体を力づくで背もたれの側に押しやるなり、ふたたびマウンティング体勢にもどり、ためらうことなくアタッシェケースを両手でつかんで持ちあげた。鎖が伸びきり、ダッシュボードの上ぐらいの高さのところで張りつめる。だが凶器としてはそれで十分だった。モリグチは有無を言わせずケースの角を顎鬚男の顔面に叩きつけた。

ぴちゃ――。

はっきりと聞こえた。鋼平は唾をのみくだす。

モリグチはケースをもう一度振りあげる。左右の手はちょうど二つのスライド錠部分にあてがわれていた。

ぴちゃ――。

ケースのなかのものが興奮したように、さっきよりもはっきりと音をたてる。恐ろしい記憶がよみがえる。ダイヤル錠もついているが、最後にケースを閉めたとき、それを回転させた覚えはない。だから……よしたほうがいい。もういいじゃないか。よせ――。

モリグチが二度目に力をこめたとき、一度目とはちがう、小さな爆発のようなゴボッという音が起こった。スライド錠に衝撃がくわわり、わずかに開いたフレームのすき間から発酵が進んだガスが噴出したのだ。

ガスだけではない。ひんやりとしたものが鋼平の顔にも飛び散ってきた。モリグチは言葉もなく、振り下ろしたアタッシェケースの端を握りしめたまま、たったいま、なにが起きたのか理解できずに固まっている。彼女の体も顔もクソまみれだった。硫黄とアンモニアと悪玉菌、それにそのほかのろくでもない物質がケースのなかでシェイクされ、完全に液状化して、車内中に撒き散らされてしまった。その直撃を受けた顎鬚野郎がどんな状況か、のぞきみる度胸はなかった。

恐ろしい悪臭が鼻を突いてきた。酸味がかっていて目も開けていられない。じっさい、何滴かは目に飛びこんできた。それでも鋼平はリアシートの暗がりでじっとしていた。体から力が抜けてしまい、目の前で起きる光景を映画館にいるようにじっと見つづけるほかなかった。

モリグチがわれを忘れていたのは、ほんの一、二秒だった。そこから先はまるでスイッチの入ったロボットのようだった。アタッシェケースから手を放すなり、中腰のまま片手を腰にあて、すばやくなにかを取りだしたかと思ったら、クソだらけになった男に向かってそれを突きつけた。バチッという短い音とともに閃光が車内を照らし、男の体が一瞬、跳ねあがる。

スタンガンだ。

モリグチは流れるようにてきぱきと手を動かした。アタッシェケースからこぼれ出てきたものが何であるか想像を巡らせたい衝動を抑えつけ、なすべきことに集中した。運転席側に伸びる男の両脚を持ちあげ、助手席側に移すと上体を背もたれにしっかりと起こし、まるできちんと腰かけているような格好を取らせた。それからジーンズの前ポケットからなにか小さなものを取りだし、アタッシェケースをつなぐ手錠にあてがった。カチャリと音がして錠が外れる。もう片方もおなじように開錠した。通常の手錠とちがい、鎖部分が六十センチほどある。なにかを固定しておくための道具のようだった。

モリグチはそれを男の首に巻きつけ、ヘッドレストに固定してふたたび錠をかけた。その刹那、鋼平は見つかったかと覚悟を決めたが、モリグチはつづいて、どこからか取りだした結束バンドのようなもので男の両手首を縛りあげた。そして手品師さながらに新しい手錠――こんどは刑事ドラマでよく見る短いタイプだ――を取りだし、片方の手首と首の鎖をつないだ。あっという間に顎鬚は罠にかかったイノシシのように身動きができなくなった。

モリグチは再度、スタンガンを閃かせ、男の首筋に焼き印を押した。またしても巨体がびくりと跳ねあがる。殺してしまったのだろうか。男はうなだれ、ぐったりと動かなくなった。

モリグチは運転席に収まっていた。開いたままのドアを閉めるなり、キーをイグニッションに差し入れる滑らかな金属音がする。鋼平の全身がこわばる。この女は知らないのだ。ケツの下に白い悪魔が鎮座していることを――。

六気筒エンジンが静かにうなりをあげる。

なにも起こらなかった。

エアコンが一気に吹きあがり、汚臭が激しく攪拌される。

なにも起こらない。

モリグチはドアとシートの合間にデイパックを押しこめ、手慣れた動きでライトを点灯させる。ワイパーを作動させると、目の前にラッパーと金髪男の唖然とした顔が浮かびあがった。それを無視してモリグチはオートマのシフトをドライブに突っこみ、サイドブレーキを外すなり、一気にアクセルを踏みこむ。リアシートの足下に潜む鋼平の下でプロペラシャフトが小気味よく回り、FR車が午後九時過ぎの雨の住宅街に飛びだしていく。二人の整備工たちを轢かなかったのが奇跡のようだった。

車はしぶきをあげながら右に左に路地を曲がり、バス通りに出る。モリグチは助手席の男に注意しながら、アクセルを踏みつづける。鋼平は自分がいま、どんな状況に巻きこまれているか理解できずにいた。ついさっきまで、たった一人で車内に閉じこめられていたっていうのに、その車はいま、夜の街を猛然と走り抜けている。ワンダーウーマンもどきの女と彼女に叩きのめされた暴漢とともに。

タイヤが悲鳴をあげ、車は急停車する。うっと声が漏れてしまったが、気づかれてはいない。

信号だった。鋼平は行動を開始した。事態を理解したいのなら、まずは外に出ないと。まちがいなく折れてしまった鼻とぎっくり腰の痛みを堪え、リアシート下の暗がりを左側に移動し、目の前のドアハンドルに近づいていく。

ダメだ。

もしやと期待して引きあげてみたが、どうあってもドアは開錠しない。

モリグチは一瞬、助手席に目をやり、それからスマホを取りだした。ディスプレイが煌々と細面を照らす。髪に汚れが飛び散っている。おぞましさに震えあがるまいと、ぎゅっと口を引き結び、夜叉のような顔になっている。

ディスプレイがＬＩＮＥ画面に切り替わる。すばやく打ちこみを開始する。鋼平は助手席と運転席の谷間からそれに目を凝らす。

《緊急事態、署に向かいます。10分後到着。マークⅡ》

それだけ打つとモリグチは車を急発進させる。鋼平は窓からあたりに目をやった。首都高の高架が見える。明治通りだ。広尾方面に向かっている。このまま署に向かうなら、渋谷署か――。

警察……？

まさかモリグチは救助隊なのか。

ますます状況がわからなくなってきた。この車に元々乗っていたカツラギという男は、特殊詐欺グループのブラック・マリアから足抜けをして、対立する半グレ集団の雷神愚に乗り換えようともくろんでいた。地下組織の取材をつづけるライターは、そんなような話をしていた。それで爆薬を仕掛けてブラック・マリアの〝配達〟役であるモリグチを狙ったと思っていたのだが、モリグチ自身がおとり捜査官だったのだろうか。

視線を感じた。

ＬＩＮＥ画面に食い入るうちにいつしか鋼平は体を起こし過ぎてしまっていた。恐るおそるバックミラーを見あげると、知性を感じさせる涼やかなまなざしがじっと鋼平に注がれていた。

彼女は取り乱さなかった。「カネはどうしたの」ぽつりと、それでいてよく通る声で訊ねてきた。

雨水が広がった二車線道路を車はぐんぐん飛ばしていく。昭和六十三年式だが、ツインターボエンジンは快調だった。子どものころ、おなじ車で父親がドライブに連れて行ってくれた。懐かしい記憶だった。なんの屈託もなく毎日がゆっくりと流れていった。誰かに問い詰められて苦い思いをしたことなんて、中川美千代の一件だけだった。

この場は正直に答えるほかなかった。「こっちにありますよ」

「よかった」それは心から安堵している声音だった。「ところで、いつからいるの」

「ずっとです。きのうの夜から」

「きのうの夜……!?」

「閉じこめられちゃって」

ハンドルを握りながらモリグチは大きくうなずく。「ようやくわかったわ」

なんのことを言われているか聞き返さずともわかる。「すみません……ほんとにすみません……」

「謝るぐらいなら、どうして先に言ってくれなかったの。最低よ。こんなの生まれてはじめてだわ。ただじゃおかないから覚えときなさい。ほんとなら窓を全開したいところよ。ろくに息もできやしない」

そこでいきなりモリグチは激しく水しぶきをあげてUターンする。渋谷署じゃないのか。狂ったように動きつづけるワイパーの向こうに天現寺料金所が見える。マークⅡはそこに向かって吸いこまれていく。

日曜の夜だが、それなりに通行量がある。だがモリグチは追い越し車線に入るなり、ぐんぐん速度を上げた。パッシングを繰り返し、車線を譲らない車がいたら、走行車線にもどって一気に追い抜いた。これだけの雨のなかで華麗なハンドルさばきだった。しかし十分で到着できる警察署ってどこだ。訊ねたい衝動に駆られた。だがモリグチが左手でエアコンを強めようとしたので、鋼平は先に伝えるべきことを叫んだ。

「ダメだ！　臭いはがまんして！　エアコンは禁止！　禁止だ！　爆弾があるんだ。あんたの尻の下に」

　なにを言われたか頭で考えるより先に、モリグチの本能のほうが指先にストップをかけた。

「爆弾って……」それでもモリグチはアクセルを踏みつづける。ここは高速だ。前にもうしろにも真横にも、トラックやタクシーが時速百キロ以上で並走している。

「空気の流れが起きるとそれに反応するらしい」

「うそ……さっきドア、開けっ放しだったじゃない。それにいまだってエアコンが回ってる」

「知らないよ、そんなこと。でも見てみればいい。シートの下にプラスチック爆弾がある。起爆装置もついている。だから出られなかったんだ」

　モリグチはバックミラーのなかで絶句した。そのまま呼吸困難で死んでしまいそうなほど青ざめていた。

　かわりに息を吹き返したのは隣の顎鬚だった。強烈なキックが運転席に向かって繰りだされた。

27

痛む鼻先に糞尿の染みたヘッドレストが飛んできた。

助手席に縛られていた男が怪力を発揮し、鎖で首をつなぎとめていたヘッドレストを根こそぎ破壊したのだ。両手は首の鎖につながれたままだったが、男の戦闘態勢は整っていた。わき腹を直撃され、モリグチの体がドア側に吹っ飛ばされた。それに合わせるように車もすっと右に寄り、壁面に激突しそうになる。すんでのところでモリグチがハンドルをもどすが、顎鬚はこんどは女のこめかみを狙って頭突きを食らわせる。

淀んだ空気が攪拌され、濃い悪臭が鼻を突く。モリグチの目が裏返るのがバックミラーに映った。マズい。そう思った瞬間、女の手がハンドルから離れる。コントロールを失ったツインターボは速度を落とさぬまま、左右に揺れだした。鋼平は周囲をたしかめた。前後にも横にも接近車両はない。だがこっちの異変には、どのドライバーもまだ気づいていまい。近づいてきたら危険だ。

よりによってアクセルはさらに踏みこまれていた。直線がつづいているが、まもなく濡れた路面は右にカーブを開始する。ほかに車両がなくても、ほっとけば高架の壁を破り、死のダイブが始まる。たまらず鋼平はハンドルに手を伸ばそうとした。

それをクソまみれの男が肩でじゃましてきた。死にたいのか、この男。エンジン音がさらに高まる。モリグチの右足はアクセルを踏みこんでいた。ターボがうなりをあげ、二車線の真ん中をマークⅡは激走する。走行車線に移り、目の前に左の壁面が接近したとき、モリグチが正気づき、ハンドルをつかんだ。

車が制動を取りもどし、速度が落ちたところで、男がこんどは全身でモリグチにタックルした。身をよじってそれをかわすなり、モリグチは股間からスタンガンを取りあげ、顎鬚野郎のほうに突きだして青い火花を散らせた。男は条件反射のように助手席側に引っこみ、窓に背中をつけた。その鼻先で新たな火花が振り回される。だが男は両手を首のまわりでぐるぐると回し、巻きついたままの鎖をたちまち外していった。しまいには両手を結束バンドでつながれたまま、アタッシェケースをつないでいた長い鎖を鞭のように振り回し、スタンガンを握りしめる女の左手に打ちつけた。

鎖から飛び散る糞尿のしぶきとともにスタンガンが宙を舞い、助手席の足下に落ちた。それを顎鬚が見逃すはずがなかった。腰をかがめ、結束バンドでつながれた両手で電撃棒のグリップを握りしめる。鋼平はリアシートの背もたれに体を押しつける。あんなのを食らったらたまったもんじゃない。

モリグチもおなじだった。ついさっき自分で男の動きを封じているから威力は十分わかっている。反撃しないと、稲妻を食らったまま地獄行きだ。そうなればこの男だっておなじ運命なのだが、もはや獣と化した男に分別なんて期待できない。

男が華奢な肩にスタンガンを突きだしたのと同時に、モリグチはきらめく金属片を男の手首、武器を握っているほうの手首に突きたてた。

小型ナイフだった。

デイパックのサイドポケットから取りだしていたのだ。

「うっ……！」

男の手からスタンガンが落ち、傷口から血があふれ出る。それでも男はモリグチに飛びかかる。ふたたびハンドルは制御を失った。目の前にコンクリートブロックが急接近してくる。鋼平はリアシートから飛びだした。激しくなる一方の雨のなか、車は浜崎橋ジャンクションまで到達していた。台場方面への分岐点だった。この速度だし、誰もシートベルトなんかしていない。ハンドルをどっちかに切らないと三人とも即死だ。鋼平はもみ合う二人の上にのしかかるようにしてハンドルに手を伸ばし、かろうじて羽田方面へ車を逃がすことに成功した。

激痛がぶり返してきた。全身に噴きだしたアドレナリンのせいで、ほんのわずかの間だけ腰の痛みを感じなかったが、ハンドルを両手で握りながら早くも鋼平は青ざめた。下半身が炎にあぶられだした。それでも腹の下では二人が格闘をつづけている。いまハンドルを放すわけにいかない。

「てめえ、このアマ……！」怒鳴りながら男は血まみれの拳を女の腹に何度もめりこませていた。車の速度が落ちていく。アクセルを踏むモリグチの足から力が抜けているのだ。だがモリグチも攻撃をあきらめたわけではない。女の体を抱きかかえるようにしていた大男の背中が突如、ぶるっと震えた。左右から降り注ぐ高速の照明が男の肩に突き立つナイフを照らしていた。だがそれは決して致命傷にはならなかった。モリグチともみ合いながら、顎鬚は手を肩にやり、そこに刺さったものをぐいと引き抜いた。

あとは一瞬だった。

「………!!」

獣のような咆哮をあげ、男は両手で握りしめたナイフを色白の首筋に力いっぱいめりこませた。下半身の痛みを堪えてハンドルを操作しながら、眼下で繰り広げられる光景に鋼平は釘付けになった。モリグチの体から急速に力が抜けていく。頸動脈からは、ひと筋の血柱が拍動に合わせて断続的に噴きあがっていた。

男は自身の傷ついた部分に手をあてて助手席へもどっていった。女の体はそのままシフトレバーとサイドブレーキの上にぐにゃりと横たわった。

「おい！　ぶつけるなよ！」

男に怒鳴りつけられ、鋼平は前を見た。体から力が抜けたことで、逆にアクセルにのせたモリグチの足はふたたび押しこまれていた。再加速したマークⅡの直前に前方車両が迫っていた。あと二メートルもない。あわてて鋼平はハンドルを左にきり、かろうじてそれをすり抜けた。

「前に来い！　運転するんだ」

「待ってくれ、すぐには動けない。腰が……ぎっくり腰が起きてるんだ」

「知るか！　そんなこと！　死にたいのか！」

恫喝され、鋼平は意を決して右ひざをコンソールボックスにのせた。激痛が脂汗となって額とわき腹を流れ落ちる。

「急げ！　このボケ！」

「そんなこと言ったって……」せめて女の足がアクセルから外れればいいのに、そうはならない。ずっと踏みこんだままだった。「あんた……悪いけど、ハンドル持ってくれないか」

「うるせえよ、おれに指図するのか！」そう言いながらも顎鬚は、結束バンドでつながれた血まみれの両手でハンドルを押さえた。

ぐったりとしたモリグチの背中を踏み台にして運転席に収まったときには、腰の痛みはピークを越え、なんとか車の動きを制御できるようになった。踏みつけにされてモリグチが不平をのべることはもうない。爆薬により自分がこの世から消える恐怖はまだつづいている。しかし目の前で人の命が奪われた現実のほうがはるかに衝撃だった。だがいまはそんなことは気にしていられない。鋼平はできるだけ腰に負担がかからぬようシートに浅く腰かけ、スリップに注意しながらハンドルとアクセルとブレーキを操作した。

「次で降りろ……ちくしょう、痛えな」顎鬚は冷たくなったモリグチの体を助手席に引きずりこみ、鋼平がまともに座れるようにしてくれた。「芝浦出口だ」

言われるがままに高架下の湾岸通りへと降りていく。そこで赤信号に引っかかる。車が停車したらどうすべきか。鋼平は頭を高速回転させ、事態をどう切り抜けるか考えた。

「逃げようなんて思うんじゃねえぞ」男のほうから先に言われた。「爆弾のことは知ってるみてえじゃねえか。ちゃんと聞こえてたんだぞ、さっきこの女と話していたこと。もちろんカネの話もな」

「逃げないって」心にもないうそが口を突いて出る。

「いま、ドア開けてみな。あっという間に気持ちよくなれるぜ……ちくしょう、マジ痛えよ。この女、ナイフで刺しやがった」おまえだってそうだろう。しかもおまえは命まで奪ったじゃないか。だがそんなことは口にできない。「だいたい、外に出たいのはおれだっておんなじなんだぜ。

こんな肥溜めにこれ以上いたらマジに死んじまうぜ。気が狂いそうだ。カネの上にぶっ放さなかったのがせめてもの救いだぜ。もしそんなことしてたら、こいつを殺るより先におまえをバラしてたな、絶対に」

信号が変わった。男は交差点を左折するよう指示した。

日曜夜の倉庫街だった。

車は通っていないし、人気もない。そこをどこまでもまっすぐ走らされる。

「行き先は……」

「うるせえ、黙って運転しやがれ」男はあちこちに神経質に目をやっている。当てがあって高速から降りたわけではなさそうだ。「よし、そっちだ」突き当たりまで行き、右折するよう指示した。「ゆっくり走れ」

左手すぐのところに東京湾が迫っている。その向こうは台場だ。テレビ局の社屋がぼんやりと浮かびあがっていた。この男はアタッシェケースを狙っていた。しかも表向きはブラック・マリアの一員であるモリグチと争いになった。だったら雷神愚のメンバーのはずだ。もしやこれがショウヘイさんなのか。さまざまなことが頭のなかでぐるぐると渦巻く。

「ここでとめろ」

鋼平は静かにブレーキを踏みこむ。大きな倉庫に差しかかったところだった。街灯と街灯の中間にあり、界隈でも闇がひときわ深い。それもそのはずだ。首を伸ばしてあたりをたしかめると、倉庫の周囲に工事用の黄色いフェンスが張りめぐらされていた。とっくの昔に廃棄された場所のようだった。

「このあたりはどんどん撤退してる。再開発されるんだ」

そう言われ、鋼平ははっとする。本社では、対岸の台場や豊洲のほうの再開発を担当していた。しかし芝浦地区でもべつのデベロッパーの手によりそれは進行中だった。

「おあつらえ向きだな。道がある」顎鬚は倉庫の手前の暗がりを指さした。「入っていけ」抵抗できない。言われたとおり、鋼平はわき道をゆっくりと左に入った。大型トラックでも通れるほどの幅のある私道が五十メートルほどつづき、その先が急に開けた。

船着き場だった。

一本の水銀灯があたりをぼんやりと照らしている。トラックなら二十台ほどがとめられそうだった。貨物船から荷を下ろし、一時的に倉庫に収め、順次、トラックで移送するのだろう。しかしもはや用済みの倉庫にやって来るトラックは一台もない。かわりに錆びたコンテナが合体ロボットのように三層になって、あちこちに積みあげられている。岸壁の向こうはがらんとした海だ。

「体を洗うのかな」押し寄せる恐怖をうっちゃろうと、鋼平はあえて軽口をつぶやいた。

男は鼻で笑った。「まったくだ。海に飛びこんで全身きれいにしてえよ。この雨でもいい。シャワーがわりにするんだ。考えただけで気持ちよさそうだな。でもその前にやることがある」

そうだと思った。死体を一つ抱えているのだ。ほっとくわけにいかない。そしてその命が絶たれるまでの一部始終を目にした人間も一人、ここにいる。顎鬚は気が短い。これまでの取るに足らぬ付き合いでもそれがわかる。どうせならおなじ場所で、いっぺんに始末しようとするだろう。

気づかれぬよう右手でそっと握りしめたドアハンドルに力をくわえるべきか、鋼平は残りわずかとなった人生の時間を費やして頭を働かせた。

28

船着き場の外れまで進み、岸壁ぎりぎりのところでハンドルを右に切らされた。ヘッドライトがコンテナ・ロボットの山を照らしだす。水銀灯に照らしだされる倉庫は巨大なコンクリートの塊のようで、下のほうにある入り口は開きっぱなしだった。その奥には深々とした闇がまるで異世界のように口を広げている。

「ここでとめろ」

こちら側には、表にあったような工事用のフェンスはない。低い車輪止めがあるだけで、助手席の向こうに海が迫っていた。雨はさっきより弱まり、屋根を打つ雨音もそれほどでなくなっている。そのうちそのようにあがって、星が見えるんじゃないか。それを期待するかのように男は真っ暗な海と空を交互に見やった。

「きったねえな、まったく。気がへんになるぜ」

いつのまにか顎鬚野郎はナイフを器用に使って両手首をいましめる結束バンドの切断に成功していた。そしてコンソールボックスからタオルを見つけだし、顔と体中にぶちまけられたクソをせっせと拭きとる。片方の手首にぶら下がった手錠ががちゃがちゃと音を立てる。「へんなまねは慎んだほうがいいぜ。ケツから火を噴くはめになる。キーにも触るな」

「わかった。言うとおりにする」鋼平はエンジンをかけたままにして、両手をハンドルに置いて前を見た。「けど、このままだと――」

「余計な心配はしてくれなくていい。おまえを殺ったらおれは外に出ていく。起爆させない方法ならわかってる。この臭いには一秒だって耐えられねえ。いますぐ外に出たいところだが、その前におまえが何者か聞いとかないとな。きのうの夜からこの車に閉じこめられていたっていうのはどういうことなんだ」

なんのためらいもなく女を一人殺した男だ。鋼平を殺ると言ったら、言葉どおり躊躇なく実行するのだろう。だったらすこしでも時間を稼いで脱出する方法を考えないと。そこで鋼平はきのうからの一連の出来事をゆっくり話して聞かせた。

「ほお、作り話にしてはよくできてるな」

「作り話なんかじゃない」

「だがおまえがあいつらの一味でない証拠もないだろ。げんにアタッシェケースを開けられたというのはダイヤル錠の番号を知っていたからだろう」

「ちがう。自力で組み合わせたんだ。なにしろ時間はふんだんにあったから」

雨音が弱まりつつある薄闇のなか、男は目をすがめ、しばらく考えた。「まあ、そうかもしれんな。それくらいなら頭の悪いおれにだってできそうだ。だけどおまえの話はどこかウソ臭いんだよ。ドアが内側から開かなくなるなんてこと、あるかよ。にわかには信じられねえな」

「事実だからしょうがないよ。そうじゃなきゃ、さっさと逃げていた。だってウンコなんて誰だって漏らしたくないだろ」

「たしかにそうだな。だったら身分証明書のたぐいを出せ」

「名刺でいいかな。一枚だけ財布に入ってる」

「ダメだ。免許証にしろ。だいいち、名刺なら二枚以上見せてもらわないと信用できない。店に行くときとか、そうだろう」

この男のいう店がどんなものだか知れたものじゃないが、たしかに名刺なら複数枚見せないと持ち主だと思われない。もちろん金融機関とかなら、名刺じゃ無理だ。だがこの男は金融機関じゃない。いや、闇金かな。かといってこいつに免許証なんて渡したら、どうなるか知れたものじゃない。

でもどうだ？

この期におよんで四の五の言ってる場合か。鋼平は尻ポケットから財布を取りだし、免許証を渡した。男は満足そうにそれを受け取ると、絶命した女の体をまさぐりだした。「勘違いするな。そこまで変態じゃねえ。カギだよ。手錠のカギを探すんだ。おまえも探せ。カバンかなにかあるだろう」

言われるがままに鋼平はドアとシートのすき間に押しこまれたデイパックに手を伸ばす。「起爆装置の解除方法を知っているんだよね」

「知らないでどうするよ」男はモリグチのジーンズのポケットに手を突っこみながら、ぶっきらぼうに言った。

「雷神愚のメンバーなのかな」鋼平は思いきって訊ねた。「もしかしてあんたがショウヘイさん？」

男の手がとまる。「どうしてそんなこと知ってるんだ。やっぱりおまえ、向こうの連中か」

「向こうっていうのはブラック・マリアなんでしょ」

「〝なんでしょ〟ってなんだよ」男は鋼平をにらみつける。

　鋼平はデイパックのジッパーを開けながら独り言のようにつぶやく。「ひまだったから、ずっとネットで調べていたんだよ。車検証に記載された車の持ち主から調べていった。そのうち特殊詐欺関係の記事を見つけたんだ。それであっちこっちに問い合わせてね」アコばあちゃんが探偵役を買って出てくれたことは明かさなかった。危険がおよんではならない。「そしたら半グレ集団の雷神愚に行きあたった。そこのトップがショウヘイさんっていうんだろ」デイパックの奥を見つめ、鋼平は唾を飲む。冷静を装ったほうがよさそうだ。

「おまえ、刑事なのか」

「ちがうって。ぼくはあんたたちの抗争に巻きこまれたあわれな一般人さ。といっても、この車に侵入したのは、たしかにマズかった。カネに目がくらんだといえばそれまでだからね。警察に突きだされたり、会社に通報されたりしたら窮地に陥る。だからあんたたちのことは口外しないって約束できるよ、もし命だけ助けてくれるならね」

「おまえ、おれと取り引きしようってのか。無駄だぜ。おまえの命はもう秒読みが始まってい
る」

「ぼくを殺したって、必ず見つかるよ。どこに防犯カメラがついているかわからない世のなかで

しょ。ねえ、ショウヘイさん」

「ふふ、すくなくともおれはセンパイじゃねえ」

「センパイ？」

「ショウヘイさんは高校の先輩さ。おれはこの車がちゃんと爆破されるか見届けるのが仕事だった。遠くから監視していたのさ」

「見ていたのか」鋼平はデイパックのなかを探っているふりをつづけながら、機をうかがう。もう手にはグリップが握られていた。警察仕様らしい小型のオートマチックの。

「勘違いするなよ。おれが見張っていたのはこの女のほうだ。一晩中、家を張りこんでいた。けさ早く出かけたんでついていったら、この車にたどり着く寸前に事故に遭ってな。知ってるか？」

「ああ、悲鳴で起こされたよ。すぐに救急車が来た」

「それで収容先をつかんで容体を調べたら、意識不明の重体だっていうじゃねえか。どうしたものかと思って、こんどは病院を張りこんだ。車のカネも心配だったが、そっちはショウヘイさんが知り合いに頼んで見に行ってもらった。この車に爆弾仕掛けたやつだよ。おれたちにとっちゃ、内通者ってところだ」つまりそれがカツラギだったというわけか。マークⅡのそばを二度も通ったことを鋼平は思いだした。「もうダメなんじゃないかと思っていたら、夕方になって女が退院したんで驚いたよ。退院っていうか、勝手に出てきただけかもしれないがな。それで駐車場所にもどって来たはいいが、どういうわけか車はドアが開かない。あげくの果てにレッカー移動されちまった」

「それであの整備工場までついてきたのか」

顎鬚はよせばいいのにシャツについたクソの染みに鼻を近づけ、顔をしかめた。「この女は〝配達〟屋だ。カネを三栗に渡すはずだった。三栗って野郎はなかなか姿を現さない。警察も手を焼いている。この女が直接渡すことだけはわかっていたんだが、場所がはっきりしない。何度尾行しても巻かれる始末だったしな。ただ、どうやら〝集金〟屋がカネを運んだときにいっしょに車内に残しておくスマホにあとで電話をかけて、配達場所と時間を留守電に吹きこむ寸法らしいんだ」

ぞっとした。車内に閉じこめられているとき、何度も電話がかかってきた。

BMMM

まさにそれが配達先を指示するための留守電コールだったのだ。いや、それは未明にかかってきた最初の一度だけだろう。日中鳴ったのは、モリグチと連絡を取るためだったのだ。だがそのころ、彼女は意識不明で病院に収容されていたというわけだ。

「接触はほんの短時間のはずだ。そうでなきゃ、おれたちだってもうとっくに三栗の尻尾をつかんでいるぜ。だけど、最近になってわかったことがあってな。大黒埠頭とか海ほたるとか、高速のサービスエリアさ。そこで車と車を並べてさっとアタッシェケースを渡すんだ」ライターの井上が話したとおりだった。「そのタイミングを狙えばカネも三栗も木っ端みじんだ。こんなに気持ちいいことってないだろ。なあ、そうだよな」

「まあ、たしかにそうかな」鋼平はなんとか話を合わせた。

「だけどさっき、整備工場であの女が話してるのが聞こえてよ。『中止ですか』って聞き返していたんだ。三栗と電話していやがったんだよ。つまり配達が遅れたせいで三栗のほうが危険を感じ取ったんだな。それでフェーズが変わったのさ。カネはいつか三栗の手に渡るんだろうが、今夜じゃない。それまでに爆弾はどこかでドカンとなる。こっちだって、やつがアタッシェケースを手に入れるぎりぎりのタイミングを狙っているんだ。仕切り直しなんて想定してない。一発勝負だったのさ。予定変更によって、せいぜいこの女が昇天するかもしれないが、三栗は安心安全だ。これまでどおりに商売をつづけるだろう。腹が立つばかりだ。だったら目の前にあるカネをみすみす逃すわけにはいくまい。人的打撃があたえられないなら、せめて経済的打撃をあたえる。誰だって考えるだろ」

「それでカネを奪おうとしたのか」わざと大げさに苦々しく言ってやると、顎鬚はうれしそうに高らかに笑い声をあげた。そのタイミングを逃すわけにいかなかった。鋼平はデイパックからオートマチックを抜きだした。男に起爆装置を解除させ、長居し過ぎた車内から満を持して飛びだす。鋼平は最後の瞬間まで能天気な絵を思い描いていた。

あっという間に銃身を握られ、小型拳銃は顎鬚のごつい手に収まった。

「バカめ！」領収証がわりに反対の拳で頭をごつんとやられる。目の前に星が飛び散った。「おれがこんなもんでひるむとでも思ってんのか！　だいたい、おめえ、安全装置も外してねえじゃねえか」カチリと音がして男の手のなかでロックが外れる。「いいだろう」男は声を低めた。「こいつで死にたいってのなら、そうしてやるぜ。でも車内はダメだ。弾が窓にでもあたったらえらいことになる。しかるべき手順を踏んで外に出てからだ。おまえだって末期の水じゃないが、最後に外の空気吸ってからあの世に旅立ちたいだろ。こんな肥溜めで死んだら浮かばれ――」

男の顔が苦悶に歪みだす。鋼平はいったいなにが起きたのかわからなかった。大きな手からオートマチックがこぼれ落ちる。反対の手は首筋にあてられていた。「な……なんだ……い……痛ぇぇぇぇぇ!!」その場で男は悶え苦しみだす。鋼平はルームランプに手を伸ばす。なにかの急病だろうか。柔らかな照明が汚物と血にまみれた男の体とそれ以上に出血して絶命した女の背中を照らしだす。

みるみる顔が青ざめていく。男はいまや両手で喉をかきむしり、上下の歯をむきだして池の錦鯉さながらに口を大きく開けている。

息が吸えないようだった。

ブン――。

男の背後から黒い塊が飛びたつ。痴れ者呼ばわりされた相棒の敵討ちを果たし、どんなもんだとばかりに羽をうならせる。男は以前、刺されたことがあったのだ。この手のやつに。女王さまの怒りを買うとどんな目に遭うか、あらためて鋼平は思い知った。刺されてもいないのに彼女が這い回った股間に疼痛が走る。

雨はやんでいた。

マークⅡの運転席でふたたび鋼平は一人になった。

29

エンジンはかかかっている。

鋼平はルームランプをつけっ放しにした。まわりに人気はない。誰かいるなら助けをもとめたかった。白目をむいて動けなくなった顎鬚の短パンをまさぐり、ポケットからスマホを抜きだした。指紋認証であることを祈って男の右手の親指をつまみあげ、電源スイッチに押しつける。

ディスプレイが輝き、ロックが解除される。ほっとして鋼平は電話アプリを開く。警察……？

もちろん通報すべきだが、状況説明は容易でない。

健介だ。

電池切れになる前、あいつにはカツラギの尾行を頼んだ。アコばあちゃんによれば、どうやらそれには失敗したようだが、その後どうしただろう。清正公前の交差点までもどって来て車がないことに気づいたか。それでまた警察と連絡を取っているかもしれない。まずはやつと話したほうが早い。しょっちゅう電話するから番号なら記憶していた。

「もしもし……おれだ……」

「鋼平……なんだ、この番号は……どうしてる、いま」電池切れのスマホに何度もかけたあげく、待ちくたびれたとばかりに健介はまくしたててきた。「車も消えているじゃないか。まさか直結したのか。電話かけてきたってことは、爆発していないってことだよな」

「いろいろさ。予期せぬことがつづいた。それより車にいたあの男のほうはどうした」

「すまん……巻かれちまった」正直に健介は告げる。「スーパーに入ったんだが、ちょっと電話がかかってきちまって」

「警察は?」

「いま、おまえの車を捜索中だ。だけど、おれがやつを尾行している間に現れなかったか?」

「来ないよ。さっぱりだった」

「鋼平、おまえ、いまどこにいる？　まだ車のなかか？」

豪雨のなかで起きた格闘の顛末を話して聞かせた。健介は言葉もなかった。

「だいたいの場所は把握している。芝浦だ。首都高の出口を出て最初の信号を左に入ってまっすぐ進むんだ。海に出たところで右に折れた先、百メートルぐらいのところにある倉庫だ。いまは使われていない。そこの海側、船着き場にいる。コンテナがいくつも積みあげられている。もちろんまだ車のなかさ」

「なんの倉庫だ」

「待ってくれ」白々とした明かりに浮かぶ倉庫の壁面に目を凝らす。屋根の下に横長の看板があった。「食品関係だな。コスモフーズってところだ」

「聞いたことないな。商社か卸業者だろう。すぐ警察に連絡するぜ」

「一つだけわかったことがある。起爆装置は二酸化炭素濃度の変化で作動するらしい」

「なんだ、そりゃ。だったらドアを開けたときに爆発しているだろう。壊れてるんじゃないか」

「わからん」だが健介の言うとおりかもしれない。はなから起爆装置はイカれているのではないか。所詮は半グレ連中のやることだ。

「思いきって外に出てみるのも手かもしれないぞ」

「よせって」鋼平はぞっとした。「やれるものなら、とっくにやってるって」

「だよな。よし、わかった。とにかくじっとしていろ。居心地は悪いだろうけど」

鋼平は電話を切り、助手席に目をやる。モリグチも顎鬚も冷たくなっている。エアコンは静かに回っていたが、車内の悪臭は倍増しているようだった。十中八九、二人とも失禁している。

「たのむぜ、健介」自分を鼓舞するように声に出してみる。だが警察の到着をじりじりと待つわけにもいかない。鋼平はネットにつなぎ、例のライターのサイトを検索してそこに表示されたメルアドに現状を書きこみ、こちらの電話番号を付記して送信する。

十分後、井上晋治から電話がかかってきた。

「電話が切れたのでたぶん電池切れだとは思っていました。爆発が起きていないのはさいわいですね。でもわたしが知るかぎり、ドアや窓を開けたときに爆発が起きるタイプなんですよ。二酸化炭素の量を測定して急激に変化するとスイッチが入る仕組みだと思ったのですが」

「だけど、もしそうならエンジンをかけた時点でエアコンがものすごい勢いで吹きだしたのはどう説明するんですか。いまは安定していますが、最初は一気に空気が攪拌されましたよ」

「妙ですね、たしかに……」井上はしばらく考えてから答える。「雷神愚がなにか設定を変えたのかもしれない。自分たちの目的に合わせて。ところで警察のほうはいかがでしょう」

「すくなくとも車が元の場所にあったときは、救助隊は姿を見せなかった。いまごろ、のこのこ現場をうろついているんじゃないかな」

「いや、そういうわけでもないと思いますよ」井上は恐るおそる告げる。「じつはさっき、白金に行ったんです。清正公前の現場に」

さすがはジャーナリストだ。事実関係をその目でたしかめないわけにいかなかったようだ。

「警察らしい人間は見あたらなかったです。あやしげな人もいなかった。何事もなかったかのようにがらんとしていました。一瞬、あなたにだまされたのかとも思ったのですが、そこでお年寄りに声をかけられたんです。それであなたの言ったことがうそじゃないとわかった。ぐるになってわたしを担ぐような性悪には見えなかったからです。そのおばあさんが」

「おばあさん……?」

「ええ、あなたとは懇意だと言ってました。藤生さんという方です」

「アコばあちゃん……か。よかった。無理しないで帰って来てくれたんだ」

「あなたのことをひどく心配していました。電話をかけてもつながらなくなってしまったので、警察に通報すべきか迷っていました。だからその場で情報交換して、わたしのほうで通報すると約束しました」

「通報していただいたんですか」

「警視庁の知人に伝えてあります。ただ、あなたの居場所がわからないことにはどうにもならないので」

アコばあちゃんが心配だった。驚くべき行動力だったが、それが仇になりそうだった。雷神愚やブラック・マリアの連中が近所をうろついていない保証はない。ばあちゃんならへんに声をかけて、逆にひどい目に遭うかもしれない。「藤生さんの番号は聞いていますか」

「ええ、わかりますよ」

井上から番号を聞きだし、すぐに電話を入れる。まずはこっちが無事であることを伝えて安心させないと。そのうえで家でじっとしているよう伝えるのだ。

藤生晶子は電話に出なかった。呼び出し音だけが十回以上つづく。不安が募る。まさか巻きこまれてしまったか。半グレ集団と特殊詐欺グループの抗争に。留守電に切り替わり、鋼平は唾を飲みくだしてメッセージを吹きこもうとした。

ピシッ――。

硬いなにかがぶつかったような音が耳元でした。雹《ひょう》でも落ちてきたか。鋼平は顎鬚のスマホをいったん切り、運転席の窓に目をやる。

ガラスに不穏な白い稲妻が走っていた。

30

ピシッ――。

ガラスが弾ける鋭い音とともに稲妻は広がっていく。雹じゃない。石かなにかが投げつけられているのだ。

窓に向かって。

割れたらどうなる。ドアを開けたときとおなじだ。一気に外気の流入が起こり、それまで安定していた二酸化炭素量が激変する。いったい誰だ。こんないたずらをするのは。

鋼平は亀裂が走りだした窓の向こうを見やったが、暗くてよくわからない。ルームランプがつけっ放しだった。これじゃ的がよく見えるよう明かりを灯しているようなものだ。あわててスイッチに手を伸ばし、あらためて外に目を凝らす。外の通りから船着き場に来るときに使った倉庫わきの小道に人影があった。三十メートルほど離れているだろうか。振りあげた腕をすばやく下ろしたように見えた直後、また、

ピシッ――。

ガラスのひびはくっきりと広がっている。この車にまつわる悪魔のメカニズムを知る者が、運命の時計を早めようとしている。そうとしか思えなかった。顎鬚野郎の同類か。ショウヘイさん……？

答えを自らしめすかのように顎鬚のスマホが鳴った。

番号を見てほっとする。健介だ。向こうがしゃべるより先にこっちが話す。「おい、ちょっとマズい感じになっているんだ……」

「なんだよ、いきなり」肉付きのいい丸顔をしかめているのが見てとれるようだった。「警察は到着したか？　それを聞こうと思ったんだよ」

「いや、まだだ。けど、どうやら雷神愚の連中が嗅ぎつけたみたいだ。どうあっても車を爆破したいらしい。外から石を投げてきて、窓を割ろうとしている」

「ほんとか。けど、警察はまだ来ていないのか」こっちを冷静にさせようと、わざと落ち着いた声で話しているようだった。

「来てないよ」井上に言われたことを思いだす。深呼吸だ。こういうときこそ。「サイレンも聞こえない」

「たしかに」

「え……？」

ピシッ――。

忘れさせまいとするかのように執拗に石が飛んでくる。しかも衝撃がさっきより強まっている。あと何発かでまちがいなく割られる。

「警察が来ていないのはありがたいな。一人なんだろ、向こうは」鋼平の首筋に緊張が走る。胃のあたりが瞬時に締めつけられた。雷神愚の連中とは言ったが、人数までは伝えていない。「一対一なら真剣勝負できるんじゃないか。知恵を絞ればいい。えこひいきされることもない。実力勝負だ。さあて、どうする、鋼平くん」

闇の向こうで影がじっとたたずむ。こっちを観察しているのだ。そっとスマホを耳に押しあてながら。

「健介……おまえ……まさか……」

「どうした？　そんなうろたえた声なんか出して。おまえらしくないな。勉強ができて、スポーツができて、なにより親がカネ持ちで……いや、ほんとはそんなに裕福でもなかったか。けど、そういうのは相対的なもんだ。離婚した母親が三輪バイクで駆けずり回って配達の仕事したり、知り合いのつてを見つけちゃ無理やり保険に入れたりしているような家からすりゃ、たいていのところはうらやましく思えるもんだ」

絶句する鋼平の耳元で健介は小さく鼻を鳴らす。

「うらやましい……中学のころは絶対にそれだけは口にすまいと思っていたんだけどな。いまじゃ、それが言えるくらい、すこしばかりおれにも余裕ができたのかもしれん。おかしなもんだ。人間、変わらないようでいてすこしずつ変化しているんだ。逆に変わっているようで、まるで変わっちゃいないところもある。そうだろ、鋼平。だからいつだって学校の人気者だったおまえだ。そんななさけない声出すのは、なんかへんだよ。友だちとして悲しいな。あのころと変わらず堂々と、自信満々でいてくれよ。友情のふりしてたっぷりあわれんでくれなきゃ、こっちだって居場所がなくなっちまうよ。人には生まれたときから定められた役目ってものがあるのさ。調子合せてくれなきゃ、困るじゃないか」

「健介……おまえ、気でも狂ったか……」

「ほら、そうだ、その調子だ。いいぞ、気づかぬうちにいつもの上から目線。そうこなくっちゃ！」

「よせ、からかうのは。こんなときに」おふざけであってほしかった。いや、夢であってほしかった。健介になにが起きたっていうんだ。中学時代の同級生。親友だぞ。だが事態が予想だにしない方向に流れていることぐらい、もう肌で感じ取っていた。それを認めたくないだけだ。

「おまえ、まさか尾けてきたのか」

「だったらどうだっていうんだ。レッカー移動されるとは思わなかったぜ。そのあとはハラハラものだったけどな。事故ってそのせいで爆発するんじゃないかって気が気でなかったよ」

「どういうことなんだ。警察に通報してくれるっていうのもうそだったんだろ」

「鋼平……」ため息まじりに中学の同級生が言う。「そういうところがよくないんだよ、おまえは。いつだって誰かがお膳立てしてくれると思っている。不幸に陥ったのは自分のせいじゃない。だからきっと誰かが手を差し伸べてくれる。そういう思考回路なんだよ。けど、それってどうなんだ。結果的に他人を踏みにじって自分だけいい思いするってことになりはしないか？」

「わからないな、健介。そこにいるのはおまえなんだろ。いったい、なんでこんなまねをするんだ」

「そんなのは自分の胸に手をあてて聞いてみるんだな。おまえとはいつか勝負しないといけなかった。いまがその絶好の機会だ」

「なんの勝負だっていうんだ。まったくわからない」

「真剣勝負だぜ」

ピシッ――。

弾ける音が大きくなった。さっきより力がこもっているのだ。鋼平は暗がりに目をすがめた。影の人物の立つ位置は変わらない。ワインドアップモーションのように両腕を振りあげ、それから右腕を引き絞る。それがシルエットになって見えた。

ガツッ――。

石とおぼしきものが運転席のドアにあたる。

「いまのはわざと外したんだ。追いこんだところで、一球外す。勝負を急ぐとろくなことがないからな。けど、おまえはせっかちだった。てゆうか自信過剰だった。こっちが一球外そうとサイン出しても、首振りやがって。けど、結果はどうだったよ。カッコつけておまえは三球三振を取りにいったが、ぜんぶ打たれてたじゃねえか。それをおまえ、どうしたと思う？　なあ、覚えてるだろ。まわりの連中にリードミスだってぬかしやがった。悪いのはおれだって」

「覚えてないよ、そんなこと」本心だった。そんなことまったく記憶に残っていない。「それをいま、こんなところで言いがかりみたいにぶつけられても――」

「言いがかりじゃねえよ！」

ヒュッ――。

なにかが頭上を飛んでいった。

「おっと、いまのは暴投だ。力が入り過ぎちまった。真剣勝負だからな。気合い入れ直さないと」

「健介……真剣勝負だなんて、こっちは逃げることも投げ返すこともできないんだぞ。フェアじゃないだろ」

「逃げればいいじゃないか。窓が破られて起爆装置が働くのが怖いのなら、とっとと車から逃げだせばいいじゃないか。さっきだってドア開けても爆発しなかったんだろう。それにもし爆発するとしても、開けた瞬間にダッシュすれば、かなりの確率で爆風に巻きこまれずにすむ。どうだ、やってみろよ。だからフェアな勝負だ。審判はいないけどな」

なんの恨みがあるっていうんだ。だがじっくり考えているひまはない。頭を働かせるのはもっとべつのこと、まさに健介の言うとおりだった。

脱出しないと。

ピシッ――。

それを思い知らせるようにこんどはど真ん中にストライクが入った。窓の稲妻はいまや上から下まで広がり、ちょっと内側から手を触れるだけで崩れ落ちそうだった。そうなれば空気が一気に流入してくる。鋼平の頬を自然と涙が伝う。あいつ、本気でおれを殺そうと――。

余計なことは考えるな。あいつの言うとおり、真剣勝負だ。井上の話では起爆装置は二酸化炭素量を測定しているという。その急激な変化でスイッチが入るのだ。だがステアリングからコードでつながっているのが気になる。コードの先端はイグニッションスイッチに接続されていた。そこから伝わるのは電流だ。それが起爆になんらかの影響をおよぼすはずだ。

スマホから健介が呪いの言葉を吐きつづける。

「たしかに体つきはおまえのほうがピッチャー向きだったよ。いまもそうだが、すらっと背が高くて痩せていて。おれなんか、見た目はどう考えてもキャッチャーだよな。漫画みたいだろ。だけど鋼平、おまえ自身が一番よくわかっていると思うけど、コントロールも球速もおれのほうが上だった。根本的に肩の強さがちがうんだよ。だから見る人が見たら、投手向きなのはおれのほうだ。

だけど世のなか、そんなに公平にはできちゃいない。顧問のえこひいきってもんがある。おまえんとこの親父さんは市役所で教育委員会づとめだった。おふくろさんの父親は元教育長だ。あのころでも現役の校長たちに顔がきいた」

「関係ないだろ、そんなこと」思わず鋼平は怒鳴った。

健介は落ち着いている。「それが関係あるんだよ。事実、関係あったんだから。当事者が言ってるんだから本当さ。知らないのはおまえだけだ。公立中学ごときの野球部の顧問なんてただのサラリーマンじゃねえか。誰をエースにするかなんていうのは、どうだっていいことなんだよ。自分の点数になりさえすればいい。だからいろんな意味でウケのいい生徒、もっと言えば無難な生徒を抜てきしとけば、ほめられずとも、にらまれたり、色目で見られたりすることもない。その結果、おまえがエースになって、おれは女房役に回されたわけだ」

ひがむのもいい加減にしろ。だがいまそれを口に出すわけにいかない。耳を傾けているふりをしながら鋼平は必死に頭を働かせた。

爆弾を仕掛けたのは雷神愚だ。神出鬼没だとされるブラック・マリアのリーダー、三栗衛を亡きものにしようと、編みだした作戦だという話だった。毎回変わる指定場所で短時間のうちにアタッシェケースが受け渡されるのだが、そのタイミングを狙って起爆する仕掛けだ。その場所とは、高速のサービスエリアのようなところらしい。そこでごく短い時間で仕事をすませるというのなら、車どうしを並べてドアを開けるか、窓を開けるかして実行するのがいい。そのときエンジンはどうなっている？

いちいち切ったりしないはずだ。

「そのせいでおまえは学校中の注目を集めるようになった。女子たちはキャーキャー言ってたよ。たいして球が速いわけでも、制球力があるわけでもないのに。なによりうちのチームなんて、市の大会でベスト4にも入れなかったじゃないか。そんな弱小チームのエースもどきが、どうして女の子たちに騒がれなきゃいけないんだ。ずっと思ってたよ、おかしいって。でもそのころから、おれ、あきらめるっていうか、むだな抵抗はできるだけしないほうが得だってわかるようになっていたんだな。だからいくらおまえのことがムカついたからって、いちいち突っかかったり、シカトしたりするようなまねはしなかったぜ。けどな、おまえはそれを友情だと感じていたかもしれないが、そいつは大きな勘違いだったんだよ。まあ、あれから四半世紀もの間、ほんとのことを知らされずにすんだんだから、それはそれでしあわせなんだと思うぜ、鋼平。マジによ」

「健介、そんなにおれのことが嫌いなら、改めておれと付き合う必要なんてなかっただろう。もう大人なんだから」

闇の奥で健介が太い首をかしげる。「おかしなことを言うな、鋼平。やっぱりおまえ、なんにも見えちゃいないんだな。おれはここに這いあがってくるまで死に物狂いだったんだよ。どうしてそれを手放せる？　そこにのこのこ現れたのはおまえなんだぞ。消えるのはおまえのほうだ」

「職場は近いかもしれないが、やってることは管理と販売だろ。無視してくれりゃよかったのに」

「たしかにそうだな。でもそうはいかないさ。怨念ってのは長らく寝かせておくと、甘い汁みたいになってくるのさ。それをじっくり味わうのが快感になってきてな。そのうちおれも抜けられなくなっちまった。まあ、運命みたいなもんだよ。いつかこうして勝負しないといけなかったんだ」それから健介は唐突に訊ねてきた。「どうしてもらわなかったんだよ、あいつから。チョコレート」

31

「チョコって……なんのことだ」

「美千代だよ。中川美千代。あのとき、おまえ、受け取らなかったんだろ」

鋼平はそれまで以上に面食らった。健介は記憶の深淵に手を突っこんできた。でもなぜ、いま。

「いきなりなにを言いだすかと思えば。中学のころの話か」

「忘れたとは言わせないぞ。二年生の二月、バレンタインデーの夜だ。部活の帰りぎわ、おまえは下駄箱で美千代に呼びとめられた。よりによっておれたちの目の前で。それから二人して体育館の裏に消え、美千代は手作りチョコをおまえに渡そうとした。けど、おまえは受け取らなかった」

「そうだったかな。もう四半世紀も前の話だよな」はぐらかしながらも内心、ぎくりとしていた。チョコをどうしたかは、誰にも話していない。神保にも向こうの親にも。恐ろしかったからだ。あのときの美千代が。逃がすものかと鬼女のように手をつかんできたあの女が。「見てたのか、あそこで」

「のぞき見なんて無粋なまねはしないさ。ぜんぶ聞いたんだ、美千代から」

さすがに度肝を抜かれた。鋼平は健介のいる三十メートル先の闇をにらみつける。通りに出る小径のわき、扉が開いたまま廃倉庫のすぐ手前だった。

中川美千代の足どりは一九九五年二月十四日午後六時以降、途絶えていた。つまり体育館裏で美千代と会っていたという鋼平の証言を最後に、誰も彼女のことを見た者がいないのだ。だからあそこでなにがあったかも、捜査上はベールに包まれているはずだった。

「聞いたって、美千代に会ったのか。おまえ、あいつの消息を知ってるのか」

闇のなかで影がしゃがんだ。投げつける石を物色しているようだった。なかなか立ちあがらない。とどめの一撃を食らわせるにふさわしい武器かどうか、ためつすがめつしながら、頭のなかで記憶もいっしょに転がしているかのようだった。

影がゆっくりと立ちあがる。

「海にいたんだよ。おふくろが帰ってくるまで時間があったから、いつもおれはランニングしていたんだ。自主トレさ。八時前だったかな。とくにその晩は自分を痛めつけてやりたかった。悔しい出来事があったばかりだったからな。そうしたら浜辺にあいつが立っていた。なんかすごく悲しそうな顔していたよ。それで声をかけたんだけど、最初は『あんたなんかに言う話じゃない』ってなかなか話さなかった。しまいには八時から新しい連ドラが始まるから見ないといけないって帰ろうとした。けどな、あいつ、ほんとはテレビなんて見る気分じゃなかったんだよ。なんていうかな、自分のなかで消化しきれなくなって、誰かにぶちまけなきゃいられないくらい昂っていたんだな。

ぽつりぽつりとだったけど、洗いざらい話してくれたよ。体育館の裏でなにがあったか。あいつ、前の晩に遅くまで起きて一生懸命作ったんだと、そのチョコレート。コクるなんてできないけど、受け取ってもらえればそれでいい。それだけで満足だったって言ってたよ。ところが、それすらもおまえに拒否られてしまった。泣いてたよ。それでせっかく作ったチョコレート、海に投げ捨てたんだと。自分で。なあ、鋼平、一つ教えてくれるか」

ふだん営業でよくしゃべるのとはちがう、低いトーンのゆっくりとした話し方だった。まるで深夜ラジオから流れるパーソナリティーの語りのように、脳に直接染みこんでくる。だがまったく心地よくなかった。

「どうして恥ずかしいんだ？」

「え……なんのことだ」

「とぼけるなよ。あのとき『恥ずかしいから』って言って受け取るのを拒否ったんだろ。女の子からバレンタインにチョコレートもらうのって、恥ずかしいことなのかな。おれにはよくわからないな。照れることはあるかもしれないけど、やっぱりうれしいんじゃないのか」

あの女につかまれたときの湿った生温かい感触が右手によみがえった。体に飛び散ったクソなんかよりもおぞましく、思わずぶるっと震えた。返事もできずにいると、健介はまた一人語りを開始した。

「せめて受け取ってほしい。そうねがって決死の覚悟でおまえの前に出てきたのに、ひどいよ。そりゃ、傷つくわ。聞いててこっちも悲しくなったし、おまえのアホさかげんには心底あきれたわ。なあ、鋼平、おまえ、ほんとにそんなこと言ったのか」

「なに言ってんだよ、いきなり……忘れたよ、ほんとに。そんなこと、記憶にないよ」

「あいつから聞かされたんだよ。いまでもはっきり覚えてる。おれなんかよりおまえのほうが、ずっと記憶力がいいはずなのにおかしいな。けど、とにかくその場でおれは、なにか慰めるようなことを言わなきゃならなかった。ある意味、千載一遇のチャンスだったわけだしな」

沸きあがる疑問を健介のほうで察して打ち明けた。そんな話、一度も聞いたことがなかった。

「あいつ、めがねが重たい感じだったけど、素顔は意外とかわいいんだぜ。てゆうか、細面に小さめの口元だろ、子どものころから、おれはそういう顔だちの女の子が好きだったんだ。うちとあいつんとこは、おなじ町内会だ。六年生のとき、夏祭りに行ったら、あいつ、浴衣着て親といっしょに来ていた。どういうわけかめがねも取っていた。コンタクトだったのかな。そしたらあいつのほうでおれに気づいてくれて、会場の端っこでいっしょにかき氷を食べたんだ。太っ腹なことにあいつがおごってくれたんだよ。それでいろいろ話したんだ。食べものはなにが好きかとか、テレビはなに見てるとか。他愛ない話さ。そのうち、スポーツの話になって『運動できる人ってカッコいい。樫村くんも体育は得意よね。うらやましい』って言われたんだ。

それからかな、気になりだしたのは。だから中学にあがってからも、ときどき学校帰りに家のそばで立ち話とかしていたのさ。短いほんの雑談さ。それでもあいつは、ちゃんとおれの目を見て話をしてくれたよ。もうそのころにはあいつは優等生、おれは劣等生ってちゃんと学校で振り分けられていたけど、あいつは分け隔てなくおれと話をしてくれた。考えてみれば、あいつぐらいだったんじゃないかな。女子でまともに話せる相手なんて。まあ、学校じゃ、おたがい口も聞かなかったけど。ほら、幼なじみの異性なんて、だいたいそんなものだろう。

おれとあいつはそんなような間柄だったんだよ。だからなんとかして元気づけてやらにゃならんと思ったんだ。それに妙にその晩、あいつは大人びて見えた。てゆうか、まだ制服着ていたけど、へんに体の線が柔らかく見えて艶っぽい感じがしたんだ。それでさ『鋼平はサイテーだ。あんなやつ、気にすることない』って言って、肩に手をかけたんだ。そしたらあいつ、まるで痴漢に触られでもしたみたいに飛びあがってさ。『勘違いしないで！　あんた、なにさまのつもりなの。タイプじゃないし、キモいのよ。あんたみたいな落ちこぼれに慰められたら、余計みじめだわ』って一気にまくしたててきた。

頭のなかが真っ白になって、その場から動けなかったよ。どうしてそこまで言われなきゃいけないんだろう。おれはなにか悪いことをしたのだろうか。勉強はできないから、たしかに落ちこぼれだけど、つらい思いをしている誰かを元気づけることも許されないのかな。そんなこんなが胸いっぱいに膨れあがってきて、抱えきれなくなっちまった。そしたらあいつ、最後になんて言ったと思う?」

エアコンの微風以外、恐ろしく静かな車内で、鋼平は息をのむばかりだった。

「後ずさりしながら『そばに来ないで、恥ずかしいから』って、そうぬかしやがったんだ。もう取り消しようがない。口からこぼれ出たものは回収なんてできないんだ。おれとしちゃ、聞かないでおきたかった。現実ってものの重みに耐える自信なんてなかったからな。そうなんだよ。おれは耐えられなかった。あとはもうなにがなんだかわからなくなった」

喉の奥に苦いものを感じながら、鋼平は肝心のことを訊ねた。「美千代はどうしたんだ、そのあと。帰ったのか」

「さあ、どうかな。どうだっていいだろ、そんなこと。いまとなっては」

思わず語気を強める。「どうでもよくないぞ」次の瞬間、また石が飛んできた。こんどは後ろの窓に跳ね返る。わざと外したというより、手元が狂ったらしい。こっちの追及があいつの心をかき乱しているようだった。それが鋼平にとってかならずしも吉と出るかわからない。もっと大きな威力のある石をつかみ、至近距離から的を狙う可能性だってある。それでも鋼平は訊ねる。

「警察の捜査では、あいつが目撃されたのは、午後六時ごろ、おれといっしょに体育館裏にいたときが最後のはずだ。その後はどこでも見かけられていない。海で会ったというなら、なんでそれを警察に言わなかったんだ」

健介は廃倉庫の前でふたたびしゃがみ、次に投げるべき石の物色を開始する。周囲にコンテナが積みあげられ、倉庫は扉が開いたままだ。石なんかじゃなく、ボルトかなにかの資材がゴロゴロ落ちているのかもしれない。

健介はばかにするように小さく鼻を鳴らす。「どうしてそんなこと、警察に言う必要があるんだよ。そんな話をしたら、じゃあ、海で会ったとき、どんなようすだったかって聞かれるじゃねえか。そしたら、やつにおれが言われたことまでしゃべらざるをえなくなる。イヤだよ、そんなの。勘弁してくれよ。自分がみじめになるだけじゃないか。おまえが振った女に振られたんだからな。あしざまに言われてさ」

「健介、たしかにいまさらどうしようもない話かもしれない。けど、ほんとはどうだったんだ。あいつは帰ったのか。まさか、おまえ、なにかしたんじゃないだろうな。なにがなんだかわからなくなったってことは」

「鋼平、おまえもおかしなことを聞くもんだな。わからなくなってしまったものを、どうして話せるっていうんだよ。わからないことを話すのは無理なんだよ。それを話すっていうのなら、それは妄想だ。うそっぱちだよ。だからそんなもの口にしたところで、意味ないだろう。ただ、一つだけ言えることがある」

「なんだよ」

「どん底だったんだ、おれ。あいつが憎かった。けど、一番憎かったのは鋼平、おまえかな。どうしておれがあんなことをしたかって？　そりゃ、あの女が悪いよ。でも一番悪いのはやっぱりおまえだ。だってそうだろ。おまえがいなけりゃ、今日この日までのおれの苦しみは生まれなかったんだから」

健介は美千代がどうなったかまちがいなく知っている。だがそれをやつが明かすことはもうないのかもしれない。これまで四半世紀の間、じっと沈黙してきたのだから。いまはただ、苦悩の源を作ったかつての部活仲間に冥途の土産がわりに聞かせているに過ぎない。

鋼平は頭を振り、脱出法を編みだすことに集中した。

レッカー移動された先で、あのラッパー整備工がドアを開けたとき、爆発は起きなかった。顎鬚野郎をスタンガンで撃退したモリグチがエンジンを始動したときも爆発しなかった。それどころか車内にエアコンが猛然と吹きだし、淀みきった空気に大いなる動きが起きた。それでも白い悪魔は火柱をあげなかった——。

やっぱり壊れているのか？

いや、きっとなにかからくりがあるはずだ。

二酸化炭素測定器。それはイグニッションとつながっている。

サービスエリアで並ぶ二台の車。エンジンはかかっている。夏のこの時期だ。エアコンは当然回っている。いったいどういうことだ……。

鋼平の集中力をかき乱すように健介の恨み節が耳に滑りこんでくる。「まさか社会人になってから再会するとは思わなかったよ。忘れかけていた憎悪がぶり返してきた。ムカついたが、逆に制裁をくわえてやる絶好の機会でもあった。だからおまえとは前みたいに付き合うようにしたのさ。そうしたら、ちょっと近づき過ぎちまった。自分でも怖いくらいだったよ。だけど運命だった。おれたちにはそれがわかっていた」

おれたち……。

「いったいなんのことだ」

「かつての恨みを晴らすだけじゃ足りなくなっちまったんだよ。おまえには消えてもらわないといけなくなった。どうしたものかと思っていたんだが、そこへ今回の一件が転がりこんできた。飛んで火にいる夏の虫とはこのことだよ」

夏の虫……。

鋼平は車内に目をやる。

白目をむいたままの顎鬚の髪にたかり、じっとこっちを見ている。おまえはどっちの味方なんだ。もしおれを助けてくれるというのなら、吹き出し口に潜りこんでくれないか。それで外にいるあの男をとめてくれ。そうしないとおれもおまえも、ここで白い炎に包まれることになるんだぞ。

「鋼平、おまえは昔からそんなやつだったかな。もっとまじめで正義感が強かったと思ったんだけどな。あのころなら、まさかカネに目がくらんで車に侵入するようなまねはすまい。でも、そんな男に成り下がってくれてありがたいよ。感謝する。そもそもばあさんの頼みなんて聞かなきゃよかったのにさ。たかが一万円かそこらの話で」

一万円……？ いや、四百万だ。一万円は駄賃というか手数料だ。アコばあちゃんはなんだかんだ理由をつけちゃ、鋼平に小遣いを渡そうとする。今回も一枚、余計に入っていたのはそのためだ。健介には話しちゃいないが、きのうの昼間、あちこち探し回っているとき、あいつのほうでそれを口にした。あれは健介らしい洞察力かと思っていたのだが……。もやもやした思いがわきあがる。

集中しろ。

エンジン……エアコン……。いや、エアコンだけじゃない。真夏だ。車に乗るとき、エアコンがきくまでの間、まずは窓を開けるだろう。今夜はたまたま大雨で開けるわけにいかなかったが、そうでなければ十中八九、先に窓を開けていたはずだ。当然、車内の空気はいっぺんに入れ替わる。もしそれで爆発していたら、たとえば大黒埠頭のサービスエリアでアタッシェケースを受け取るはずの三栗衛を巻き添えにするという最大の目的は果たせなくなる。つまり起爆装置は、エンジン始動時に起こるエアコンの奔流も、窓を全開して走りだすことで入ってくる風の流入によっても作動しない仕組みなのではないか。

「だいたいおまえは昔っから、へんに夢見るくせがあったんだよ。あのときだってそうだろ。中川美千代のことをどうしてももっと冷静に品定めできなかったんだ。おれ自身が恋焦がれていたから言うわけじゃないが、あれは大人になってきれいになる上玉だったぜ。おれがこの体でたしかめたんだからまちがいないよ。あのころから男を狂わす色香を漂わせていたんだ。それなのになんだよ、おまえときたら。あんなガキの尻、追っかけ回すなんてよ。いいか、よく見ろよ」

ぷつりと電話が切れた。直後、ショートメールが着信する。ＳＮＳのアドレスが貼りつけてあった。恐るおそる鋼平はそれを開いてみる。

まるまると太った赤ら顔の女のページだった。自己紹介の写真が何枚か貼りつけてある。ワインボトルをラッパ飲みしている姿もあった。年は五十歳くらいだろうか。目じりがだらしなく垂れ下がり、媚びを売るようにカメラを見つめている。酔って恍惚としている感じで、場末のバーに入り浸っては、ママさんにたしなめられているのがぴったりだった。ローマ字で氏名がつづられていた。

Asami Nomura

鋼平の脳裏を遠い記憶がかすめた。

ふたたび電話がかかる。

「二十一歳のとき、勤め先の不動産屋の近くにバス会社の営業所があってな。やつはそこで経理の仕事していたんだ。まあ、たしかにそのころはぴちぴちしていたし、かわいらしい感じもあった。営業所の新入社員にアパートの世話してやったとき、ちょっとだけ話す機会があってな。向こうはおれのことなんて知らなかったからびっくりしていたよ。でも、おなじ中学だから、そりゃ、話の接ぎ穂には事欠かない。街で顔合わせりゃ、立ち話をするぐらいにはなったんだ。それが高じて、なんとなくいまでもメールとかしててな、最近はSNSでつながってる関係さ。仕事の愚痴とか、だんなの悪口とか、ああでもないこうでもないって言いたててるよ。けど、自分はどうなんだって言ってやりたいね。写真見てわかったと思うが、酒好きでね。二、三回、飲み会に付き合ったことがあるけど、まあ、二次会に連れだす気は起きなかったね。小太りの酒乱だよ」

鋼平は言葉もなかった。あのころを知る者がいまの自分を見たら、こんな感慨を覚えるのだろうか。いや、自分は変わってない。すくなくともこのＳＮＳの女よりは——。

「皆崎亜沙美が将来こうなるとわかっていたら、おまえがあんなにも狂うことはなかったろうに。美千代だってあんなふうに袖にされることもなかったはずだし、そのとばっちりをおれが食らうなんてはめにもならなかった。すべては収まるべきところに収まっていた。美千代はおまえにチョコレートを渡してねがいを遂げ、おまえはそれを食ったんだか、投げ捨てたんだか知らねえけど、とにかく美千代を傷つけることなく卒業した。でもって、おれはあいつへのほのかな思いをそっと胸に抱いて黙ってフェードアウトできたんだ。それでよかったんだよ。なにもおれは、是が非でもあいつをものにしようなんて思わなかったんだからな。それがぜんぶおまえのせいで、おまえの妄想のせいでめちゃくちゃになっちまったんだよ。なあ、わかるか、鋼平。もう取り返しがつかない。どうしようもないんだよ。美千代はいないんだから。この世には」

「け、健介……おまえ……」

ピシッ——。

ふたたびガラスに亀裂が入る。もはやわずかな振動でも崩落しそうだった。

「それにあの一件で、おれの人生だけじゃなく、おまえだって大きな影響を受けたんじゃないか」健介は感情のない、平板な口調になっている。「高校、大学と順調に進んだようでいて、人生なんて、ほんのちょっとの出来事が知らぬ間にバイアスかけてくるってもんだよ。道で見知らぬ誰かとすれちがう。おまえは気にもとめない。だけど潜在意識は確実になんらかのメッセージを受け取っている。もうそれまでどおりの人生じゃいられないんだ。だからおまえのいまの暮らしだって、中川美千代のことがひっそり影を落としているのさ。潜在的な事実としてな。

もし美千代の一件がなければ、たとえば、おまえはあのすてきな奥さんとだって出会わなかったはずだ。運命ってのはぜんぶつながっているのさ。ふしぎなもんだよ。もし奥さんがおまえと出会わなかったら、いまごろもっとらくに暮らしていたと思うぜ。言っとくが、彼女、おまえの気づかないところで苦しんでいる。おれにはわかるんだよ。それをなにかほかのことで紛らわせている」

「余計なお世話だ」鋼平は崩れる寸前の窓の前で凍りつきながら吐き捨てた。「おまえに言われる筋合いはない」

「まあ、そうだけどさ。でも三流広告会社だぜ。セレブのまねごとなんてできるほどの給料じゃないだろう。それなのに通販にのめりこんでいるみたいじゃないか。それはおまえだってわかっているはずだ。通販って思っている以上にきびしいんだぜ。ちょっとでも支払いが滞ると、すぐに利用停止になる。そうならないためには支払いを期限通りにつづけないといけない。それがどういう意味か、考えたことはあるのか、鋼平。現実にカネが動いてるってことなんだぞ。もしそんなカネ、家計のどこにもありゃしないってことになったら、客観的にはどんな状況なんだと思う？　考えたくないだろうけど、頭冷やしてシミュレーションしてみたらどうなんだ」

うんざりするような話に耳を傾けるふりをしながら、鋼平はべつのシミュレーションをずっとつづけていた。大黒埠頭で待つ特殊詐欺グループのリーダーにアタッシェケースを渡すのは高速を走った後だ。車内はどうなっている？

快適だ。

外気から遮断され、安定している。そのとき窓が開いて空気の奔流が起きる。そこで起爆装置が反応する――。

タイムラグか。

ふと頭をかすめる。二酸化炭素の測定はつねに行われているわけじゃないんだ。走りだしてしばらくしてから、車内の空気濃度が安定してから測定が始まるんだ。だからモリグチがエンジンをかけ、車を走らせてからも起爆しなかったのだ。

だが、レッカー移動された先の整備工場であのラッパー野郎がドアを開けることに成功したときも、爆弾はうんともすんともいわなかった。あれはなぜだ。車内の空気は安定していたぞ。高濃度、高止まりの状態で。ドアが開いた瞬間、野郎はとんでもない悪臭に顔をしかめた。それは外気の流入で、なかの空気が一気に押しだされたからだろう。

大黒埠頭と整備工場――。

なにがちがう？

脳の奥深いところについに天啓が下る。

エンジンだ。

大黒埠頭でケースを受け渡すのはごく短時間だ。相手の車のわきに近づき、窓越しに一瞬ですませたいはずだ。いちいちエンジンは切らない。イグニッションと白い悪魔はコードでつながっている。

スイッチなんだ。

ラッパー野郎がドアを開けてもだいじょうぶだったのは、起爆装置の電源が入っていなかったからなんだ。

いまはどうだ……？

スイッチが入り、タイムラグをへてセンサーが起動し、二酸化炭素の濃度チェックが始まっている。

ピシッ――。

正答に近づきつつあるのをじゃましようと、それまで以上の一撃が窓を襲う。耳元でかすかな空気の流れを感じた。すでに一部で崩落が始まり、外の世界とひとつながりになっている。

一か八かだ。

やるしかない。センサーの通電状態を切るのだ。鋼平はイグニッションに手を伸ばし、指先でキーを挟んだ。

32

エンジンが切れた瞬間、鋼平は尻に力を入れた。コードに電気が流れなくなったことでシートの下の魔物が目を覚ますのではないかと思ったのだ。

その瞬間、頭に浮かんだのは青海だった。静かに深まりつつある疑念にもかかわらず、鋼平は妻にすがりついていた。それは幼子が母親に抱きつくのとおなじ、本能のようなものだった。

五秒が過ぎてもなにも起きなかった。

杞憂だった。

頭を振って妻の残像をかき消し、ドアハンドルをつかむ。さらに五秒待つほどばかじゃない。もはや賽は投げられたのだ。ドアが開く感触が腕に走る。ほんのすこしだけそれを押してみた。一気に開けて空気の奔流を起こしてはならない。

足下に目を凝らす。鋼の扉のすき間から雨に濡れたアスファルト舗装が顔をのぞかせた。鋼平はそこに飛びこむように両手を滑りこませる。腰に激痛を覚えつつも上体がそれについていき、あとは体重がのしかかって全身で転げ落ち、さらにすき間を押し開いた。

なにも起きなかった。

体はひんやりとした路面に右腕を下にして横たわっていた。左手にしっかりとスマホを握りしめている。あれから何時間になる。真夏のデルタでこの車に侵入してから、まだ二十四時間もたっていない。それなのにもう何年も幽閉されていたかのような感覚に包まれた。

夢じゃないだろうな。

たまらず鋼平は船着き場のアスファルトに頬を強くこすりつけた。ひりつく痛みが走る。次の瞬間、思いっきり鼻から息を吸いこんだ。潮と機械油の混じりあった重くむせ返るような臭い。でもいまの鋼平にとってはハワイ島コハラ・コーストの木陰で涼やかな風を浴びているかのようだった。

ごろりと転がり、その場で仰向けになる。車から一メートルも離れていないが、それで十分だった。本当になにも起きなかった。ゆっくりと両手両足を伸ばし、こわばった体をリリースする。

極楽だ。

急速に体が浄化されていく。おかしくてたまらなかった。爆弾のせいで窓を割れずにびくついていた自分が滑稽に思えた。あそこにいたときはエンジンが切れていた。CO_2センサーははなから作動していなかったのだ。やれやれ、絵に描いたようなトンマぶりじゃないか——。

ふくみ笑いが漏れそうになったとき、性急に近づいてくる足音がした。そっちに顔を向けるなり、わき腹に激痛が走った。

「台本どおりにやれよ」鋼平の目の前に仁王立ちし、健介が苦りきる。「この死に損ないめ！」

鋼平はスマホを持つ手で腹をおさえ、痛みに悶絶する。健介はもうスマホなんか切ってしまっている。そしてもうひと蹴り入れるべく、右脚をうしろに振りあげる。鋼平はあわてて背を向けて攻撃から身を守ろうとしたが、よりによって激痛の走る腰がもろに標的になってしまった。両足のつま先にまで電流のような痺れがズンと走り、一瞬、意識が飛んだ。

「や……めろ……」ようやく息ができるようになり、声を絞りだす。

健介はそれを無視する。「おまえはここで爆死しないといけないんだ。それですべてが片付くんだ」

「そうは……いかない」鋼平は同級生のほうに必死に向き直り、右手を突きだした。そこに握られていたのはスマホではなかった。そっちは腹の前に置いた左手で持っている。右手にあったのはモリグチのオートマチックだった。

・

引き金は引きたくない。威嚇するだけにしたかった。それでも銃口をしっかりと相手の胸に向ける。健介は二メートル離れたところで凍りついている。痛みを堪えながら体を起こし、中腰のまま鋼平は健介に相対した。そのとき背後で物音がした。車内だ。鋼平はそっちにちらっと目をやった。

顎鬚が鋼平同様、ドアが半開きになった運転席から這いだそうとしていた。アナフィラキシーショックを起こしたと思っていたのに、やつはまだ生きていたのだ。なんという生命力だ。愕然としたとき、健介に飛びかかられた。

銃を持つ手を押さえられ、ふたたび倒される。手の甲がアスファルトに何度も打ちつけられ、小石がめりこんでたちまち皮膚が破れた。体格のぶんだけ、健介は腕力に勝っていた。わずかに握力が弱まったとき、手から銃がすっ飛んだ。そっちに向かって健介も身を翻す。考えているひまはない。鋼平は痛みを堪えて立ちあがり、脚を引きずりながら暗がりに向かって逃げた。

甲高い破裂音が二回たてつづけに起こる。

一発目は鋼平の眼前に迫る倉庫の鉄扉にあたり、火花が散る。そして次の瞬間、あたりが真っ暗になる。よりによって二発目は、鋼平の頭上をかすめて水銀灯の先端に命中したのだ。突如訪れた暗黒と死の恐怖に駆られながらも、鋼平は立ちどまらなかった。立ちどまれなかったのだ。脚が勝手に動きつづけ、しまいにはまともに走れるようになっていた。火事場の馬鹿力というかアドレナリンのなせるわざだった。

なさけない悲鳴を漏らしながら鋼平は倉庫の一番暗いところ、開いた扉の奥へ飛びこんだ。

33

闇のなかを二十メートルほど進んだ。

ねっとりとした空気が滞い、吐き気を催す腐敗臭もする。硫黄とカビが混じり合ったうえに、バナナやココナッツのような甘ったるい香りもかすかに感じられる。船から降ろした果実類を保管していたのだろうか。だとすれば冷凍倉庫のはずだが、廃棄されたいまはジャングルのようだった。

腰の痛みがぶり返してきて二本足で立っていられず、しゃがみこむ。体をささえられず右手を前に突くなり、手のひらが柔らかくて生温かいものをつかんだ。ヒッと悲鳴をあげ、その場に尻もちをつく。

健介の足音は聞こえない。しんとしている。鋼平は左手に握りしめた顎鬚のスマホを点灯させた。

身の毛のよだつ光景だった。

何十、何百という黒い毛むくじゃらの塊がひしめいている。丸々と太ったネズミだ。保管品がまだ残っていて、そいつを餌にしているのだろうか。汚臭はそいつらの排泄物だった。自分が放ったものとどっちがましだろう。己の不幸を呪いながらあたりに光を向けると、三段式の金属フレームの棚が闇の奥まで左右に並んでいた。ダンボール箱がいくつか放置されているが、倉庫はほぼがらんどうだった。

「どうだ？　ひさしぶりに外に出られた感想は。いい空気だろ」

声がすぐそばでした。いつの間にか近づいてきている。鋼平はスマホを消してシャツの胸ポケットに収め、気色の悪い連中のなかにしっかりと両手を突いた。床に堆積したヘドロ状のものが指の間からせりあがる。考えるな。考えたら気が遠くなる。どこに逃げればいいか見当もつかないが、とにかく四つん這いになって突き進むしかない。まさに闇雲だった。左手に向かうと、骨組みだけとなったスチール棚に頭が激突し、ごんと大きな音が響いた。

「おいおい、気をつけろよ。コウモリじゃないんだ。明かりをつけなきゃ、見えるわけないじゃないか」

健介はスマホをもう一度灯すようけしかけてきた。だがへいきで発砲してきた男だ。点灯したら即座に狙ってくるだろう。鋼平は手探りで左にあるスチール棚の端をたしかめ、音を立てぬよう注意しながら、それに沿って奥へと這い進んだ。ここが倉庫なら出入口がいくつかあるはずだ。このまま@まっすぐ進めば、入ってきたのとおなじような扉があるかもしれない。もしそれが閉ざされていたとしても、近くに通用口があるだろう。両手とひざから下を汚泥まみれにしながら必死になって移動をつづける。もう腰が痛いなどと言っていられない。銃弾を食らったらそれどころでなくなるんだから。

背後で明かりが灯る。健介が自分のスマホをつけたのだ。鋼平は反射的に左の棚の下に潜りこんだ。ねぐらの住人たちが蜘蛛の子を散らすように散り散りになる。全身に満ちたアドレナリンのせいで、もはやさして気色悪いとも感じなかった。ここだと四つん這いになれないが、死角にはなる。

「かくれんぼするつもりなのか、鋼平。いいだろう。たのしませてもらうぜ。なにしろ真剣勝負なんだからな」健介は周囲にディスプレイの明かりを振り向けながら近づいてきた。「おまえには爆死してもらわないといけないんだよ。特殊詐欺集団と半グレの抗争に巻きこまれてな。でも死んだあとでプラスチック爆弾を抱えさせたって罰はあたらないし、そのへんの細かいところなんて、警察もいちいち調べないさ。なにしろカネに目がくらんで他人の車に侵入するほうがいけないんだからな」

広い倉庫ではない。あとすこしで壁にぶつかるはずだ。身をかがめ、頬をヘドロにこすりつけながら匍匐前進を開始する。そのとき胸元で輝きが起こり、直後、けたたましい呼び出し音が鳴り響いた。

はっとして胸に手をやったものの、健介は光よりも音に反応し、白い閃光とともに弾丸が二発発射された。スチールの棚板があっさり貫通し、跳弾がすぐわきをかすめる。それに押しだされるように鋼平は、胸ポケットをぎゅっとつかんだまま、棚の反対側に転がり出る。そして中腰になって倉庫の奥へとダッシュした。

突如かかってきた電話は一向にやまない。が、不幸中の幸いで指の間から漏れるディスプレイの明かりが周囲をわずかに照らしだしてくれる。あと十メートルほどだった。そこで行きどまりだ。なにか大きなものがいくつかそびえている。壁か。

三発目は足下に着弾し、コンクリートの床で火花を散らせた。鋼平はさらに足を速め、目の前に立ちはだかるものがなんであるか見極められる場所にまで到達する。

フォークリフトだった。

五台ほどが壁のように並んでいる。引き取り先が見つからないのか、それとも壊れて放置されているだけなのかわからないが、鋼平は目の前の二台の合間に滑りこみ、反対側にすり抜けた。同時にスマホをつかみだし、輝くディスプレイに指を叩きつける。スワイプして応答拒否ボタンをタッチするすんでのところで指がとまる。

硬い爪で記憶のかけらがかきだされたような感じだった。見知った番号だったのだ。一瞬の判断で鋼平は応答ボタンに触れる。健介は明かりより音に反応して発砲している。しかもいまはフォークリフトの陰にいた。それでもディスプレイの輝きを手のひらと頬でさえぎりながら、受話口を耳に押しあてる。

「誰……？　どなたなの……？」鋼平が黙っていると先方が震える声で訊ねてきた。やっぱりだ。さっき鋼平のほうでこの電話からかけていたが、留守電も吹きこめずじまいだった。それで不審に思ってかけ直してきたのだ。

「原谷です……」かすれ声で告げる。「いま、取りこんでいまして――」それだけ伝えて電話を切る。状況をいちいち説明しているひまなんてない。あとでゆっくり話して聞かせればいい。もし生きていたなら。

ディスプレイが消える前に音量ボタンを押してミュートする。年寄りのことだ。しつこくかけ直してくるかもしれない。

遠くでエンジン音がする。あの男だろうか。カネを持ち逃げするつもりか。だが運転なんてできるのか。アナフィラキシーは侮れないと思うのだが。

フォークリフトのすぐ向こうで足音がした。狭いすき間に健介も入りこもうとするだろう。こっち側には、あとは本物の壁があるだけで、フォークリフトの列と壁の間は三メートルほどしかない。鋼平はとっさに腰をかがめ、むせ返りそうな汚れた空気のなか、足音を忍ばせて右に飛びだした。手探りで三台先のフォークリフトまでたどり着く。そこが一番外れだった。その場にしゃがみ、耳を澄ませる。ガタガタと音をたてながら健介はやはりこちら側にすり抜けようとしている。明かりは消さないと――。

そう思ったとき、スマホが振動する。案の定だ。アコばあちゃんはいつもゴリ押しだ。受話音量を最小限に調節して耳に押しつける。

――いま、あなたの家の前にいるの。

おれの家の前……武蔵小山か。なんでだ。年賀状のやり取りはしているから住所は知られている。だがわざわざ足を運ぶってどういうことだ。耳をそばだて、健介が離れた場所にいることを確信してから、倉庫の入り口のほうへ踵を返し、こんどは左手のスチール棚の下に潜りこむ。そこで声と明かりが漏れぬよう注意しながら、耳を傾ける。

――返事しないでいいわ。でもだいじなことかもしれないから。聞いてちょうだい。

健介がうなるように声をあげる。「おまえ、誰かと電話してるのか? いま声が聞こえたぞ。警察か。だけどこの場所を知らせる前におれが見つけてやるよ。それでおしまいさ。発信履歴から逆探知したところで、パトカーが到着したときにはおまえは爆死している。ふぅ、残念だったな。おれに見つかりたくなかったら、余計な言葉は発しないことだ」

声の出どころからすると、最初に鋼平が潜んでいたフォークリフトの陰に到達したようだ。こっちに来るにはぐるっと回りこまないといけない。鋼平はスマホをさらに耳に押しつけた。まるで遠くでつぶやいているみたいに、かろうじて聞き取れる程度の声だった。

——蒲田から帰って来たら車が消えていたの。それでうろうろしていたら、フリージャーナリストだっていう人に声をかけられて。あなたが窮地に陥ってることはその人も知っていたけど、どこへ消えたかは知らないみたいだった。だからもしかしたら、うまいこと車から逃げだして家に帰ったんじゃないかと思って来てみたのよ。

健介の声が先ほどとはちがうところであがる。「なかなかうまいもんだな。かくれんぼは前から得意だったか？　人の目をごまかすのはそんなにうまくなかったと思うんだけどな。おまえは、なにやったってバレちまう。バカ正直っていうか、へたなんだよ、ウソつくのが。動揺がすぐに顔に出る。だからあの刑事《デカ》に付けこまれるんだ」

——一八〇五号室の番号をエントランスで押してみたの。そうしたらうしろから若い女の人に声をかけられてね。

「わかったぞ、鋼平。どうやら行きどまりみたいじゃないか。だったらもどるしかないか」ずるりと足を引きずるような音が、こっちに近づいてくる。鋼平はディスプレイの明かりが漏れないようさらに注意した。ほどなくして足音が消えた。

――すらっとしたとっても上品な方でね「なにかご用でしょうか」って聞かれて、はっとしたわ。あなた、ときどき奥さんの話はされていたけど、あんなすてきな方だとは思わなかった。それでご主人を見舞っている悲劇について、ひとしきり話して聞かせてあげたの。びっくりして、あなたのスマホとか自宅の電話とかを鳴らしてくれたんだけど、ダメだった。

健介は黙りこんだ。もう足音も聞こえない。ネズミたちが闖入者に驚いてざわめいているだけだった。鋼平は棚板の下で身をこわばらせる。いまや腕にも顔にも首筋にも、ぼってりとした腹や尖った耳が触れていた。

――青い顔していたけど「もしかしたらシャワーでも浴びているかもしれないから、いっしょに見に行きましょう」って、トートバッグに手を入れて家のカギを取りだそうとしたの。バッグはお買い物してきたもので膨らみきっていて、なかなか見つからないものだから、奥さん、なかのものを片手でひょいとつかみだして反対の手で持ったの。あたしね、それを見てちょっと首をかしげたのよ。だってレンガぐらいの大きさなんだけど、新聞紙にくるんであるの。見覚えのある新聞紙よ。それでね、あたし、なんだかその場にいちゃいけないみたいな気分になって「おじゃまするまでのこともありません」って逃げてきちゃったのよ。

それでどうしたものかと思っていたら、見知らぬ番号から電話がかかってきて、悩んだ末にかけてきたのだ。

――だけど、それってどういうことかしらね。あなたが奥さんに預けたのかしら。でもそういう代物？　考えれば考えるほどわからなくなる。原谷さん、あなた、気をつけるのよ。とにかく注意してね。まるでハンドパワーの手品でも見させられているみたい。

34

ハンドパワーか。

うまいことを言うものだ。アコばあちゃんのほうから電話を切り、ディスプレイはフェードアウトしていく。それを汚れきったズボンの尻ポケットにしまいながら、鋼平は驚きと感心に震える。

あらゆるマジックにはタネも仕掛けもある。マジシャンのなかには、それをあえて明かすことで、観客にさらに楽しんでもらえると考える向きもある。でも知りたくないという人も多いはずだ。

人生だってそうだ。

イリュージョンのような出来事にもし遭遇したなら、なぜそんなことになったのか、いちいち知る必要もない。ふしぎがまかり通るのが世の常だ。そう思えるなら、そうしておいたほうがいい。でもなかなかそうは思えない。人の性というやつで、どうしても理屈を考えてしまう。そしてこのときは一瞬にして氷解した。

あらゆる疑問が。

それは大津波のような悲しみと痛みを伴う衝撃だった。鋼平は、自我そのものがどこか遠くの未知の世界へ押し流されてしまったかのような喪失感を味わった。

アコばあちゃんが自らの手で新聞紙にくるんだ四百万は、きのうの朝、使い古した鋼平のカバンのなかに収まっていた。その記憶はまちがいない。その後、それを青海に預けたわけではない。そもそも顔を合わせていないのだし。それがどうしてあいつのトートバッグに移っているのだ。

空間移動?

だが理性は恐ろしいシミュレーションをはじきだす。白金界隈の道端に落とした札束をあいつが回収できるわけないし、夫のカバンに手を突っこめるわけでもない。そんなことが可能で、青海にも近い人物は一人しかいない。そう仮定すると、さまざまな平仄が一致する。

今日の日中、満を持して健介に電話を入れたとき、独り暮らしのやつの家で妙な物音がした。ベッドに足をぶつけたとか言ってたが、いまにして思えば、まるでそばに誰かいるような気配だった。だがそこが町屋のワンルームマンションだったとは言いきれない。ホテルだったかもしれないし、場合によっては、アコばあちゃんが訪ねてくれた武蔵小山のマンションだった可能性もある。

去年の秋、一度だけ健介を家に招き、青海を紹介した。そのときはとてもウマが合うような感じだった。その後、健介はなにかにつけ妻のことを話題にし、うらやましがっているようだった。それにさっきは青海に同情するようなことも口にした。

《おまえの気づかないところで苦しんでいる。おれにはわかるんだよ。それをなにかほかのことで紛らわせている》

やつは青海が通販にのめりこんでいると指摘し、家計を点検したほうがいいと促してきた。どうしてそこまでわかるのだ。それは二人の間に〝親密なコミュニケーション〟があったからではないか。ふいにひと月前の出来事が思い浮かぶ。

レシートの一件だ。

盛岡出張のみやげかと思ったら、東銀座の岩手物産館のレシートだった。あのときは一泊二日の出張だった。鋼平はボルダリング仲間との不倫を疑いつづけていた。だがそうではなかったのかもしれない。町屋の狭いワンルームマンションだとは思えない。都心の高級ホテルだろうか。それを出張として会社に経費請求していたらどうなる。

カラ出張だ。

一事が万事だった可能性もある。それを健介はつぶさに目の当たりにしてきたのだろうか。夫の気づかぬところで苦しむ妻。同情はやがて欲望に変わり、ついには揺るぎない情愛へと昇華していく。そして青海を救うことこそが健介の生きがいとなる――。

やつがカネを奪ったのだ。

だから手数料一万円のことも数えて知っていたのだ。鋼平が紛失したことにして、青海に渡すつもりだったのだろう。だがその後、鋼平の愚行により事態が思わぬ方向へ転がりだした。マークⅡの男のひざ元にあったアタッシェケースに目をとめ、もちろん冗談のつもりで「あそこからちょこっと失敬して工面しちまうのもいいいな」とそそのかしたら、同級生はそれを真に受けて実行し、蟻地獄にはまった。

二度ともどれぬ橋を渡ってしまった二人にとって、それはねがってもいない千載一遇の好機だった。他人の車に忍びこみ、カネを盗もうとした男の末路はどうなる。窃盗未遂となれば、たとえ執行猶予でも会社にはいられまい。となると離婚も容易だ。子どもがいないのが、いまとなっては青海を利することになる。それでめでたく不倫相手とゴールインか。

ところが事態はさらに転がる。特殊詐欺グループと半グレ集団の抗争に巻きこまれ、鋼平は車に設置された爆弾で吹き飛ばされる可能性が出てきたのだ。そうなればもはや鋼平に恨まれることもない――。

「みいつけたあ!!」

すぐそばで突如、大声があがったかと思うと、鋼平は両足首をつかまれた。健介のアロハシャツの胸ポケットに突っこまれたスマホがスポットライトのように白色光を放ち、ネズミたちが饗宴を繰り広げるおぞましい空間を照らしだす。鋼平は体を反転させることもできずに引きずり出される。せめてもの抵抗で右手で床をかきむしる。

自分と倉庫の住人たちが放ったもので体はクソまみれだった。それがはっきりわかるだけの光量だった。住人たちは興奮して駆けずり回り、嬉々として踊っているのか、憤然としているのかわからないありさまだった。

「うわっ……きったねえな、おまえ。ホームレスだってもっとましだぜ」

健介がわずかにひるんだ瞬間、鋼平は右手につかんでいたものを投げつけた。それがもろに同級生の顔面を直撃した。これだけの近距離だ。制球に問題のある元エースでも外すことはなかった。

ネズミたちのクソ団子は健介の口に飛びこんでいた。さすがに腰砕けになって尻もちをつき、拳銃がその手を離れていく。鋼平は脚に力を入れ、飛びかかった。

「おまえが盗ったんだろ！」パンチを繰りだしながら叫ぶ。拳は健介の丸っこい鼻を直撃し、たちまち血まみれになる。「ばかにしやがって！」

返事をするかわりに健介は力いっぱい身をよじり、次なる鋼平のパンチをかわした。拳がコンクリートの床を打ったとき、健介は仕返しとして鋼平のみぞおちに一発お見舞いしてきた。鋼平が横ざまに倒れるのと、健介が四つん這いになって拳銃に手を伸ばすのが同時だった。

「うるせえんだよ!」健介はオートマチックをつかんで立ちあがるなり、発砲してきた。

鋼平は本能的にフォークリフト側に逃げる。背中を撃ち抜かれる寸前で右端のリフトの裏側に飛びこむことができた。そのまま左手にジャンプし、身をかがめる。あとは鋼の巨体を弾よけにするしかないが、脱出するには、どうあってもふたたび空っぽですすけのスチール棚側にもどらねばならない。

健介はスマホのライトを胸に灯したままもどって来た。

「中川美千代のぶんに合わせて、青海さんを苦しめた罰も受けるんだよ。なんで彼女があんなふうになったかわかるか。服を買い、靴を買い、高級エステに通って。おれとメシ食うときだって、いつも高い店ばっかりだった。もちろんホテルだってそうさ。青海さん、おまえとの結婚生活で悩んでいたんだよ」

鋼平は、健介がいるところから三台目と四台目のフォークリフトの間に潜んでいた。だが見つかるのは時間の問題だ。

「子どもだよ。なんでうちは子どもができないのかって、いつもこぼしてたよ。おまえにその意思がないのが最大の原因だともな。でもそれはある意味、おれにとってのアドバンテージだった。付き合えば付き合うほど、おれは彼女にのめりこんでいった。彼女だってそうさ。だがな、そのために青海さん、一線を越えちまったんだよ」

足音を忍ばせ、鋼平はフォークリフトどうしのすき間から倉庫の入り口のほうへと移動を開始する。入り口までは棚沿いに三十メートルほど。そこで巨大な扉が開いたままになっている。水銀灯は消えてしまったが、船着き場の対岸である台場方面の明かりがわずかに見える。いまや腰だけでなく、体中が痛むが、なんとしてでもここから逃げださないと。

「会社のカネに手をつけちまったのさ。カラ出張ぐらいならよかったが、それ以上に経理に手を突っこんじまってな。聞かされたときはおれも仰天したよ。開けた穴がなんの因果か、ちょうど四百万。おれたちが晴れて結ばれるには、おまえが消えてくれるだけじゃなく、その穴を埋める必要もあったのさ。だから今回のことは結果的に一石二鳥になるわけだが、彼女はまったく知らないんだよ。知らせる必要もないし、へんにおまえに憐憫を抱かれても困るからな。カネはおれが用立てたと思ってくれている。これであらゆる障害が取り除かれるというわけさ。うん、じつにハッピーだな」

鋼平は闇に乗じて入り口のほうへ移動を開始する。やつのいるところからまだ十メートルも離れていない。何発か発砲されたら、すくなくとも一発は頭か背中に命中する距離だった。はやる気持ちを抑え、背を丸め、一歩ずつ慎重に足を運んだ。だが次なる健介の言葉に思わず足がとまる。

「おれたちだけでなく、新しい家族にとってもな」

新しい家族――。

それまでとは質のちがう恐怖が強張った背中を駆け下りる。青海とはたしかに最近、一緒に酒を飲んだ記憶がない。ひと月前、レシートの一件のときもそうだった。その前の晩、盛岡名物の串団子を並んで食べたとき、鋼平は白ワインをすすったが、あいつはペットボトルのお茶だった。まさかそのときから……。

屈辱と憤怒が腹の底で燃えたぎった。そこまでの秘密を抱えながら、おなじ家のなかで平然と暮らしていたなんて。今日だって手伝いに出かけたイベントのことを喜んで聞かせているように思えた。だが決して口に出せぬ事情を抱えていたのは、おれのほうだけじゃなかったんだ。あいつのほうこそ、おれなんかよりもずっとシビアな状況に追いこまれていたんだ。だとしたらそりゃ、おれなんかいなくなってくれたほうがいいに決まってる。

声は漏らさなかったが、抑えがたい怒りは汚臭に満ちた濃密な闇に伝播した。健介は端っこのフォークリフトの陰から正確に狙いをつけて撃ってきた。

閃光とともに、火であぶられたような痛みが左耳に走る。あわてて鋼平は脱出を再開する。手をやるとぬるぬるする。かなりの出血だ。しかしちぎれたわけでも、耳たぶのところでぶら下がっているわけでもない。ちょっとかすめただけらしい。それでも痛みはどんどん強くなる。次はまちがいなく頭を撃ち抜かれる。そう思ったら自然と走りだしていた。

「昔っからしぶといよな、おまえ」健介は苦りきり、どたどたと足音をさせながらもう一発撃ってくる。

弾は鋼平のすぐ右わきのスチール棚中段の棚板に命中し、火花が散る。入り口扉まであと十メートル。もう台場の明かりがはっきりと見える。鋼平は息を詰め、最後の距離を走りきった。だがそのときには背後に同級生が迫っていた。あのころ、肩の力は健介のほうが上だったが、足は鋼平のほうが速かった。でもいまはどうだ。やつの鼻息が首筋にかかりそうだったし、それより先に鋼の弾丸が襲いかかってきそうだった。その恐怖にいつしか鋼平は、声にならぬ悲鳴を口の端から漏らしていた。

倉庫の外に飛びだすなり、死のにおいとともに弾丸がアスファルトの舗装面にあたり、火花を散らして跳ね返る。健介が声を張りあげる。「いいかげん、死んでくれ、鋼平。たのむよ。派手に火柱あげて送りだしてやるから」

火線を避けるべく鋼平が右にジャンプしたときだった。

強烈な光が倉庫を照らした。スマホのライトどころでない。闇を切り裂く輝きだった。

二〇〇〇CC六気筒のエンジンが猛然とうなりをあげて突進してくる。運転席は見えないものの、シルエットでわかる。男だ。逃げるつもりか。だが道をまちがえている。意識が混濁しているのだ。目の前に開けているのは、ネズミたちが待つ闇の園だ。

ちがう。

車の進路から離れるべく、さらに一歩、外壁沿いに逃れたときに気づく。

人間もいる――。

振り向いて入り口に目をやったとき、ちょうど健介がなかから飛びだしてきた。ヘッドライトがアロハシャツの胸ポケットにスマホを差した中年男を輝かせる。もう遅かった。迫り来る車を封じるために発砲することもできなかった。フロントグリルが銃を握りしめた同級生の腹を直撃し、体はフロントグラスに突っこんだ。車はそのまま庫内に進入し、スチール棚に激突する。

一瞬の静寂。

それまでの人生模様が走馬灯のように脳裏によみがえる。とりわけ中学のころの思い出が鮮明に浮かびあがった。いつだってそばにあいつがいた。苦楽をともにし、ずっと親友でいられると思っていた。

死神はやつを飲みこんだ。

破壊力は想像をはるかに超えた。車どころか、倉庫全体が吹き飛んだ。爆風で鋼平は路面に叩きつけられ、したたか額を打ちつけた。バラバラと降ってくる鉄骨やガラス片で大けがをしなかったのが奇跡だった。それでもあちこちから出血が始まった。しかし流れ落ちる涙にくらべたら、そんなのは微々たるものだった。

胸の痛みはそれ以上だった。

35

警視庁の担当刑事たちとともに井上も到着した。

守口佳奈美はたしかに警視庁の捜査員だった。半年ほど前からブラック・マリアに潜入し、リーダーの三栗衛への接触を図っていたという。だが敵対グループである雷神愚の野間口正平の右腕とされる顎鬚によって命を絶たれ、いまでは死因すら調べようもなくなってしまった。救急隊員の手当てを受けたのち、鋼平はぶり返してきた全身の痛み――とりわけ顎鬚に折られた鼻の痛みはひどかった――を堪えながら、前夜からのすべての出来事を正直に刑事たちに話した。それでも、あす所轄で正式に事情を聴かれ、調書を取られることになった。跡形もない倉庫で見つかったもう一つの遺体についてどう説明するか。それは鋼平しだいだった。

消火活動は一段落したが、大爆発の余韻もあってか、現場は真夜中と思えぬほど蒸し暑い。まるで雨季のバンコクのようだった。

「ご家族の方への連絡はどうされますか」事情を知らぬ若い女性刑事が手を鼻にあてながら聞いてきた。

「そうだな……あとで自分でかけますよ。あわてる話じゃないし」鋼平は電池切れのスマホを彼女の前で軽快に振ってみせた。

井上によると、最初に車内にいたカツラギという男の身柄も先ほど確保されたという。やはりブラック・マリアから雷神愚への移籍組の一人で、リーダーの三栗衛ほかブラック・マリア関連の情報をすべて雷神愚側に横流ししていたとみられている。ただ、野間口もひと筋縄ではいかない男らしく、今回の一件へのかかわりを否認するのは火を見るより明らかだった。

「だからスマホを奪い取ってくれたのが、なによりのお手柄みたいですよ」うれしそうに井上が教えてくれた。顎鬚のスマホには、カツラギからもたらされたブラック・マリア情報のほか、野間口や雷神愚関連の情報も詰めこまれているはずだというのだ。「きっとおたくの社長さんも喜ぶでしょうね」

「うちの社長……?」

「三田不動産ですよ」

鋼平は苦笑する。「元いた会社ですね。いまは出向中ですから」

「そうでしたか」井上はにこやかに伝える。「奥さまのおかあさまがブラック・マリアによる詐欺被害に遭われたらしいんです。九十歳になる方なんですが、お孫さんから電話がかかってきたと勘違いして現金を渡してしまった。孫の上司だってやつにね。二年ぐらい前の事件ですが、未解決です」

あのときか。

記憶がよみがえる。専務の不正について社長に談判しに行った二年前のことだ。たしかに社長は妻らしき女性に「後の祭りじゃないか」と呆れ果てたようすだった。あれは義母のことを言っていたのか。

井上がつづける。「社長は警察にかなりプレッシャーをかけていたようです。最近もです。一刻も早く検挙しろと迫っていた。ですから原谷さん、大活躍ですよ。たぶん警視庁の幹部からすでに連絡は行ってると思います。もちろんあなたのことも」

「なんかもらえるかな」

「さあ……だけどこういう機縁ってだいじにされたほうがいいでしょうね」

「うん、ありがとうございます。たのしみだな、とっても」心にもないことを鋼平はようやく言いきった。

「それにあの人も心配していましたし」

「あの人……って?」

「藤生さんですよ。ここに来る前に連絡しておきました。まるで息子のことを心配するようでした」

「あぁ、それは……」鋼平は言葉に詰まる。「担当なんですよ。長らくお付き合いさせていただいています。藤生さんはお一人で、ここ何年かつらい日々を過ごされてきた。そういう方に対して、ぼくらはできるかぎりのことをしないといけない」

「でも、たとえ仕事だとしても、それを実践するのはなかなか……わたしたち、いい大人がつい忘れてしまいがちな話なんじゃないかな」

「ははは、あの人はそんなんじゃないですよ。ぼくからすれば、ただの世話の焼ける住人の一人です。ただそれだけだ。わりと冷めてるんですよ、ぼくは。仕事に関してはね」

「なるほど、まあ、そうなんでしょうね。いちいち考えていたらめんどくさいでしょうし」そこで井上は、うつろな目をする男に向かって思いだしたかのように訊ねる。「それにしても原谷さん」

「なんでしょう」

「あなた、臭いますね。鼻が曲がりそうだ」

火災現場の臭いのせいで嗅覚がまひしていた。さっきの女性刑事も勘づいていたのだ。

「長い一日だったんですよ」

井上に丁寧に礼を告げ、鋼平は痛む体を引きずって埠頭をふらふらと歩きだす。

三百メートルほど離れると、現場の喧騒はかき消え、あたりは闇と静寂に包まれて人気もない。着ている服に鼻を近づけ、あらためて吐き気を催す。

目の前に暗い海があった。

ためらいもせず飛びこんだ。水蒸気が飽和したような蒸し暑さがうそのようだった。ひんやりと心地よい水に体はどこまでも沈みこんでいく。三十秒たっても、一分たっても浮力が感じられない。しだいに息苦しくなってくる。でも息をしたいとも思わなかったし、するつもりもなかった。真っ暗な海底に体はどんどん吸いよせられていく。

なにもかも洗い流したかった。

これまでの人生すべてを。

そんなことできるだろうか。体の汚泥は拭えても、心はずっと灰色のままなんじゃないか。

体を包む黒い水の声を聞きたかった。でもそれはいつまでも答えをくれない。ほんの一瞬、足元を巨大ななにかがかすめただけだった。やがて体が浮きはじめ、いやでも現実世界に引きもどされる。

顔が海面を破ったとき、最初に吸いこんだ空気のうまさといったらなかった。その瞬間、悟ったような気がした。

それでも人生はつづく。

夜空を見あげた。月のない夜だった。星々がきれいに瞬いている。東京湾にもこんな宵があるんだ。その合間をなにか小さなものが舞っている。ときに空の高みを気ままに、ときに海面すれすれまで降りてきてそこに漂うふしぎな中年男を気遣うようにしながら、にぎやかな羽音で軽快なメロディーを奏でている。

肢の長い相棒はそばを離れなかった。岸壁まで泳ぎつき、水からあがった後もずっと近くにいてくれた。これから迎える世界はどんな色合いか。長旅の友としていっしょに見極めるつもりのようだった。しかし未来は意外と捨てたものじゃないかもしれない。

埠頭に影が一つ、たたずんでいた。相棒もそれに気づいたらしく、まるで心地よい嫉妬に駆られたかのように大きく旋回を開始した。

「あなた、なにも飲んでいないんでしょ」

トミーバハマを羽織った彼女は暗がりでも若々しく、まるで放課後のクラスメートのようだ。手にしたポカリをそっと差しだし、呆れた目で見つめてくる。なにも言わずにそれを受け取り、ごくごくと一気に飲みほす。

「それにしてもこんな人、はじめてよ。さあ、とっとと帰りましょう。ご飯食べないと」
まるで付き合いだしたばかりの恋人さながらに、アコばあちゃんは鋼平の手をとった。

（了）

本作品はフィクションであり、登場人物・団体名等は全て架空のものです。実在する人物・団体とは一切関係ありません。

◎論創ノベルスの刊行に際して

本シリーズは、弊社の創業五〇周年を記念して公募した「論創ミステリ大賞」を発火点として刊行を開始するものである。

公募したのは広義の長編ミステリであった。実際に応募して下さった数は私たち選考委員会の予想を超え、内容も広範なジャンルに及んだ。数多くの作品群に囲まれながら、力ある書き手はまだまだ多いと改めて実感した。

私たちは物語の力を信じる者である。物語こそ人間の苦悩と歓喜を描き出し、人間の再生を肯定する力があるのではないか。世界的なパンデミックや政情不安に覆われている時代だからこそ、物語を通して人間の尊厳に立ち返る必要があるのではないか。

「論創ノベルス」と命名したのは、狭義のミステリだけではなく、広義の小説世界を受け入れる私たちの覚悟である。人間の物語に耽溺する喜びを再確認し、次なるステージに立つ覚悟である。作品の刊行に際しては野心的であること、面白いこと、感動できることを虚心に追い求めたい。

読者諸兄には新しい時代の新しい才能を共有していただきたいと切望し、刊行の辞に代える次第である。

二〇二二年一一月

根本起男（ねもと・たつお）

1989年、早大法学部卒。都内会社勤務。黒岩研名義にて『ジャッカー』（光文社）、『真闇の園』（幻冬舎）、『TANK』（角川書店）など出版。根本起男名義『サンクス・ナイト』が第2回ゴールデン・エレファント賞特別賞（椢出版より『さんくすないと』として出版）。同名義でほかに『喰屍の女』（椢出版）。

真夏《まなつ》**のデルタ**　〔**論創ノベルス003**〕

2023年7月20日　初版第1刷発行

著者　根本起男
発行者　森下紀夫
発行所　論創社
〒101-0051　東京都千代田区神田神保町2-23　北井ビル
tel. 03（3264）5254　fax. 03（3264）5232　https://ronso.co.jp
振替口座　00160-1-155266

装釘　宗利淳一
組版　桃青社
印刷・製本　中央精版印刷

ISBN978-4-8460-2279-2